Franka war jung und brauchte das Geld. Außerdem hat sie sich blöderweise in der Tür geirrt – und von da an ihr Studium mit Telefonsex finanziert. Macht ja nichts, merkt ja keiner! Jahre später macht sie Karriere beim Radio und hat immer noch mit reichlich verrückten Typen zu tun: einem neurotischen Chefmoderator im Studio, einem Teddy-süßen Klokünstler im ICE und einem Charmebolzen auf der Hörer-Hotline, dessen Stimme Franka von ganz woanders ziemlich bekannt vorkommt …

*Kriss Rudolph* hat schon in Düsseldorf studiert, in Baden-Baden und Kalifornien gearbeitet, pendelt jetzt zwischen Köln und Neukölln, arbeitet als Journalist, Radiomoderator (WDR 2, ›Nachtschicht‹) und DJ. Er hat 2003 den Roman »L.A. Affäre« vorgelegt, 2004 folgte »Paaroli!«.
Mehr zum Autor unter www.chrisrudolph.de

*Unsere Adresse im Internet: www.fischerverlage.de*

Kriss Rudolph

# Das Beste von heute

Roman

Fischer Taschenbuch Verlag

Hinweis:
Die Handlung von *Das Beste von heute* entspringt der Phantasie des Autors und ist damit rein fiktiv. Ähnlichkeiten der hier dargestellten Figuren mit lebenden Personen sind rein zufällig. Wer meint, sich in einer der weniger schmeichelhaften Figuren wieder erkennen zu müssen, ist selber schuld.

Originalausgabe
Veröffentlicht im Fischer Taschenbuch Verlag,
einem Unternehmen der S. Fischer Verlag GmbH
Frankfurt am Main, Dezember 2005


Satz: deutsch-türkischer fotosatz, Berlin
Druck und Bindung: Nørhaven Paperback A/S, Viborg
Printed in Denmark
ISBN-13: 978-3-596-16736-1
ISBN-10: 3-596-16736-1

*»Jeder Radiosender klang gleich, und das heißt: beschissen. […] Britney Spears oder Christina Aguilera […] es gibt keinen verdammten Unterschied, Leute, es ist alles das Gleiche, das Gleiche, das Gleiche …«*

Michael Moore, *Stupid White Men* (2001)

*»There goes the last DJ*
*Who plays what he wants to play«*

Tom Petty and the Heartbreakers, *The last DJ* (2002)

*»Nutten, die nannte man doch früher anders …*
*Plattenpromoterinnen!«*

Harald Schmidt, *Die Harald Schmidt Show* (2003)

*»What's your definition of dirty, baby*
*What do you call pornography«*

George Michael, *I want your sex* (1987)

# Prolog

Was mich damals an Telefonsex gereizt hat, war der Minimalismus des Arbeitsgerätes. Stellen Sie sich für einen Moment vor, Sie seien Erster Kapitän eines Flugzeugträgers im Persischen Golf, und Sie werden mir schnell beipflichten. Neben einem Telefon benötigt man lediglich eine Flasche Wasser und eine Nierenschale, denn nicht jedes Geräusch lässt sich authentisch mit dem Mund oder mit Schlägen auf den Unterarm nachahmen. Ansonsten braucht es nur ein paar Worte, und schon steht man am Swimming-Pool, im Fahrstuhl, in der Umkleidekabine bei Karstadt; mal klingelte man aus Versehen an der falschen Haustür, mal wartet man nackt unter der Dusche. Man ist an einem Tag zugleich Postbotin, Dessousverkäuferin, Klempnerin und die Nachbarin, die immer nackt ihre Fenster putzt.

Die Tatsache, dass ich binnen fünf Semestern vier verschiedene Fachrichtungen kennen gelernt hatte, ohne jemals eine abzuschließen, erlaubte es mir, meine Arbeit nüchtern zu betrachten. So verstand ich mich in diesem karg eingerichteten Zimmer, in dem ich jeden Abend ein paar Stunden verbrachte, in erster Linie als fernmündliche Geschichtenerzählerin, die uralte vor-schriftliche – um nicht zu sagen: orale – Traditionen wieder aufleben ließ. Zwar zählten zu meinem Publikum keine kleinen

Kinder, die nicht einschlafen konnten, sondern ausschließlich erwachsene Männer, die zu viel Tinte im Füller hatten. Aber besaßen sie deshalb *keinen* Anspruch auf Geschichten?

Anders ausgedrückt: Die Aneignung und Nutzbarmachung der Natur beziehungsweise Umwelt als Geschichtenerzählerin ist Selbstverwirklichung im besten marxistischen Sinn. Insofern werden sowohl ihre eigenen Bedürfnisse befriedigt *als auch* die Bedürfnisse anderer, wenngleich diese mit jenen nicht deckungsgleich sind. Denn unter *sexuellen* Gesichtspunkten ist das Geschichtenerzählen am Telefon meist wesentlich unbefriedigender als beispielsweise der Aufenthalt in einer überfüllten U-Bahn an einem regnerischen Tag. Trotzdem unterschied ich mich von der Fabrikarbeiterin, die an einer bestimmten Stelle eines Prozesses eine entmenschlichte Mutter auf eine anonyme Schraube dreht und damit vom Produkt ihrer Arbeit sowie von ihren Mitmenschen entfremdet ist – ich hatte von Anfang bis Ende alles in der Hand. Glücklicherweise nur im übertragenen Sinn.

Schuld war diese Annonce. *Nette Studentinnen für Telefonmarketing gesucht.* Ich vermutete nichts Böses, was sollte mir schon passieren? Nett konnte ich sein, wenn es darauf ankam, Studentin war ich sowieso, und schon im stolzen Alter von zehn Monaten habe ich zum ersten Mal einen Telefonhörer in der Hand gehalten, dafür gibt es fotografische Beweise. Ja, das Bild zeigt mich nackt auf einem Schaukelpferd, aber das hat nichts zu bedeuten. Oder glauben Sie an Vorbestimmung?

Die Anzeige lag vor mir auf dem versifften Tisch der Cafeteria der Philosophischen Fakultät. Neben der Kasse hing ein handgeschriebenes Schild mit der Aufschrift *Bitte lächeln*. Die Kassiererinnen hier lächelten niemals. Man konnte es ihnen nicht verübeln, sie arbeiteten in der dreckigsten Ecke der ganzen Universität. Auf dem Boden lagen halb leere Kakaobecher sowie Snickers- und Mars-Verpackungen, und die Tische brüsteten sich mit historischen Kaffeeflecken. Tom, der Chemie studierte und die Mittagspause seiner Freundin Farina zuliebe bei uns Philosophen verbrachte, behauptete, wenn man die Flecken analysieren würde, ließen sie sich anhand der im Wasser enthaltenen Schwermetalle exakt auf ein Jahr zurückdatieren. Vermutlich späte 60er, meinte Farina, während sie ihm den Nacken kraulte.

»Du musst *kleich* los, oder?«, fragte Heike. Meine Mitbewohnerin kam aus einem kleinen Kaff bei Karlsruhe und war abgesehen davon, dass sie ihre Konsonanten nicht im *Kriff* hatte, sehr in Ordnung. Sie studierte Deutsch und Biologie auf Lehramt, nicht selten in Kostüm oder Rock, und verbrachte ihre Mittagspausen normalerweise in der Cafeteria der Mediziner, wo sie hoffte, einen heiratsfähigen zukünftigen *Kroßverdiener* kennen zu lernen. Außerdem gab es in der Mediziner-Cafeteria keine Kaffeeflecken von prähistorischer Bedeutung, und man blieb nicht am siffigen Boden kleben, wenn man sich nicht ein wenig beeilte mit dem Studium.

Ich warf einen Blick auf meine Uhr und seufzte. Das Wintersemester 92/93 lief aus, und es war Zeit, zum ersten Vorstellungsgespräch meines Lebens aufzubrechen. Meine Eltern hatten erst vor kurzem enttäuscht ihre großzügigen Unterhaltszahlungen heruntergefahren, nachdem ich zum dritten Mal meine Fächer gewechselt hatte. Nach zwei Semestern Ethnologie und Geschichte wollte ich erst BWL studieren, dann Psychologie und war schließlich bei Anglistik und angewandten Sprachwissenschaften gelandet.

»Viel lieber würde ich jetzt ein Sonett von Chaucer interpretieren«, sagte ich, denn ich hatte überhaupt keine Lust, mich irgendwo vorzustellen.

»Ich glaube, der hat gar keine geschrieben«, sagte Farina.

»Eben«, erwiderte ich düster und steckte die Anzeige wieder ein.

»Telefonmarketing ist doch gar nicht so schlimm«, versuchte mich Farina zu trösten, die Chemiker-Freundin, die jedes Wochenende für ein kleines Berliner Radio Flyer in Clubs und angesagten Cafés verteilte.

»Frag mal, ob sie noch Leute *geprauchen* können«, sagte meine Mitbewohnerin und versprach, mir fest die Daumen zu *trücken.* »Ich *klaube*, ich könnte etwas Abwechslung *verdragen.*«

Die Arme musste zweimal pro Woche Essen in der Kantine der AOK austeilen, und das war nichts gegen den Job, den sie davor hatte. Für ein Fast-Fish-Restaurant musste sie in einem Kostüm über den Ku'damm laufen, in dem sie wirkte wie eine Mischung aus Meerjungfrau und schwangerem Mops (das war, bevor wir zusammenzogen). *'S Läbe is koi Schlotza,* wie Heike über ihr hartes Los zu sagen pflegte.

Ich brach auf, nicht ohne das Gefühl einer gewissen Dankbarkeit, dass mir das Schicksal wenigstens einen Job im Trockenen bescheren wollte. Das Büro lag im schicken, seinerzeit noch angesagten Charlottenburg, ich brauchte eine halbe Stunde dorthin. Pünktlich um fünf Minuten vor drei stieg ich aus dem Aufzug und drückte auf die Klingel. Hinter der verglasten Tür lag eine weiße Theke, ähnlich wie in einer Arztpraxis, auf der eine leere Vase stand. Kein Mensch weit und breit.

Ich klingelte erneut, und eine Frau in einem dunklen Hosenanzug mit Nadelstreifen öffnete mir endlich die Tür. Sie schien außer Atem, wirkte aber besonders gut gelaunt. Unter ihren blondierten Haaren leuchteten die Wangen rot wie nach einem ausgedehnten Spaziergang an einem kalten Herbsttag im Charlottenburger Schlosspark. Die Haare trug sie kurz und stoppelig, sie schien den gleichen Friseur wie Marie, die Sängerin von Roxette, zu besuchen. »Kommen Sie rein, Sie werden schon erwartet«, begrüßte sie mich mit einer hellen, freundlichen Stimme und einem Grinsen.

Ich blickte in einen engen neonbeleuchteten Gang, zu beiden Seiten befanden sich mehrere Türen, die allesamt verschlossen waren. Am Ende des Ganges lag eine Rolle weißes Kabel neben einem Stapel kleinerer Kartons. Die Wände waren nackt, wahrscheinlich war die Firma vor kurzem erst hier eingezogen. Von der Decke hingen kleine Lautsprecher, aus denen klassische Musik herabrieselte.

Die Frau im Hosenanzug schob mich durch eine Tür, die sich hinter der Theke befand, und verschwand eilig wieder. Immer noch grinsend.

»Näher kommen«, sagte eine sanfte männliche Stimme.

Eine Hand winkte mich heran. Sie gehörte einem Mann mit leicht gelblichem Gesicht. Er saß hinter einem massiven schwarz lackierten Schreibtisch und wirkte irgendwie amüsiert. Sein Lächeln war dem der blondierten Frau nicht unähnlich. Offenbar war ich bei einer Art Sekte gelandet, oder die Menschen hier nahmen einfach nur die richtigen Drogen.

Das Winken des Mannes wurde hektischer und ließ erst nach, als ich saß. Die Hand, die ich ihm gut erzogen entgegenstreckte, ignorierte er. Seine Hand sank nieder auf die Stuhllehne, sprang dann über zu einem Gehstock, der an den Stuhl gelehnt war.

»Sagen Sie etwas«, forderte er mich leise auf und schloss die Augen. Auf seiner gelben Stirn glänzten kleine Schweißperlen.

»Aber was ...«, sagte ich und rutschte auf meinem Stuhl hin und her. Dabei inspizierte ich das Büro. Die Wände waren nackt, wie im Flur. Neben dem Schreibtisch stand ein leerer Blumenübertopf.

»Reden Sie. Egal was«, wiederholte Gelbgesicht ungeduldig und wischte sich mit einem Tuch über die Stirn. Wieder winkte seine Hand, mit vier Fingern nur; der Daumen hielt den Gehstock. Er wirkte wie ein Dirigent, der mit einem müden Orchester kämpfte.

Ich zögerte kurz, dann versuchte ich die Bedeutung von Boccaccios *Decamerone* für die Weltliteratur zu erklären, indem ich ausführte, dass Lessing die Novelle von den drei Ringen, die Philomena am zweiten Tag auf dem Schloss erzählt, seinem *Nathan* zu Grunde gelegt hatte – das Thema eines Referates, an dem ich gerade arbeitete. Langsam wurde ich entspannter.

Am Ende nickte der Mann mit dem Gehstock zufrieden und empfahl mir, meinen Vortrag zur Erheiterung mit dem Hinweis einzuleiten, dass der *Decamerone* damals auf dem Index gelandet war, weil Boccaccio die gesamte Geistlichkeit des 14. Jahrhunderts mit Spott überzogen hatte, indem er sie zu Helden diverser Sex-Geschichten machte.

Ich schwieg beeindruckt.

»Irgendwelche Erfahrungen?«, fragte er und zog eine Feile aus einer Schublade, mit der er seine Nägel bearbeitete.

»Nein, aber ich bin lernfähig«, sagte ich und versah mein gelbes Gegenüber in Gedanken mit dem Stempel *schwul*. Es gab mir Sicherheit, das anzunehmen.

»Freut mich zu hören«, sagte er, ohne die Augen von seinen Nägeln zu nehmen. »Dann also zum Praktischen: Wer hier arbeitet, hat zwei einfache Regeln einzuhalten. Kein Wort zu anderen darüber, was in diesen Räumen passiert. Und Regel Nummer zwei: Keine privaten Kontakte mit Kunden, keine Treffen. Unter keinen Umständen. Glauben Sie, dass Sie das schaffen?«

Ich nickte zuversichtlich.

»Aus firmenpolitischen Gründen erlaube ich mir, die Gespräche meiner Mitarbeiterinnen abzuhören. Wenn Sie damit ein Problem haben, sagen Sie es lieber gleich.«

Ich dachte kurz nach. »Kein Problem, aber …«

»Haben Sie einen festen Freund?«, fiel er mir ins Wort.

*Nein, und Sie?*, dachte ich und erhob die Augenbrauen zu einem Fragezeichen.

»Verstehen Sie mich nicht falsch«, sagte er. »Mir persönlich ist es vollkommen egal, was Sie in Ihrer Freizeit tun, solange Sie nicht gegen die Regeln verstoßen. Aber Sie würden sich wundern, was man mit den Freunden respektive den Männern von Mitarbeiterinnen alles erlebt.«

»Keine Sorge, Herr …«

Kommentarlos drückte er die Lautsprechertaste seines Telefons und eine kurze Zahlenkombination. Dann lehnte er sich zurück und feilte weiter an seinen Nägeln.

Ein Mann war zu hören, im Gespräch mit einer Frau. Ich erkannte in ihrer Stimme die Roxette-Doppelgängerin, die mir die Tür geöffnet hatte. Sie war mitten in einem Kundengespräch. Ich wunderte mich, wie vertraulich die beiden miteinander sprachen. Er nannte sie Sheila. Ein Name, der nicht zum Hosenanzug, wohl aber zu ihrem Grinsen passte.

Warum er noch nicht bezahlt habe, wollte Sheila wissen.

Er behauptete, der Scheck sei in der Post.

Sheila sagte, man habe etwas anderes abgemacht.

Gelbgesicht drückte auf einen Knopf. »Schmeißen Sie diesen Wichser aus der Leitung, der kommt direkt in die Mahnung«, sagte er. Dann brach das Gespräch ab. Der Mann, dessen Namen ich noch immer nicht wusste, drückte ein paar Tasten. Ich starrte auf das Telefon. Offenbar lag hier ein Missverständnis vor. Was für eine Art Marketing betrieb diese Firma?

»… du geile Sau. Los, besorg's mir. Jah! Jah! Oh, Ghoootth! Schaffst du es noch thhhhiefer?«

Es war die Stimme einer anderen Frau, sie klang sehr jung.

»Ja, so ist es ghuuuut. Oohh, ich wusste, auf dich ist Vherlaaass. Komm, Süßer, ich will …«

Mit einem Tastendruck wurde auch dieses Gespräch beendet. Der Mann mit den frisch manikürten Nägeln lächelte mich entschuldigend an. »Sie ist noch nicht so lange bei uns. Es gibt allerdings Männer, die das mögen«, erklärte er und prüfte seine frisch geschliffenen Nägel, indem er mit ihnen seine gelben Wangen liebkoste. Zufrieden legte er die Feile in eine Schublade und fragte: »Was denken Sie?«

*Wo ist die Tür?*, war der einzige Gedanke, zu dem ich fähig war. Offenbar saß ich in den frisch gefeilten Fängen eines Telefonsexzuhälters! So viel hatte ich naives junges Huhn begriffen, auch wenn damals die minutenlangen Ruf!Mich!An!- und Besorg's!Mir!-Arien in den nächtlichen Werbepausen der privaten Fernsehprogramme noch Zukunftsmusik waren und der erste Kinofilm über Telefonsex, *Girl 6* von Spike Lee, noch drei Jahre auf sich warten ließ.

Und so hatte ich das Gefühl, nachdem ich mich freundlich von meinem Gastgeber verabschiedet hatte (»Danke, ich finde alleine raus!«), dass ich die Vorzüge eines Promotionjobs an frischer Luft bislang unterschätzt hatte. Meerjungfrau hin, Mops her.

Der Kampf dauerte bis zum Abend. Im Ring standen sich meine Mutter und die Frau mit der Roxette-Gedächtnisfrisur gegenüber. Mama, die von Anfang an eine solide Ausbildung zur Bankerin mit anschließender Ehelichung des Filialleiters befürwortet hatte, trat als Vertreterin und Verfechterin meiner guten Erziehung an. Sheila verkörperte alles, was verboten war und Spaß machte.

»Wer lieber in spießigen Kantinen als Königsberger

Klops verkleidet Suppenkellen schwingen will, soll das gerne tun«, sagte Sheila.

»Sie hatte erst einen festen Freund, damals mit 18. Wie soll sie wissen, was Männer wollen?«, platzierte meine Mutter einen unfairen Schlag unter die Gürtellinie.

»Man lernt mehr über das Leben und die Menschen als in einem Proseminar über Boccaccios *Decamerone*«, gab Sheila schwach zurück.

»Sie hat von Tuten und Blasen doch keine Ahnung!«, setzte meine Mutter ihre Taktik fort.

»Tuten haben wir eh nicht im Programm«, wich Sheila elegant aus.

»Ein normaler Mensch macht so was nicht …«, holte meine Mutter zu einem rechten Haken aus.

»Wie kann man etwas ablehnen, ohne es probiert zu haben?«, duckte sich Sheila.

»… weder auf der einen noch auf der anderen Seite des Telefons.« Meine Mutter verfehlte ihre Gegnerin um einen guten Zentimeter.

Der Kampf wurde unfair, als sich am Abend der Schiedsrichter auf die Seite meiner Mutter schlug: mein Bruder Sven.

»Ich würde die sofort anzeigen. Das ist doch illegal«, sagte Sven, der telefonisch zugeschaltet war.

»Meinst du?«, sagte ich blöd und goss mir Wein nach. Auf dem Küchentisch lag die Anzeige aus der Zeitung. *Nette Studentinnen für Telefonmarketing gesucht.* Wie hätte ich beim ersten Lesen ahnen können, dass man sich *selber* am Telefon zu vermarkten hatte.

»Wer weiß, was die noch von dir verlangen. Erst musst du nur telefonieren, als Nächstes sollst du strippen. Und dann kommen die Kerle zu dir, und du kannst nicht mehr einfach auflegen. Vielleicht schaffst du es gerade noch, ihnen den Hörer über den Schädel zu ziehen und wegzulaufen. Daran schon mal gedacht?«

Ich fragte mich, ob mein Bruder an seinem Postschalter heimlich die Briefe von Kunden las. Anders konnte ich mir seinen plötzlichen Ausbruch von lebhafter Phantasie nicht erklären.

»Sei nicht so dramatisch. Ich habe ja nicht gesagt, dass ich den Job machen will«, sagte ich, als meine Mitbewohnerin die Küche betrat. Heike trug ein Bügelbrett und einen Korb Wäsche unter dem Arm. Ich legte die Hand auf die Sprechmuschel und zischte: »Ich hätte wissen müssen, dass es eine Scheiß-Idee ist, ihn anzurufen.«

Heike kicherte.

»Mama und Papa hätten dich nicht nach Berlin gehen lassen sollen, ich wusste es! Ich kenne doch meine kleine Schwester und ihr Faible für dumme Ideen. Bringe ich das durcheinander, oder bist du damals nicht mit deinem komischen Freund, diesem Nadine, im Sommer …«

»Sein Name war Nadime, mit einem *m*. Und er war nicht komisch.«

»… über den Zaun des Freibads gestiegen, um im Mondschein schwimmen zu gehen? Und wer musste nachher stundenlang mit der Polizei reden, weil unsere Eltern in Österreich im Urlaub waren, und versprechen, dass du diesen Halbkriminellen nie wieder sehen würdest?«

Sven, der mit seinem Freund Rüdiger gerne superspannende Wandertouren im Harz unternahm, würde natürlich nie über Zäune klettern. Er könnte sich dabei die frisch gebügelte Hose schmutzig machen. Oder mit der Schnalle seiner Sandale hängen bleiben.

»Und was soll mir diese Geschichte jetzt sagen, Sven?«, fragte ich und trank hastig etwas Wein. Heike kicherte wieder und zog einen Schlüpfer über das Ende des Bügelbretts.

»Du glaubst doch nicht, dass Mama und Papa deine Wohnung weiter bezahlen, wenn sie das rauskriegen!«, sagte er.

»Von mir erfahren sie es nicht, und du bist viel zu feige, um mit ihnen über Sex zu sprechen«, sagte ich zu meinem Bruder. Sex war für unsere Eltern ohnehin kein Thema. Sie hatten uns Kindern früher erzählt, dass man nur »ganz dicht nebeneinander« sitzen müsse, wenn man sich »ganz doll lieb« habe. Dagegen mutete die Geschichte vom Storch wahrhaft avantgardistisch an.

»Betrinkst du dich schon wieder?«, fragte Sven.

Ich seufzte. Mein vier Jahre älterer Bruder war der Sohn unserer Mutter, die über die Nachbarn schimpfte, die »nie ihre Wäsche abnahmen«, wenn sie sie *ein*mal über Nacht vergessen hatten. Man trank ein kleines Schlückchen Wein und wurde direkt in der Betty-Ford-Klinik zum Entzug angemeldet. Was wusste Sven schon: Wenn er und Rüdiger »Partys« feierten, wurde man bereits um 18.30 Uhr einbestellt. Nach 23 Uhr fingen die Gastgeber an zu gähnen und öffneten demonstrativ keinen Sekt oder Wein mehr; außerdem legten sie keine neue CD nach, was nicht schlimm war, denn man hatte inzwischen auch alle drei gehört.

»Ja«, sagte ich. »Heike hat ein paar scharfe Kommilitonen eingeladen, wir feiern eine kleine Orgie. Wie jeden

Abend eigentlich. Mama und Papa wissen Bescheid. Finden's toll. Sie wären auch gekommen, wenn heute nicht der Musikantenstadl im Fernsehen laufen würde.«

Heike breitete einen Kopfkissenbezug vor ihrer Brust aus und rief: »Mann, der ist ja richtig *kroß*!« und fing an zu stöhnen, als würde ein Auto über ihren Fuß rollen. Wie sich bald herausstellen sollte, gab es dafür sehr dankbare Abnehmer.

Jetzt war mein Bruder an der Reihe zu seufzen. »Ich mache dir ein Angebot, Franzi«, sagte er.

Ich hasste es, wenn er mich Franzi nannte, und ließ noch einmal mein Glas erklingen, indem ich einen Löffel dagegen schlug.

»Du brauchst einen Job, ich helfe dir. Ich frage gleich morgen nach, ob du in den Semesterferien im Sortierdienst arbeiten kannst. Da triffst du viele nette Studenten. Außerdem ist *das* eine anständige Arbeit.«

Schlagartig war mir klar, dass ich am nächsten Tag wieder bei dem gelben Mann mit den wohl gefeilten Nägeln sitzen würde, und ich dankte Sven für seine Hilfe.

»Es gibt nichts, was du nicht tust«, sagte Gelbgesicht, während er mich an der Hand durch die so genannten »Vögelzimmer« führte. In einem dieser Vier-Quadratmeter-Käfige saß Sheila und stöhnte sehr überzeugend. Ihre Wangen waren wie stets gerötet; sie hielt in beiden Händen je einen Telefonhörer, um zwei Kunden parallel zu bespaßen. Als sie uns bemerkte, klemmte sie sich einen Hörer zwischen Ohr und Schulter und winkte uns grinsend zu.

»Stoßzeit«, flüsterte mein neuer Chef, der auf einmal

viel zutraulicher war. Er hatte sich mittlerweile als Müller-Dörtzenbach vorgestellt, mit einem ironischen Unterton, der einem nahe legte, sich nicht nach seinem richtigen Namen zu erkundigen.

Was hatte ich für ein Schlampenfieber vor meinem »ersten Mal«! Schließlich war ich zu meinem neuen Job gekommen wie einst die dröge Jungfrau Jobatay zu »Verstehen Sie Spaß?«, obwohl er selber schrecklich wenig von Spaß verstand. Aber Müller-Dörtzenbach nahm mir meine Angst. Seine Augen drangen so tief in mich ein, dass er mir nun gar nicht mehr schwul vorkam.

»Frag die Wichser vorher, was ihnen gefällt«, empfahl er mir. »Gut zuhören ist das Wichtigste. Und sobald du weißt, was sie scharf macht, erzählst du es ihnen einfach wieder. Alles, was du tun musst, ist: laut und deutlich atmen. Und nimm sie irgendwohin mit, gib deiner Geschichte eine Farbe. Du bestimmst den Hintergrund.«

Auf der Suche nach einem hübschen Pseudonym schlug Sheila in ihrer Funktion als Hauptvöglerin den Namen Lilly vor. Franziska fand sie orgasmusfeindlich, weil es nach Kastration klingt: »zis« als onomatopoetische Umschreibung für den Akt des Abhackens, während die Silbe »ka« den dumpfen Aufprall des Penis auf dem Boden lautlich wiedergibt.

Lilly hingegen, ähnlich wie Sheila, klingt sanft und sauber (schließlich kommt auch kaum ein großer Markenname für Waschmittel oder Weichspüler ohne ein »l« aus). Vor allem aber, weil dieser Name beim Aussprechen mehr als jeder andere die Zunge in Wallung bringt, wurde ich zu Lilly. Sheila ließ mich um 15 Jahre altern, da das besser zu meiner Stimme passte, wie sie fand. Meine Haare wurden blondiert und wuchsen auf ihre doppelte Länge, die Körbchengröße um immerhin einen Buchstaben. Meine Herkunft war Schwedisch, meine Spezialität Französisch.

Zwar dauerte mein erster Probeeinsatz als Innenausstatterin fremder Phantasien mit über neun Minuten etwas länger als üblich, und da die Kunden pro Geschichte zahlten, wurde ich angehalten, »mehr Gas« zu geben, doch Müller-Dörtzenbach war begeistert. Während der Nachbesprechung legte er mir seine Hand auf die Schulter und lobte meine leicht dominante Gesprächsführung und meine Phantasie.

»Fürs erste Mal stellst du dich gar nicht so dumm an«, sagte er und wollte seine Hand gar nicht mehr von meiner Schulter nehmen. Nur Sheila, die das Gespräch mit ihm zusammen abgehört hatte, mäkelte, ich hätte den Kunden sicher ebenso zufrieden gestellt, wenn ich die Ausführungen über Farbe und Muster meines Bikinis etwas abgekürzt hätte; auch die Information, dass ich ihn im Schlussverkauf bei H & M gegen eine schwindsüchtige Konkurrentin verteidigt hatte, der das Oberteil sowieso zu weit gewesen wäre, hielt sie für verzichtbar.

»Sie hat viel Phantasie!«, befand Müller-Dörtzenbach und führte mich noch am selben Abend zum Essen aus, um mir anschließend in seiner beeindruckenden Wohnung zu beweisen, dass er nicht schwul war. Als nach meinem ersten Arbeitstag in meinem ersten Nebenjob die Eingangstür hinter uns zufiel, stellte ich fest, dass die Telefonmarketing-Firma, bei der ich mich ursprünglich hätte vorstellen sollen, auf dem gleichen Gang gegenüber lag. Zur *rechten* Seite des Fahrstuhls.

Meinen Freunden und Kommilitonen erzählte ich damals, dass ich für den Quelle-Versand telefonische Bestellungen entgegennähme. Außer meiner Mitbewohnerin Heike erfuhr nur Sven, was ich wirklich tat. Als Dankeschön für meinen Vertrauensbeweis versuchte er, mich zu erpressen. Mein Bruder drohte damit, unsere Eltern zu informieren, wenn ich mir nicht einen konventionelleren Job suchte. Doch ich erpresste erfolgreich zurück, dass ich sie im Gegenzug darüber aufklären würde, warum ich früher bei Besuchen von Tante Gesche, Onkel Hans und ihrem Sohn Sören nie in Svens Zimmer kommen durfte. Einmal nämlich hatte ich durch das Fenster beobachtet (das Schlüsselloch war von meinem cleveren Bruder zugehängt worden), wie die zärtlichen Cousins mit hochroten Gesichtern über den Unterwäscheseiten des Quelle-Katalogs lagen und sich gegenseitig ihre Neckermänner lang zogen. Verständlicherweise zuckte Sven darum immer zusammen, wenn ich unseren Eltern in seinem Beisein erfundene Geschichten aus der Quelle-Auftragsannahme erzählte, weil er immer fürchtete, ich könnte zu einem »A propos …« ausholen.

Sven verlangte, dass ich ihm den Namen und die Adresse der Firma verrate, für die ich arbeitete. Nur zu meiner eigenen Sicherheit, wie er versprach. Da ich Familienbesuche in der Firma unbedingt vermeiden wollte, sagte ich ihm stattdessen zu, die gewünschten Informationen in meinem Schreibtisch zu deponieren. Für den Fall …

Die brüderliche Inquisition nahm kein Ende. Was ich den »Schweinen« am Telefon alles erzählen würde (alles, was sie wollen). Ob sie wüssten, wo ich wohne (spinnst du?) und ob ich *deren* Adresse hätte (ja, aber ich verrate sie dir nicht). Wie viele von ihnen verheiratet seien (mir doch egal). Und riefen auch manchmal Frauen an? (Sheila hatte mal eine Kundin, aber die beiden haben nur über das aktuelle Kinoprogramm geredet. Die Frau hat pünktlich gezahlt.)

Für jemanden, der mit Telefonsex nichts zu tun haben wollte und mich als »krank« und »pervers« bezeichnete, stellte mein Bruder ziemlich viele Fragen. Die Antworten gab ich Heike, die immer häufiger drängelte, ich möge sie mal mitnehmen, wenn niemand sonst in der Firma sei. Ich hoffte, sie abschrecken zu können, indem ich ihr von meinen extremsten Kunden erzählte. Denn nebenbei war es gar nicht so einfach, abends einzuschlafen, nachdem man fremde Leute ausgepeitscht, als dreckige Sklaven beschimpft und ihnen zur Krönung noch einen Haufen auf den Küchentisch gemacht hatte. Doch eines Sonntagabends im April begleitete sie mich ins Büro, damals war ein wahrer Kundensturm über uns hereingebrochen. Ich hatte sie kurzerhand in ein Nebenzimmer gesetzt, wo ich sie telefonieren und auf ihre beängstigende Art, aber nicht ohne Erfolg stöhnen ließ. »April« war geboren, denn wenn Franziska schon orgasmusfeindlich klang, musste der Name Heike nicht erst recht zu Erektionsverweigerung führen?

Kurz vor Ablauf des Sommersemesters erfuhr ich von einer vakanten Praktikantenstelle bei dem Radio, für das Farina Flyer verteilte. Sie selber hätte dieses Praktikum machen sollen, doch sie war kurzfristig bei einem Austauschprogramm mit unserer Partneruniversität in

Rom nachgerückt und musste das Praktikum darum absagen.

»Es würde mir leichter fallen, wenn ich der Redaktion gleich einen Ersatz anbieten könnte«, erzählte sie in der Mensa über einem Teller farbloser Pasta.

Ich nickte, denn plötzlich wusste ich, dass dank der wertvollen Erfahrungen beim Telefonsex mein weiterer Berufsweg schon vorgezeichnet war: als Radiomoderatorin. War ich nicht durch eine gute Schule gegangen? MD, wie ich Müller-Dörtzenbach der Einfachheit halber nannte, hatte mir beigebracht, meinen Gesprächspartnern aufmerksam zuzuhören und auf sie einzugehen. Ich war gewöhnt daran, mich in Zeitkorsetts zu bewegen (die bei Radio-Interviews sehr viel enger sind). Und letztendlich war man als Moderatorin auch nichts anderes als ein Unterhaltungssklave, der sein Publikum zu bespaßen hatte.

# ZEHN JAHRE SPÄTER

# Kapitel 1

*»Guten Morgen in Berlin und Brandenburg! Es ist elf Minuten nach sieben.«*
*»Du siehst müde aus, Robert.«*
*»Kein Wunder! Das war ein totaler Wahlkrimi, letzte Nacht. Fast hatte die CDU schon gewonnen, und dann hat die SPD doch noch aufgeholt.«*
*»Also, ich habe ausgeschaltet, nachdem Edmund Stoiber angekündigt hat, er wolle schon mal ein ›Glas Champagner‹ öffnen.«*
*»Das war eben ein Fehler, nicht nur sprachlich.«*
*»Hat Stoiber nicht auch während des Wahlkampfs zum Thema Bildungspolitik gesagt: ›Wir müssen den Kindern mehr Deutsch lernen?‹«*
*»Stimmt. Und er ist der beste Beweis dafür.«*

Aus Edmund und mir wurde nichts. Das war am Morgen des 23. September 2002 eine ziemliche Enttäuschung. Hatte mir doch das Horoskop zu Beginn des Jahres einen Mann mit »kleinem Schönheitsfehler« versprochen, der »antreten« würde, um eine »beherrschende Rolle« in meinem Leben einzunehmen.

Bevor wir uns falsch verstehen: Ich halte nicht viel von Horoskopen. Außerdem habe ich mich nie über die politischen Grenzen hinaus für den Mann aus Bayern interessiert (und das auch nur, um ihn noch überzeugter *nicht* zu wählen). Doch nachdem das Jahr 2002 bereits zu drei Vierteln abgelaufen war und sich keine Spur von einem neuen Mann am Horizont abzeichnete, hatte ich beschlossen, mein Jahreshoroskop großzügig im Sinne eines Regierungswechsels *um*zuinterpretieren, damit ich nicht mehr auf der Lauer liegen musste und endlich meine Ruhe hatte. Ja, für diesen Frieden war ich sogar bereit, meine politische Überzeugung zu opfern.

Doch auf Frieden musste ich noch eine Weile warten. Mit einem neuen Kanzler war ich schlafen gegangen und wachte mit dem alten wieder auf. Über Nacht hatten sich bei der Auszählung der letzten Stimmen die Mehrheitsverhältnisse immer weiter zugunsten des Regierungslagers verschoben, und der bajuwarische Herausforderer stand mit seiner voreiligen Ankündigung, er werde schon mal ein *Glas* Champagner öffnen, doppelt dumm da.

Es war ein trüber Montagmorgen. Dichte Wolken standen am Himmel, und die Sonne zögerte noch. Sollte sie dem neuen alten Kanzler und seinen Leuten den Tag versüßen? Oder würde man ihr unterstellen, dem Unterlegenen, dem Kandidaten parteiisch Trost spenden zu wollen, wenn sie sich zu weit hervorwagte?

Mein Schreibtisch war an jenem Montag reich gedeckt. Vor allem mit Post, die sich während meines Urlaubs angesammelt hatte; des Weiteren mit drei prall gefüllten Fototaschen, die ich auf dem Weg in den Sender abgeholt hatte, sowie mit einem kleinen Gläschen Wiedergutmachungs-Kaviar für meine Jungs. Sie hassen mich, wenn ich sie länger als eine Nacht allein lasse, und man muss sich immer wieder mühsam einschleimen, vor allem bei Sodom.

Marius Müller-Westernhagen lächelte wie immer zynisch von der gegenüberliegenden Wand meines Büros auf mich herab. Sein Gesicht war böse zerstochen, wie nach einem Angriff aggressiver Killerbienen, die ein erstaunlich ausgeprägtes Gespür für schlechte deutsche Rockmusik besaßen. Lustlos warf ich ein paar Pfeile auf das alte Plakat, das ich auf zwei Pinnwänden befestigt und zur Dartscheibe umfunktioniert hatte, als Diane mein Büro betrat.

»*Hola*, Süße! *Que tal*?«

*›Süße‹, das bin ich. Die Frau mit den süßen dunklen Locken und den süßen kleinen Titten, die man im Radio nicht sieht. Was selbstverständlich nichts mit ihrer Größe zu tun hat. Am Mikrophon heiße ich Franka Mumme, was zu exakt 80 % meinem Taufnamen entspricht. Meine Eltern missbilligen diese kleine Amputation, aber sie hören meine Sendungen sowieso nicht.*

Diane küsste mich auf die Wange und nahm hinter dem Schreibtisch des Kollegen Prilop Platz, wo sie sich eine Zigarette anzündete. Dann löste sie ihr Haargummi, und ihre rotblonde Mähne fiel üppig über ihre Brüste, die in ihrem großzügig geschnittenen Marilyn-Manson-T-Shirt etwas untergingen. Es waren schöne Brüste, auf die ich manchmal eifersüchtig war. Sie hatten die vollen Rundungen von frischen Hefeklößen, wie meine Mutter sie machte. Wenn ich mich nackt im Badezimmerspiegel betrachte, muss ich auch oft an Hefeklöße denken – nachdem die Luft herausgelassen ist.

»Wie geht's deinen zwei Machos?«, erkundigte sie sich nach meinen Jungs.

»Sie haben's überlebt. Aber Sodom schaut mich mit dem Arsch nicht an.« Und Gomorra hatte in der einwöchigen Obhut meiner Nachbarin stark abgenommen. Sein orangefarbenes Fell hing wie ein zu großer Mantel von seinem Bauch.

Diane und ich hatten eine Woche auf Ibiza verbracht, obwohl man es ihr kaum anmerkte: Dianes helle Haut wurde in der Sonne bestenfalls rot. Nicht dass wir besonders dick befreundet gewesen wären, aber manchmal kommen Kolleginnen auf so merkwürdige Ideen. Es hätte ein schöner Urlaub werden können, wenn Diane nicht pausenlos versucht hätte, mir ihre abgelegten Männer anzudrehen.

»Verkrampf dich nicht so, Süße«, hatte sie gepredigt. »Hier kannst du dich endlich mal austoben. Außerdem könntest du deinem Horoskop ein bisschen entgegenkommen!«

Ich wusste, Diane meinte es gut. Aber es reichte schon, dass meine Mutter regelmäßig Heiratskandidaten in meiner niedersächsischen Heimat rekrutierte, die sie mir ans einsame Herz legte. Warum nahmen alle an, dass eine 34-jährige Frau nichts mehr brauchte und dringender suchte als eben einen Kerl? Abgesehen davon durfte ich, so fand ich, wohl einen deutlichen Hinweis auf den Kandidaten erwarten, wenn mein Jahreshoroskop schon jemanden für mich abgestellt hatte!

»Dann lass mal sehen, Süße!«, sagte Diane und streckte ihre Hand aus, die deutlich weniger sonnengebräunt war als jene Hand, die ihr die Urlaubsbilder reichte. Die Motive hießen vorwiegend Dieter, Herbert oder Günter. Mit ihnen hatte ich Diane am Pool unseres Hotels fotografieren müssen, so dass sie ihren Ex-Freund Marco eifersüchtig machen konnte. Sobald sie mit Dieter, Herbert oder Günter nach ein paar Tagen fertig war, hatte sie sie mir nacheinander auf den Single-Hals gehetzt. Im Grunde eine konsequente Fortführung unserer Arbeitsteilung im Sender: Ich moderierte die Abendsendung für *jene* Hörer, die Diane nach der Morningshow für mich übrig gelassen hatte.

»Also, ich habe mich wirklich prächtig erholt, Süße. Das machen wir mal wieder«, sagte Diane und warf ihre Kippe in eine leere Wasserflasche, die auf dem Schreibtisch stand.

»Sieh an: der Morgen und der Abend!« Die Stimme gehörte Waldemar, unserem Chef vom Dienst. Das Hemd mit den sehr kleinen Karos und die braunen billigen Slipper trug er im Grunde jeden Tag. Natürlich hätte er sich von seinem Gehalt vernünftige Schuhe leisten können, aber er kannte den Unterschied zwischen einem Paar für 24,90 und wirklich schönen Schuhen nicht. Und er hatte es versäumt, jemanden zu heiraten, der es ihm erklärte. Im Schlepptau folgte ihm eine junge Frau, die er als Sandra Barnbrock vorstellte.

»Diane kennst du ja schon. Sie moderiert mit Robert Dieterle die Morningshow«, sagte er, worauf Diane sich erhob und mit den Fotos unter dem Arm davonzog. »Wie schon gesagt, Kleine: Wenn du etwas brauchst – komm ruhig zu mir!«

»Und die Frau, die aussieht wie Roberto Blanco«, fuhr Waldemar fort und hielt kurz inne, als sein Blick auf den gebeutelten Westernhagen fiel, »das ist die Kollegin Franka Mumme.«

»Ibiza«, erklärte ich schulterzuckend und reichte der neuen Kollegin meine Hand.

»Wenn sie nicht gerade verdiente Rockmusiker massakriert, moderiert sie die Abendsendung. Quasi unser spätes Mädchen«, fügte Waldemar in seiner umwerfend charmanten Art hinzu und räusperte sich, während er mit der Hand umständlich vor seinem Gesicht herumwedelte. Diane hatte ihre Zigarette nicht richtig ausgedrückt, jetzt fiel es mir auch auf. Die Wasserflasche auf Prilops Schreibtisch, in die sie ihre Kippe geworfen hatte, war voller Qualm. Waldemar verzog das Gesicht und trug die Flasche mit spitzen Fingern zum Waschbecken.

»Ich freue mich schon sehr darauf, endlich mal richtiges Radio zu machen, hier bei euch«, sagte Sandra, die Neue, und senkte ihre Stimme. »Ich kann Marius auch nicht ausstehen, und BAP noch viel weniger.« Sie hatte große runde braune Augen und etwas zu viel Make-up im Gesicht, mit dem sie die zahlreichen kleinen Pickel zu verdecken suchte.

»Beeil dich, bevor deine neuen Kolleginnen das Haus abfackeln«, rief Waldemar vom Waschbecken, wo er Wasser in die Flasche laufen ließ.

Sandra kicherte. »Wenn ich irgendwas tun kann, bitte immer Bescheid sagen. Ich will auf keinen Fall herumsitzen müssen«, sagt sie.

»Keine Sorge, irgendeinen Brand gibt es hier immer zu löschen«, nickte ich.

Waldemar kommt als Chef vom Dienst in der Hierarchie unserer kleinen Welt direkt nach dem Bundespräsidenten. Laut Vertrag ist er nicht dazu verpflichtet,

Schwelbrände in 0,5-Liter-Flaschen zu löschen. Heldenhaft tat er es trotzdem.

»Wo ist eigentlich Prilop schon wieder?«, fragte er beim Händeabtrocknen.

»Im Archiv«, antwortete ich, obwohl ich wie immer keinen Schimmer hatte, wo mein Kollege steckte.

»Dann kümmerst du dich vielleicht ein bisschen um die neue Kollegin«, schlug Waldemar vor und verließ das Büro, ohne mich oder Sandra eines weiteren Blickes zu würdigen. Auch zum Augenkontakt ist er laut Vertrag nicht verpflichtet. Bedauerlicherweise werden in dieser Richtung keine Fortbildungen angeboten.

Natürlich wusste hier niemand etwas von meiner Vergangenheit als Sextelefonistin. Sie blieb der *hidden track* auf der CD meines Lebenslaufes. Nicht, dass ich mich geschämt hätte. Aber ich arbeitete in einem Sender, in dem die Herren Redakteure um Gabby, unseren Redaktionshomo, herumschlichen wie die Katze um den warmen Brei. In diesem Klima bestätigte sich fast täglich meine Vorahnung, dass man eine ehemalige Telefonsexistin niemals on air geduldet hätte. Nicht mal zum Vorlesen der Verkehrsmeldungen.

Nehmen wir den Kollegen Jörn Stechert, ein ehemaliger Stadionsprecher bei Alba Berlin. Jedes Mal, wenn er die t. A. T. u.-Mädels mit »All the Things She Said« spielte, erwähnte er gerne zum 137. Mal, dass es sich bei dem Russen-Duo um zwei (wenn auch angebliche) Lesben handelte, die im dazugehörigen Video auf dem Gefängnishof herumknutschen. Dazu bemerkte er in seiner superlustigen Stadionsprecher-Art, er habe sich unlängst in Russland für eine Umschulung zum Gefängniswärter angemeldet. *Hahaha!*

Jörn Stechert, Mr. Einschaltzote, war nicht besonders groß, auch nicht atemberaubend attraktiv. Sein Gesicht wirkte in der Mundgegend irgendwie unfertig, als hätte seinen Schöpfer kurz vor der Vollendung die Lust auf eine Zigarette ereilt – und vom Automaten kam er dann nicht wieder zurück. Jörns Beine erinnerten an einen wohlgeformten Eisenbahntunnel. Allerdings gewann er, wenn er neben Kollegen wie Waldemar stand. Garantiert wusste ich nur von einer Frau in der Redaktion, die ihm bislang widerstehen konnte und dies auch weiter fest vorhatte: ich, Franka Mumme.

»Mann, bist du braun geworden! Nahtlos?«, rief er an jenem Montagabend, als er ins Studio kam, um mich nach meiner Sendung abzulösen.

»Ich kenne jemanden, der das nie erfahren wird«, antwortete ich.

»Was sagt die Uhr, Puppe?« Damit warf er seine Jeansjacke – die Ärmel zu lang, sie waren am Ende einmal umgekrempelt – auf einen Stuhl neben dem Mischpult und verschwand wieder schlurfend aus dem Studio, als die Nachrichtensprecherin gerade hinter der Glasscheibe sagte: »Es ist 22 Uhr.«

»Die Uhr kann gar nicht sprechen«, rief ich Jörn in meiner lustigen Moderatorinnen-Art hinterher. Denn wenn mich etwas noch mehr ärgerte, als von ihm *Puppe* genannt zu werden, wo er doch mit der Sekretärin vom Chef zusammen war (eine *echte* Puppe), dann war es die Tatsache, dass Jörn jeden Abend zu spät kam.

Denn der Satz *Es ist 22 Uhr* ist gleichbedeutend mit:

»Auf Wiedersehen, liebe Franka. Schönen Feierabend!« Denn die liebe Franka hatte sich bereits artig bei ihren Hörern verabschiedet, war offiziell also nicht mehr da.

*Es ist 22 Uhr* bedeutet ferner, dass Jörn, dessen Sendung um 22 Uhr und spätestens drei Minuten begann (je nach Nachrichtenlage), auf seinem nicht vorhandenen Arsch im Studio zu sitzen hat.

Was der Satz – er ist auch in den Variationen *Es ist ein Uhr, zwei Uhr, drei, vier, fünf Uhr etc.* erhältlich – auf keinen Fall bedeutet, ist, dass der Moderator noch mal aus dem Studio schlurft, um sich Kaffee, Zigaretten oder eine Milchschnitte zu ziehen.

Nach der vierten Meldung quäkte es aus der Gegensprechanlage: »Nur noch zwei Kurze und der Sport. Kommt dieser Gottschalk für Arme heute noch zurück?«

Die Nachrichtenredakteurin machte ein Gesicht, als hätte ich Jörn des Studios verwiesen. Sie hasste mich, seit ich sie, mehr aus Langeweile, eines Abends auf die bei Nachrichtenleuten sehr beliebte Formulierung der *breiten Mehrheit* angesprochen hatte. Denn was suggerierte die Schlagzeile »Breite Mehrheit stimmt im Bundestag für das zweite Anti-Terror-Paket von Bundesinnenminister Schily« anderes, als dass dort mehrheitlich betrunkene Parlamentarier über die Fragen der inneren Sicherheit entschieden hatten? Ich hatte mein Argument nicht ganz ernst gemeint, doch sie legte mir dringend ans Herz, ich sollte mich um meinen eigenen Scheiß kümmern. Nachrichtenredakteure sind stolze Menschen.

Ich zeigte ihr meinen ausgestreckten sonnengebräunten Daumen und versuchte, möglichst optimistisch dreinzuschauen. Zur Sicherheit zog ich den bereits mehrfach verlesenen Wetterbericht aus dem Mülleimer und setzte mich zurück ans Pult.

Es war zwei Minuten nach Feierabend. Ich wurde unruhig, denn ich wollte endlich nach Hause, zu Sodom und Gomorra. Aber natürlich konnte ich nicht einfach das Studio verlassen. Die Kollegin las bereits den Sportblock. Nach jedem Halbsatz legte sie eine längere Atempause ein.

»Einen Tag vor der Champions-League-Begegnung Bayer Leverkusen gegen Manchester United …«

Endlich schlenderte Jörn um die Ecke. Die Hände in den Hosentaschen, wackelte er auf das Pult zu. »Sag mal, Puppe, kann ich dein Wetter haben?«, fragte er.

Wortlos stand ich auf und deutete auf den zerknitterten Wetterbericht, der zwischen den Reglern lag, papiergeduldig und bereit, zum vierten Mal an diesem Abend verkündet zu werden.

»Wie kann ich das nur wieder gutmachen?« Damit ließ sich Jörn auf den Stuhl am Pult fallen und winkte unbeschwert ins Nachrichtenstudio, in dem die Kollegin gerade mit ausgefahrenem Mittelfinger die letzten Worte sprach: »Die Zeit: Es ist 22.04 Uhr.«

Gomorra war nach ein paar Tagen wieder in sein orangefarbenes Fell zurückgewachsen, aber um sicherzugehen, dass alles in Ordnung war, ließ ich ihn untersuchen. Außer ein paar 100 Gramm fehlte ihm nichts. Als ich nach der Sprechstunde etwas verspätet in den Sender kam, lauerte mir mein halb türkischer, voll schwuler Lieblingskollege Gabby auf und zog mich in die Kaffeeküche.

»Wo hast du die ganze Zeit gesteckt? Die Moi hat dich vermisst«, sagte er. »Es gibt neue Gerüchte!«

»Ich war beim Arzt«, sagte ich und zog eine Tafel Schokolade und eine Tüte M & Ms aus einem Automaten, als Ersatz für mein ausgefallenes Mittagessen.

Als ich mich wieder umdrehte, war Gabby ganz blass. Er griff nach meinen Händen und drückte sie fest. Dann küsste er mich auf die Stirn. »Dann bist *du* die Glückliche?! Hey! Welcher Monat?«

»Oktober«, sagte ich blöd. Ich hatte keine Ahnung, wovon Gabby sprach.

»Wie sollen wir es nennen?«, rief er aufgeregt und strahlte mich mit seinen unverschämt weißen Zähnen an. Er hatte in New York als Zahnmodel gearbeitet, neben seinem eigentlichen Job als Graphiker, den er vor ein paar Monaten verloren hatte. Nun behübschte er unseren Online-Auftritt. »Was wird es überhaupt?«

Wie auch immer Gabby auf die Idee kam, dass ich ein Kind erwarten könnte – ich hatte keine Gelegenheit, das mir untergeschobene Balg rechtzeitig abzutreiben, da ich die Stimme von Waldemar, dem freiwilligen Feuerwehrmann, hörte. »Ich hoffe, ich störe eure kleine Konferenz nicht.«

Waldemar hatte die unberechenbare Berechenbarkeit eines Phil-Collins-Songs. Er lauerte hinter jeder Ecke, man musste jederzeit mit ihm rechnen. Immer schlich er sich heran, man konnte ihn nicht mal *am Schritt* erkennen, wie Gabby gerne klagte.

Waldemar schlurfte mit seinem fleckigen Becher zum Kaffeeautomaten und warf ein Euro-Stück ein. Es war einer dieser Automaten, der auch Broccolicremesuppe konnte (was das seltsame Aroma des Kaffees erklärte) und der nur an ausgewählten Tagen und nur nach gutem Zureden Restgeld herauszugeben bereit war. In Augenhöhe klebten verschiedenfarbige Post-its, auf denen Kollegen vermerkt hatten, wie viel Geld ihnen der Kaffeeautomat seit dem letzten Besuch schuldete, als Mahnung an die Vertriebsfirma. Waldemar führte die Liste mit zwei Zetteln und einem Fehlbetrag von insgesamt 90 Cent an, was lächerlich war, denn Waldemar verdiente als Chef vom Dienst genug, um sich einen eigenen Automaten leisten zu können.

»Er gibt schon seit Tagen kein Kleingeld mehr aus, Waldemar«, warnte ich ihn freundlich. »Ich hätte noch ein paar Cent-Stücke, wenn du willst. Die Süßschleuder funktioniert nämlich einwandfrei.«

Waldemar bemerkte die Schokoladung in meiner Hand, dann sank sein dreister Blick auf meinen Bauch. »Warum ruft niemand den Service an?«, fragte er.

»Weil der Automat nicht kaputt ist«, erwiderte ich freundlich und versenkte den passenden Betrag im Einwurfschlitz. »Er kann erst dann wieder Kleingeld rausgeben, wenn genug Kleingeld in ihm steckt. So wie Menschen irgendwann damit aufhören, Nettigkeiten auszuteilen, wenn sie selber keine mehr bekommen«, klärte ich ihn auf.

Waldemar verstand meine Anspielung nicht. Chefautomaten wie er akzeptieren nur harte Währung. Nach kurzem Zögern ließ der Automat ein verächtliches Puffen ertönen; dann schied er eine dampfende braune Brühe aus, die sich in Waldemars Tasse ergoss.

»Was für ein bescheuertes System«, schimpfte Waldemar, als er die Küche verließ. Er nahm es persönlich, dass der Automat sich ihm verweigert hatte.

»Der Kaffee geht auf mich«, rief ich ihm liebenswürdig nach.

»Ich will es nicht«, sagte Diane, als sie sich am nächsten Morgen in Prilops Stuhl fallen ließ und ihre Füße auf die Heizung legte. Wie zum Beweis steckte sie sich eine Zigarette an. »Ich bin endlich da angekommen, wo ich immer hinwollte. Aus der Morgensendung kriegt mich so schnell keiner wieder raus.« Langsam entwich der Rauch durch Dianes Nase. Ihr Blick war auf ihr Spiegelbild im Fenster gerichtet. Von draußen prügelte der Regen auf die Scheibe ein. Es war schon fast Mittag und kaum richtig hell.

»Hmmm«, machte Tine. Johannes' Sekretärin trug einen fleischfarbenen engen Pullover mit Rollkragen, dazu eine beigefarbene Cordhose und braune Pumps, auf deren Spitzen goldene Schleifen befestigt waren, als wollte sie sie an Weihnachten noch weiterverschenken. Mit überschlagenen Beinen saß sie auf meinem Schreibtisch, und ihre glatten blonden Haare fielen locker über ihre Schulter. Sie kam hin und wieder zum Rauchen in mein Büro und hockte mir so dicht auf der Pelle, damit sie mir schnell ihre Zigarette in die Hand drücken konnte, falls Jörn überraschend auftauchte. Ihr Freund durfte auf keinen Fall wissen, dass Tine rauchte. Ich machte mir ernsthaft Sorgen um die Kusstechnik der beiden, denn offenbar hatte Jörn den Betrug noch nicht geschmeckt.

»Niemand will dich aus der Sendung werfen, Diane«, sagte ich und versuchte, einen roten M & M aus der Tüte zu fischen. »Nicht, weil du ein Kind bekommst.«

»Ich *werde* es nicht bekommen«, versuchte sie ihrem Spiegelbild klarzumachen. »Ich muss demnächst zu Probeaufnahmen nach Köln; die werden sich bedanken, wenn ich da mit einer dicken Kugel aufkreuze.«

Sie setzte sich aufrecht hin und streckte ihre Brüste heraus, die in ihrem eng geschnittenen Nine-Inch-Nails-T-Shirt gut zur Geltung kamen. Ihre Brüste waren ideal, wie geschaffen für eine Karriere beim Fernsehen (ich hatte den Überblick verloren, bei welchem Casting sie sich in welcher Runde befand). Wer behauptete, dass die Körbchengröße in den Medien keine feste Größe war, hatte keine Ahnung. Dianes Brüste waren groß – und doch nicht *zu* groß, um gemeine Gerüchte zu provozieren, sie habe sich ihren Job nur erschlafen.

»Ich würde schrecklich gerne Kinder mit Jörn haben«, sagte Tine und alles im Raum verstummte, bis auf das Radio, das die Stille mit einer schrecklich-süßen Janet-Jackson-Ballade zuklebte. Diane und ich probierten, wer die Augenbrauen am höchsten ziehen konnte. Ich unterlag nur knapp.

»Was sagt denn eigentlich Marco?«, fragte Tine und steckte sich die zweite Zigarette an.

»Was hat der damit zu tun?«, brauste Diane auf und ließ Tine zusammenzucken.

Marco war im Sender zuständig für unser uninspiriertes Musikprogramm. Er hatte sich erst vor kurzem von Diane getrennt, angeblich, weil sie seine Autorität als Musikchef untergraben hätte. Dabei hatte sie sich lediglich angewöhnt, in T-Shirts derjenigen Bands zur Arbeit zu erscheinen, die er aus dem Musikplan gestrichen hatte, Gruppen wie Matchbox 20 oder Placebo, die seiner Meinung nach übertriebenen Gebrauch von Gitarren machten. Was ferner gegen ihn sprach, waren seine zehn Kilo Übergewicht und sein angeberischer Jeep, den er aus Bequemlichkeit grundsätzlich auf dem Frauenparkplatz abstellte. Seine beiden Schäferhunde (zwei Rüden) mussten den ganzen Tag *in* diesem Jeep verbringen und wurden nur zur Mittagspause kurz rausgelassen.

»Marco«, sagte Diane und lachte, als hätte sie einen vorzüglichen Witz gerissen. Bis sie sich scheinbar auf etwas besann und wieder ernst wurde. Diane brachte es manchmal auf beachtliche vier Stimmungsschwankungen in weniger als fünf Minuten; viel mehr schaffte auch Prince in *Batdance* nicht.

»Wenn es um die Sendung geht«, versuchte ich eine sachliche Lösung vorzuschlagen, »dafür kann man doch eine Vertretung finden.«

»Interessant«, sagte Diane und nahm ihre Füße von der Heizung, um sich Tine und mir zuzuwenden.

»Das ist das geringste Problem«, sagte ich mit dem guten Gefühl, dass mein objektiver Einwand eine beruhigende Wirkung auf Diane hatte. Schließlich stand hier mehr auf dem Spiel als eine blöde Sendung.

»Interessant«, wiederholte sie und erhob sich von ihrem Platz. Mit wenigen Schritten war sie an der Tür. Dort drehte sie sich um und sagte noch einmal, aber jetzt ganz leise, wie ein langsam absterbendes Echo: »Interessant.«

# Kapitel 2

*»Moin, Moin in Berlin und Brandenburg! Das war gerade die aktuelle Lieblingshymne aller Katzenliebhaber: ›Shoot the Dog‹ von George Michael.«*
*»Sensationelles Video, aber leider kein großer Hit.«*
*»Tja, Diane. Seit der Mann damals auf der Toilette in Beverly Hills in einer eindeutigen Situation erwischt wurde, geht bei ihm einfach alles in die Hose …«*

»Na, Schwesterchen, wie war Ibiza? Irgendwelche Kerle kennen gelernt?«, fragte mein Bruder beim Abendessen im elterlichen Heim. Es war erschreckend, wie er unserem Vater immer ähnlicher wurde, jetzt, da sein Haaransatz sich langsam zurückzog; selbst die Stirn schien sich nach dem gleichen gemeinen genetischen Plan in Falten zu legen. Er war eben eine originalgetreue Cover-Version unserer Eltern, naturgemäß ein wenig frischer, etwa wie das *Cruel Summer* von Ace of Base. Aber verbeamtet wie der Vater, von dem Sven die dünnen Haare geerbt hatte.

»Du erinnerst dich?«, bohrte mein Bruder weiter, weil ich nicht antwortete. »Kerle, das sind die, die nach dem Sport unter der anderen Dusche stehen und danach wieder dieselbe Unterhose anziehen, die sie schon vorgestern anhatten.«

Seinen Job bei der Post hatte ihm unser Vater verschafft, der bis zu seiner Pensionierung im vergangenen Jahr über 30 Jahre in der Nachforschungsstelle beschäftigt war, wo er verlorene Briefe aufspüren musste. Insofern habe auch ich etwas von ihm geerbt: meine Neugier. Ansonsten konnte man mich, die Zweitgeborene, nur schwer als Cover des Originals wieder erkennen. Verglichen mit meinen Eltern war ich eher das *Papa don't preach* von Kelly Osbourne.

»Sie hießen Dieter, Nobert und Günter«, berichtete ich wahrheitsgemäß und verzichtete darauf, Sven zu fragen, für welches Wesen *er* sich hielt, nach seiner neoanthropologischen Definition. »Aber geschlafen haben sie mit Diane.«

Mama reichte mir den Brotkorb, in der Hoffnung, ich würde mehr essen und weniger reden.

»Nacheinander, wenn du es genau wissen willst«, fuhr ich fort. »Aber sicher bin ich mir nicht, ich war schließlich nicht dabei.«

»Franziska, bitte!«, ermahnte mich meine Mutter.

*Franziska, das bin ich. Wenigstens glauben das meine Eltern, und sie haben ein Recht dazu. Sie haben mich auf diesen grauenvollen Namen taufen lassen. Niemand sonst nennt mich Franziska. Man kennt mich nur als Franka. Wer aber diese Franka ist, davon haben meine Eltern keinen Schimmer.*

»Franziska?«, rief meine Mutter erneut.

Ich schreckte auf und lehnte mit einer kurzen Handbewegung ab. Voller Abscheu betrachtete ich die üppigen Platten mit Aufschnitt, Käse und frischem Lachs; vor genau zweieinhalb Stunden lag noch der Geruch von frischem Kaffee und Obsttorten mit Sahne in der Luft. Meine Eltern haben ihre festen Zeiten: Frühstück um halb neun, Mittagessen um zwölf (jeden Tag etwas Warmes), Kaffee und Kuchen werden um halb vier serviert, und schon drei Stunden später essen sie zu Abend. Ihr fester Zeitplan verschlägt mir regelmäßig den Appetit. Es ist wie im Krankenhaus, nur dass man dort wenigstens Bewegung hat, wenn zwischendurch die lesbische Krankengymnastin mit der Dieter-Thomas-Heck-Brille vorbeikommt.

»Ich habe übrigens unsere Nachbarn für morgen zum Kaffee eingeladen. Erinnerst du dich an den Sohn?«, fragte meine Mutter, die mit Sven das aufrichtige Interesse teilte, mich unter die Haube zu bringen. »Ihr habt früher immer so hübsch im Sandkasten miteinander gespielt. Frank ist jetzt Zahnarzt. Er hat seine eigene Praxis ... Und er ist Single.«

Meine Mutter war eine Meisterin der Anmoderation. Dramaturgisch sehr clever, die Pause vor dem letzten Satz.

»Mama«, sagte ich, »Frank ist als Kind immer heulend nach Hause gelaufen ist, wenn er mal ein Sandkorn in der Unterhose hatte.«

»Die Menschen ändern sich«, flötete meine Mutter optimistisch und strich mit der flachen Hand über ihr graues, fast weißes Haar, das sie seit Urzeiten trägt wie Linda Evans, lange bevor es den *Denver-Clan* gab.

Seufzend stützte ich meinen Kopf in die Hände und überlegte, wie ich die peinliche Begegnung mit Frank vermeiden konnte. Ich hatte meinem ehemaligen Sandkastenfreund früher gerne meine Backförmchen in den Ausschnitt geleert, wenn er gerade nicht schaute. Aber nur, weil er immer alle Backförmchen in seinem Bereich hortete und dabei rief: »Rate mal, wer die meisten hat!«

Mein Vater, der mir gegenübersaß, tätschelte unter dem Tisch mein Bein. Er hat ein liebevolles rundliches Gesicht und kaum noch Haare auf dem Kopf. Zärtlich schaute er mich an. »Die Franzi sucht sich ihre Männer eben genau aus. Das kann schon mal etwas länger dauern.«

*Franzi, auch das bin ich. Man hat mir schon einige furchtbare Namen verpasst. Und Franzi klingt kaum sympathischer als Franziska. Darum liegt das Exklusivrecht für Franzi bei meinem Vater.*

»Lernst du denn auf der Arbeit niemand Nettes kennen?«, fragte meine Mutter unbeirrt.

»Mama!«, empörte ich mich, als wollte sie mich unter Wert für zwei Kamele an einen altersschwachsinnigen Ölscheich verticken. »Das Letzte, was ich will, ist, nach der Arbeit nach Hause kommen und die gleichen Leute treffen, mit denen ich mich vorher acht Stunden rumgeärgert habe. Außerdem will ich mich dann über etwas anderes unterhalten als über Dienstpläne oder wer jetzt schon wieder schwanger ist.«

Zum Thema Kollegen-Sex hatte ich im Übrigen mit Gabby eine Wette abgeschlossen: Derjenige von uns beiden, der zuerst dem Charme eines Kollegen erlag, musste dem anderen eine Magnumflasche Champagner kaufen. Dass aber einer von uns jemals in diesen zweifelhaften Genuss kommen würde, war ausgesprochen unwahrscheinlich. Das erklärte sich in Gabbys Fall vor allem aus dem Mangel an Gleichgesinnten in der Redaktion. Außerdem war er vollkommen damit ausgelastet, das Potenzial *außerhalb* des Senders abzuarbeiten, wobei er sich treffsicher immer in Männer verliebte, die entweder vergeben waren oder mindestens 500 Kilometer weit weg wohnten und in Berlin nur Urlaub machten.

»Rüdiger? Sven? Noch ein Bier?«, fragte mein Vater und erhob sich, um die leeren Flaschen vom Tisch zu sammeln. Er ist ein großer, stattlicher Mann. Was die Statur betrifft, kommen Sven und ich nach ihm.

Svens Freund öffnete heimlich den obersten Knopf seiner Jeans. Das macht er immer nach dem Essen, wenn er sich unbeobachtet fühlt.

»Du hast doch neulich den Sasha getroffen!«, sagte meine Mutter und setzte neues Teewasser auf. »So ein hübscher junger Mann.« Sie konnte einfach nicht aufgeben.

Sasha … Weiß der Himmel, warum ich ihr von dem Interview erzählt hatte! Wahrscheinlich wollte ich ein wenig angeben. Tatsächlich war es ein angenehmes Gespräch gewesen, eine der netteren Begegnungen, die man mit einem »Star« haben konnte. Man durfte Sasha ins Gesicht sagen, dass man seine Musik früher blöd fand, und er lachte immer noch sein charmantes Jungenlachen, weil er einem vermutlich Recht gab. Er hatte dieses dreckige Ruhrgebiets-Timbre, wenn er sprach. Seine Stimme klang nach Kohletagebau und durchgefeierten Nächten. Sehr sexy. Das Interview zeichnete ich am Nachmittag mit ihm auf; als es in der Abendsendung lief, konnte ich jedes Wort mitsprechen – so oft hatte ich es mir über den Kopfhörer angehört.

»Mama, was soll ich denn mit einem Sänger?«

»Der ist doch sowieso schwul«, sagte Sven.

*Das würde allerdings den Hinweis auf den ›kleinen*

*Schönheitsfehler‹ in meinem Horoskop erklären*, dachte ich.

»Das hättest du wohl gerne!«, sprach Rüdiger seine ersten fünf Worte des Abends und nahm die Bierflaschen entgegen, die mein Vater aus dem Keller geholt hatte. »Danke« war sein sechstes und vorläufig letztes Wort. Für seine Verhältnisse war es ungewöhnlich lang.

»Vielleicht«, sagte Sven.

Er und Rüdiger reisen jeden Samstag aus Hannover an und verbringen manchmal das Wochenende bei meinen Eltern. Sie kennen sich ewig. Es ist ähnlich wie nach 16 Jahren unter Kohl: Man kann sich kaum noch erinnern, dass es davor mal einen anderen gab. Die beiden berühren sich nie, nicht vor elterlichem Publikum wenigstens – es sei denn unter dem Tisch, damit es niemand bemerkt. Ich bin sicher, dahinter steckt eine Abmachung, die meine Eltern mit Sven getroffen haben, bevor er Rüdiger offiziell zu Hause einführen durfte. Sie behandeln ihn wie ihren eigenen Sohn, solange sich Sven ihm gegenüber verhält wie ein Bruder. Aber das ist kein Problem, schließlich sind die beiden seit 20 Jahren zusammen und kennen Sex nur noch vom Hörensagen. Öffentliche Toiletten suchen sie nur dann auf, wenn sie pinkeln müssen.

Ein fester Strahl heißen Tees ergoss sich in die Tasse meines Vaters. Meine Mutter seufzte und holte aus dem Schrank ein braunes Fläschchen und einen Löffel.

»Hier, sonst vergisst du es wieder«, sagte sie.

Mein Vater spülte seine Herztropfen mit etwas Tee herunter und verzog sein rundes Gesicht. »Hast du schon Zucker reingemacht?«, fragte er angewidert.

»Natürlich«, antwortete meine Mutter gereizt.

Verzweifelt wandte ich mich an Sven, der scheinbar unbeteiligt an einer Gewürzgurke nuckelte und sich dabei kühnen Popstar-Phantasien hingab. Ich versetzte ihm unter dem Tisch einen leichten Tritt.

»Aua!«, rief er. »Was soll das?«

Ich entschuldigte mich und verschwand auf die Toilette. An der Garderobe legte ich einen Zwischenstopp ein, um mein Handy aus der Jacke zu holen. Als ich an den Tisch zurückkehrte, erkundigte sich mein Vater gerade, wie viel Zucker Mama in seinen Tee getan habe.

»Vier Stück«, antwortete sie, »wie immer.«

Ob sie noch nicht umgerührt habe?

»Natürlich«, lautete die entrüstete Antwort.

Es klingelte. Mein Vater verschwand im Wohnzimmer und kehrte kurz darauf mit dem Telefon zurück.

»Franzi, für dich«, sagte er.

Es war Gabby, ich zeigte mich überrascht.

»Was?«, hörte ich mich sagen. »Muss das sein ...? Aber ich bin doch übers Wochenende bei meinen Eltern ... Das tut mir Leid, warum sagst du das nicht gleich ... Wie geht es ihr? Oje ... Aber gibt es denn niemand anderen, der die Sendung machen kann? Warum fragst du nicht den Stechert? ... Hand verstaucht? Kann mir gut vorstellen wobei ... Nein, das kann ich jetzt nicht sagen ... Ja, gut, einverstanden, wenn es gar nicht anders geht ... Okay, ich komme.«

Bevor ich mich umdrehte, zählte ich stumm bis drei. Dann stellte ich mich den besorgten Gesichtern meiner Eltern. Sven flüsterte seinem Freund etwas ins Ohr.

»Tut mir Leid«, sagte ich und legte meinem Vater eine Hand auf die Schulter. »Ich muss leider wieder fahren. Ich soll eine Kollegin vertreten. Es geht ihr nicht gut, sie ist im dritten Monat. Alle anderen Kollegen sind krank oder im Urlaub.«

»Wie schade«, meinte mein Vater und streichelte zärtlich meine Hand.

»Das ist ja furchtbar!«, rief meine Mutter. »Was soll ich denn morgen den Nachbarn erzählen?«

Sven musterte mich misstrauisch. »Warum rufen deine Kollegen eigentlich hier an? Ist dein Handy kaputt?«, fragte er.

»Und das viele Essen«, lamentierte meine Mutter, als würde ich bei jedem Besuch Tonnen in mich hineinfressen. »Den Fisch kann ich schlecht wieder einfrieren!«

»Sodom und Gomorra freuen sich drüber. Du kannst mir gerne was einpacken«, beruhigte ich sie und holte das Buch mit den Städteverbindungen aus meiner Tasche.

Ich liebe meine Eltern, aber eine Stunde länger, und ich hätte Schreikrämpfe bekommen. Es wäre unfair, meine ehemaligen Erziehungsberechtigten dafür verantwortlich zu machen, dass ich so lange keinen Lebensabschnittsverderber mehr heimgebracht hatte, aber manchmal trieben sie mit ihren Spielchen jeglichen Paarungswunsch schon beim ersten Kribbeln ab. Etwa wenn ich sehe, dass Mama saubere Unterwäsche bereitlegt, wenn Papa duschen geht. Konnten sie mich nicht einfach eine glückliche Single-Frau sein lassen? Warum sollte ich Sasha heiraten? Oder den flennenden Zahnarzt aus der Sandkiste? In Rüdiger hatten sie bereits einen langweiligen Schwiegersohn gefunden. Das reichte doch!

Ich fuhr mit dem Zug zurück. Dass ich keinen Führerschein besitze, finde ich nicht weiter bedauerlich. Zweimal hatte ich die Fahrprüfung vermasselt, es war jedes Mal dasselbe. Der Prüfer rief links, und ich bog rechts ab. Beim ersten Mal verkehrt herum in eine Einbahnstraße, beim nächsten Versuch rammte ich einen Kleintransporter. Auf Zuruf konnte ich nie entscheiden, wo rechts war und wo nicht.

Das Abteil war fast leer. Mir gegenüber saß eine Frau in meinem Alter, vielleicht etwas jünger, mit streng geflochtenem Zopf und Nickelbrille. Die Ellenbogen auf ihre schottenberockten feisten Oberschenkel gestemmt, hielt sie ein Buch in den Händen, das sie vor kurzem erst angefangen hatte, wie ich aus den wenigen umgeschlagenen Seiten schloss. Es war *Generation X* von Douglas Coupland, keine schlechte Wahl, wenn man davon absah, dass sich das grellpinkfarbene Cover, das die einfallenden Sonnenstrahlen reflektierte, mit dem Schottenrot ihres Schottenrockes biss. Als die Coupland-Leserin das Abteil nach ein paar Minuten verließ, bat sie mich, ein Auge auf ihre Sachen zu haben, wozu ich mich gerne bereit erklärte. Kaum war sie fort, ertönte Getrampel, das schnell lauter wurde. Die Schritte kamen näher. Durch die Tür konnte ich den Schatten eines Mannes erkennen, der über den Flur huschte.

»Die 81 bitte mal für die 91! Danke!«, quäkte es plötzlich aus dem Lautsprecher. Daraufhin verstummten die Schritte, und der Schatten samt Mann kam wieder zurück. Einen kurzen Moment stand er unentschlossen vor meinem Abteil, dann riss er die Tür auf, trat ein und zog die Tür schnell wieder zu.

Er atmete hastig. Seine Augen waren vom Laufen leicht hervorgetreten. Auf den ersten Blick schienen sie blau. Seine Schläfen zierten einzelne Schweißperlen, die glänzten. In einer schnellen, nicht uneleganten Bewegung hob er seine Hand zum Gesicht und führte seinen ausgestreckten Zeigefinger an die Lippen. Dem Finger fehlte das oberste Glied.

Unter dem anderen Arm hielt er einen braunen Rucksack, den er mir nun wortlos entgegenstreckte. Ich wollte danach greifen, unsicher, was damit anzufangen war. Doch er zog ihn zurück und schob ihn, zwischen meine Füße hindurch, unter den Sitz. Dann presste er seine flachen Hände wie zu einem kurzen Stoßgebet zusammen und sah mich an, mit flehendem Blick aus Augen, die nun nicht mehr ganz blau schienen, sondern eher grün wie die Farbe seines Kapuzenpullis. Seine rundliche Nase, die leicht geplättet war, als hätte er zu lange staunend vor einem Schaufenster gestanden, erinnerte mich an Alfred, meinen Lieblingsteddy, den ich zum fünften Geburtstag bekommen hatte.

»Was ...«, begann ich, als erneut Schritte zu hören waren, wieder sehr schnell, es mussten diesmal mehrere Menschen sein. Die Tür zum Abteil wurde aufgerissen, ein Schaffner mit hochrotem Kopf entschuldigte sich für die Störung und fragte mich, ob ich etwas Auffälliges beobachtet hätte, einen fliehenden Mann, zwischen zwanzig und vierzig, der eine große schwarze Tasche mit sich trage.

Ich begann meine Zeugenaussage mit einem nachdenklichen Nicken, um Zeit zu gewinnen. »Jaaa«, sagte ich langsam und spürte, wie der Mann zwischen zwanzig und vierzig, der soeben mit einer großen *braunen* Tasche mein Abteil betreten hatte, den Atem anhielt, »ich habe jemanden gesehen.«

Die erwartungsvollen Blicke des Schaffners hefteten sich an meine Lippen.

»Und ich glaube, sie sind da rechts lang gelaufen«, fuhr ich fort und zeigte in die Richtung, aus der er gekommen war.

»Sie?« Die Augenbrauen des Schaffners wanderten in einem akrobatischen Schauspiel über die Stirn bis zu seinem Haaransatz.

»Ja«, beharrte ich. »Es müssen mehrere gewesen sein.«

Der Schaffner bedankte sich förmlich und stand schon mit einem Fuß wieder auf dem Gang, als ich sagte: »Genau kann ich es Ihnen aber nicht sagen. Vielleicht irre ich mich.« Ich kratzte mich ausführlich mit dem kleinen Finger an der Schläfe. »Möglicherweise war es auch die andere Richtung. Entschuldigung, ich kann mir das nie merken. Rechts. Links. Eine dumme Frauenkrankheit.«

Der Schaffner warf mir einen verärgerten Blick zu und schien erst jetzt zu entdecken, dass ich nicht alleine war. »Was ist mit *ihm*?«, fragte er scharf.

»Alfred hat die ganze Zeit gelesen, er ist dann immer ganz in sich gekehrt«, sagte ich und folgte dem Blick des Schaffners zu meinem Gegenüber. Er hatte sich hinter Douglas Coupland versteckt und ließ jetzt langsam das Buch herabsinken. Dahinter erschien eines der unschuldigsten Gesichter, zu dem ein schuldiger Mensch fähig sein kann. »Alfred« schien einen Moment nachzudenken und ließ seine grünen Augen kreisen, dann schüttelte er entschlossen den Kopf. Der Schaffner begriff endlich, dass er mit uns seine Zeit vergeudete, machte eine abschätzige Handbewegung und lief weiter.

Mein Überraschungsbesuch fing an zu applaudieren und zog ein anerkennendes Gesicht. Das Buch hatte er zur Seite gelegt. Er wirkte jetzt gar nicht mehr unschuldig und grinste breit.

»Dafür habe ich aber eine ausführliche Erklärung verdient«, sagte ich und hoffte, der Schottenrock würde sich noch ein wenig Zeit lassen bis zur Rückkehr.

Mein Gegenüber nickte zustimmend. Dann beugte er sich vor und bedeutete mir mit dem verkürzten Zeigefinger, mich ebenfalls in die Abteilmitte vorzulehnen. Ich war neugierig und folgte dem Lockruf seines Fingers. Sein Gesicht nahm einen ernsten Ausdruck an. Der Widergänger meines Lieblingsteddys öffnete langsam den Mund, als überlegte er noch, was er sagen sollte. Er roch gut, eine Mischung aus Zitrusfrucht und ganz dezentem Schweiß. Und plötzlich spürte ich ein Paar weicher Lippen auf meinem Mund. Da hatte ich meine Erklärung.

Als ich meine Augen wieder öffnete, war der Mann verschwunden. Ich sprang auf und wäre um ein Haar mit der Frau im Schottenrock zusammengeprallt, der sich so gar nicht mit der Generation X vertrug.

»Ich wollte gerade die Tür schließen«, sagte ich und blickte suchend den Gang in beide Richtungen hinunter, doch von meinem Küsser keine Spur. Verwirrt ließ ich mich auf meinen Platz zurückfallen.

»Eine Aufregung ist das da draußen«, sagte die Frau. »Sie machen Jagd auf Schwarzfahrer oder so was Ähnliches.«

Ich machte kurz ein interessiertes Gesicht und drehte mich zum Fenster. Eine Gruppe dunkler Wolken hatte sich vor der Sonne aufgebaut und führte ganz offensichtlich Böses im Schilde. Wir fuhren bereits in den Ostbahnhof ein, Endstation. Die Zeit war schnell vergangen. Die Frau im Schottenrock verstaute ihre Lektüre in einer Umhängetasche.

»Eine gute Fahrt noch!«, sagte ich, während ich meine Jacke anzog und die Tür öffnete.

»Moment!«, rief der Schottenrock und kniete vor mir nieder. »Sie haben etwas vergessen. Unter dem Sitz. Ihr Rucksack!«

Am Bahnhof nahm ich ein Taxi. Die Hinterlassenschaft des geheimnisvollen Fremden hielt ich auf dem Schoß. Der Rucksack war nicht besonders schwer, und wenn man ihn schüttelte, raschelte es darin auf rätselhafte Weise. Ich konnte es nicht erwarten, endlich unbeobachtet zu sein, um das Geheimnis zu lüften.

Ich wurde bitter enttäuscht. Als ich zu Hause den Inhalt des Rucksacks auf den Küchentisch kippte, fiel lauter unbrauchbares Zeug heraus: eine halb volle Flasche Leim, ein Schweizer Taschenmesser und eine Dose mit rotem Sprühlack. Dazu kamen zwei leere Packungen Backpulver und eine halb volle Tüte mit Teelichtern von Ikea.

»Was hast du erwartet? Aktfotos? Getragene Unterwäsche?«, fragte mich Gabby, nachdem ich ihm am Telefon Bericht erstattet hatte. Wie ich alles versucht hatte, dem Schaffner bei der Suche nach dem Täter zu helfen. Dass man mich gezwungen hatte, den Rucksack aus dem Zug zu schmuggeln. Und wie der Mann schließlich einfach verschwunden war, ohne dass ich ihn aufhalten konnte. Ich erzählte ihm die ganze Geschichte, nur den Kuss ließ ich aus.

Mein Lieblingskollege hielt mir einen langen Vortrag über verpasste Gelegenheiten und schalt mich, dass ich den Mann hatte ziehen lassen. Gabby hatte ja Recht.

—

Leif war verzweifelt. Er drehte am Rad – und zwar wörtlich. Sein Lieblingsradiosender war verschwunden. Seit die Telekom vor dem Haus ein Loch ausgehoben hatte, konnte er ihn nicht mehr empfangen. Ein paarmal hatte er schon angerufen bei der Station, aber dort konnte man ihm nicht helfen. Ob er den Sender aus Versehen verstellt hatte, wurde er einmal von einer netten Frau gefragt. Dabei kannte er die Frequenz in- und auswendig! Ein anderes Mal wurde er darauf hingewiesen, dass er die Antenne ganz herausziehen müsse und dann ein bisschen hin und her biegen, so würde er den Sender schon finden. Als ob er völlig bescheuert wäre!

Das Abendessen, das seine Mutter für ihn zubereitet hatte, war inzwischen vernichtet. An dem Bündchen seines Ärmels klebte etwas vertrockneter Senf, und sein erstes Bier neigte sich dem Ende. Wieder schaltete Leif das Radio an, und wieder ertönte nur Rauschen. Egal, mit welcher Station er es versuchte, mehr als verzerrte Wortfetzen waren nicht drin. Musik konnte man nur erahnen. Es war wie verhext. Das einzige Programm, das störungsfrei zu empfangen war, mochte er nicht. Keiner seiner Freunde hörte es. Wegen der schrecklichen Musik und der arroganten Moderatoren. Sie redeten viel zu viel. Abgehobenes Zeug, das niemand brauchte.

Leif ließ das Geplapper des neuen Senders über sich ergehen, denn seit ein paar Tagen begegnete ihm immer wieder die Stimme einer Frau, nicht unsympathisch. Gerade zum Beispiel spielte sie eine Art Quiz: Welchem Künstler, wollte sie wissen, wurde der Song *Don't You* zuerst angeboten – bevor man die Simple Minds fragte, die ihn sehr gerne in ihr Repertoire aufnahmen? Mit einem abschätzigen Kopfschütteln fragte sich Leif, woher man so etwas wissen sollte. Er fand den Anrufer etwas wichtigtuerisch, der eine lange und umständliche Geschichte erzählte, aber Leif passte geduldig auf und wunderte sich schließlich doch ein bisschen darüber, dass es sich bei dem gesuchten Sänger um Billy Idol handeln sollte. Die Moderatorin und der Mann am Telefon kicherten ein bisschen, das gefiel Leif wieder. Bei seinem Lieblingssender wurde auch viel gelacht.

Mit der Zeit gewöhnte sich Leif an die Stimme. Er begann die Frau zu mögen. Fast beschlich ihn das Gefühl, als würde er sie schon ewig kennen. Seine Laune war auf dem Weg der Besserung, und so öffnete er eine zweite Flasche Bier und zog unter dem Sessel einen alten Schuhkarton hervor, den er auf den Tisch stellte. Langsam, geradezu feierlich entfernte er das Gummiband, das den Deckel – er stammte von einem anderen Karton und war etwas zu groß – festhielt. Dann schloss er die Augen und griff mit spitzen Fingern in den Karton, während seine Zunge durch die Lücke in den Schneidezähnen stieß und wieder verschwand. Fast schien er eine Wahl getroffen zu haben, doch er hob die Hand wieder aus dem Karton, veränderte ihre Position leicht nach rechts und ließ sie erneut abtauchen.

Währenddessen drang die Stimme der netten Moderatorin wieder in sein Bewusstsein, die sich von ihrem Gesprächspartner verabschiedete. Leif spürte, wie ihm warm wurde. Es war fast ein wenig schade, dass sie nun wieder ein Lied spielte, noch dazu eines, das er nicht besonders mochte, von einer dieser Gruppen, deren Namen er sich nie merken konnte.

Wie ein Kran in einem dieser Glaskästen voller Spielzeug, wie man sie auf Schützenfesten findet, zog seine Hand etwas aus dem Karton hervor. Leif öffnete seine Augen und blickte in das Gesicht von Max Schautzer. Auf Leifs Lippen erschien ein zufriedenes Lächeln. Er erinnerte sich gern an den Tag, als er nach der Aufzeichnung von *Pleiten, Pech und Pannen* in einer Reihe von fröhlich schwatzenden Rentnerinnen stand und auf den unkomplizierten Star wartete. Geduldig und mit einem netten Wort für jeden seiner Fans hatte der sympathische Moderator Autogramme geschrieben.

»Für den lieben Leif. Herzlichst, Ihr Max Schautzer.«

Lächelnd, fast gut gelaunt, steckte er die Autogrammkarte zurück in den Karton, ordentlich zwischen das signierte Bild von Gabriela Sabatini und das leicht vergilbte Polaroid, das ihn zusammen mit dem Kanzler zeigte, aus dem Sommer 1995, als der noch Ministerpräsident war in Niedersachsen.

Seine Sammlung bestand inzwischen aus über 3 000 Exemplaren, vor ein paar Jahren hatte ihn deswegen jemand von der Lokalzeitung interviewt. Den Artikel, zwei Spalten, mit Foto, hatte er ausgeschnitten und eingerahmt, er hing an der Wand hinter dem Sessel, neben dem Hochzeitsfoto seiner Eltern.

Die nette Moderatorin sprach wieder, als Leif die Autogrammkarten durchblätterte, rückwärts von Sch über R wie Riemann (die Schauspielerin hatte ihn nicht eines Blickes gewürdigt) und P wie Petra Pau. Ob er es in Ordnung finden würde, dass die Menschen in Ostdeutschland weniger verdienen würden als er, wenn sie überhaupt das Glück hatten, einen Job zu bekommen, hatte sie ihn etwas streng gefragt, und Leif war schnell weitergelaufen zum Stand der FDP auf der anderen Straßenseite.

Die Erinnerungen zogen an ihm vorbei, fast ein wenig unscharf, während seine Aufmerksamkeit immer mehr von dieser Stimme im Radio beansprucht wurde. Und als er die Autogrammkarte von Michelle in den Händen hielt und ihm bewusst wurde, fast schmerzhaft, dass sich sein bestes Stück vor Begeisterung zur La Ola erhob, schob er es zunächst auf das großzügige Dekolleté der Schlagersängerin.

# KAPITEL 3

*»... und es sind nur noch ein paar Tage bis zu unserer großen Halloween-Party am 31. Oktober. Hast du eigentlich schon ein Kostüm, Diane?«*
*»Ja, ich gehe als Werwolf.«*
*»Ist das nicht sehr aufwendig?«*
*»Gar nicht! Ich habe einfach letzte Woche aufgehört, mir die Beine zu rasieren.«*

»›Lange nicht geschnurrt? Katzennarr, jünger aussehend, nicht unvermögend, will nicht mehr allein schlafen‹«, las Gabby in der Kantine aus der Zeitung vor. »Wie klingt das für dich?«

»Jünger als was?«, sagte ich zwischen zwei Löffeln Schokoladencreme. »Für mich klingt das nach alternder Tunte, die mit ihren Katzen schläft. Kannst du gerne behalten. Sodom und Gomorra vertragen sich nicht mit anderen Katzen.«

Gabby ließ geräuschvoll die Zeitung sinken. »Er war ja gar nicht für dich gedacht, sondern für die Moi«, stöhnte er und verschwand mit einem Augenrollen wieder hinter seiner Lektüre. Da entdeckte ich auf der Rückseite der Zeitung diese Schlagzeile: *Unbekannte Täter legen Zugverkehr lahm*, eine kurze Spalte, daneben zwei kleine Fotos. Kommentarlos entwendete ich Gabby die Zeitung.

*»… dabei wurden zahlreiche WCs verunstaltet. Nach einem identischen Muster waren die Wände mit rotem Lack übersprüht worden, auf dem Spiegel hatten der oder die Täter mit Glitzer-Make-up das Wort Peace (Frieden) geschrieben, und die Waschbecken hatte man mit Sekt gefüllt, auf dessen Oberfläche eine Armada von Schwimmkerzen brannte.*

*Die Zerstörungen wurden am Sonnabend gegen 20.30 Uhr von einem Fahrgast entdeckt. Der oder die Täter sind flüchtig. Die Deutsche Bahn sprach in einer ersten Stellungnahme von einem ›terroristischen Akt‹ und erstattete Anzeige gegen unbekannt, die Ermittlungen laufen. Auch ein Vertreter der Fahrgast-Organisation ProBahn verurteilte die Anschläge.«*

Auf den Fotos war noch mehr zu erkennen: Von der Decke hing eine Miniatur-Discokugel herab und auf dem Toilettendeckel waren zwei parallele Lines Koks aufgehäuft. Durch eine Rasierklinge in der Mitte wurden sie zum ›H‹.

»Schatz, die Anzeigen stehen auf der Rückseite«, sagte Gabby. »Aber für dich ist nichts dabei, die Moi hat schon –«

»Halt für einen Moment deinen hübschen Mund und sieh dir das an!«, unterbrach ich ihn und reichte ihm den Artikel. Während er las, rollte Gabby mit den Augen. Schließlich legte er die Zeitung kopfschüttelnd beiseite.

»Seit dem 11. September ist alles Terror«, stöhnte er. Gabby wusste, wovon er sprach: Er hatte Amerika Anfang des Jahres verlassen und seinen Job in der Werbeagentur aufgegeben, weil man nach den Anschlägen auf das World Trade Center systematisch damit begonnen hatte, arabische oder arabisch aussehende Mitarbeiter aus dem Job zu mobben. Auch Halb-Türken wie ihn bedachte man mit einer ganzen Portion Hass. »Sieh dir die einseitigen Berichte auf CNN an. *America's War Against Terror*, ich kann es nicht mehr sehen. *Das* ist auch Terror. Und als Nächstes ist der Irak fällig. Dabei war Saddam in den 80ern noch der beste Freund der USA, im Kampf gegen den Iran. Damals hat Reagan sogar seinen Leibarzt nach Bagdad geschickt, der dann Saddams Rückenleiden behandelte.« Der Hass verzerrte Gabbys hübsches Gesicht zu einer unschönen Fratze, wie immer, wenn ihn die Leidenschaft in ein Thema nach seinem Geschmack riss.

»Ich wollte mit dir eigentlich nicht über die Nahostpolitik der USA diskutieren. Es geht mir um die Geschichte mit der Toilette«, versuchte ich, ihn zu beruhigen.

»Das ist das Allerletzte!«, ereiferte sich Gabby noch mehr und rollte so schnell mit den Augen, dass mir schwindlig wurde vom Zusehen. »Stell dir vor, du triffst im Zug den geilsten Typen der Welt, und dann sind die Klappen gesperrt, nur weil irgendwelche Idioten darin rumgeschmiert haben!«

Ich seufzte. »Verstehst du nicht? Das war der Typ mit dem Rucksack! Der Kerl, der mich im Zug geküsst hat!«

Als Gabbys Augen die Ausmaße von Klobrillen annahmen, bemerkte ich, dass ich mich verplappert hatte.

»Er hat *was* gemacht?«

»Hab ich dir doch erzählt«, behauptete ich.

»Du küsst fremde Männer?«, Gabby ließ nicht locker.

»Nein. Er hat *mich* geküsst«, verteidigte ich mich.

»Außerdem machst du ganz andere Sachen mit fremden Männern!«

Gabby schüttelte sich angeekelt. »Aber nicht küssen, das ist mir viel zu intim.«

Wie aus dem Nichts tauchte Waldemar an unserem Tisch auf, dicht gefolgt von einem gut gekleideten Schwarzen um die vierzig, der Gabby und mir zuzwinkerte. Waldmars unvermeidliches »Mahlzeit« beantwortete ich mit einem Nicken und spürte kurz den Drang, ihm den Artikel über meinen »Terroristen« zu zeigen, doch ich konnte mich beherrschen. Denn spricht man unseren Chef vom Dienst zu früh auf ein potenzielles Thema an, noch bevor es richtig groß geworden ist – und irgendwie spürte ich, dass man noch mehr von meinem Terroristen hören würde –, ist es für ihn erledigt. Für einen Mann in seiner Position genügt dann ein »Och nee«, und man kann sich jeden weiteren Anlauf in der Sache sparen. Positive Leidenschaft ist ihm fremd. Waldemar ist so spröde wie die Musik von Bruce Springsteen. Wenn ich mir ihn – den Chef, nicht den Boss – in einer unwahrscheinlichen Situation wie Sex vorstelle, dann verdreht er beim Orgasmus für einen Moment die Augen, begleitet von einem knappen Kommentar (vermutlich etwas wie »Och jaa«), und im nächsten Moment steht er schon wieder schimpfend mit seinem fleckigen Becher am Kaffeeautomat.

»Beehrst du uns heute Abend auf der Monatskonferenz?«, fragte er, ohne uns anzuschauen.

Ich versprach, später zum Stammtisch nachzukommen, da die Konferenz zeitgleich zu meiner Sendung stattfand (Waldemar merkte sich nie, wer was moderierte). Gabby, der die abendlichen Konferenzen grundsätzlich schwänzte, antwortete nicht und glotzte den farbigen Mann an.

»Ich bin Gabby. Neu bei uns?« Er reichte ihm die Hand und warf dabei ungeschickt den Artikel über meinen Terroristen auf den Boden. Waldemar hob die Zeitung auf und erkundigte sich beim Überfliegen des Textes, ob wir etwas mit der Geschichte vorhätten.

Ich trat Gabby unten auf die Füße, während ich oben ein harmloses Gesicht zog. »Neinnein«, sagte ich. »Die Zeitung lag hier vorher schon rum. Was steht denn drin?«

Schon am Abend gab es ein Wiederzwinkern mit dem gut aussehenden schwarzen Mann. Er saß beim Stammtisch gleich neben Johannes, meinem Chef, und redete unaufhörlich auf ihn ein.

»Das ist Johnnies neuer bester Freund«, erklärte Diane mit gesenkter Stimme, als ich zwischen ihr und Tine Platz nahm.

»BJ Bob. Der Typ soll ein Radiostar in Amerika sein«, erklärte Tine.

Johannes winkte am anderen Tischende mit einer leeren Weinflasche. Dieser BJ Bob zwinkerte mir grinsend zu und hob seinen Tee zum Gruß. Diane ließ darauf ein verächtliches Stöhnen vernehmen.

»Und was will er dann *hier*?«, fragte ich.

»Das fragen sich auch alle, nachdem Johnnie Walker ihn heute Abend offiziell vorgestellt hat«, sagte Diane. Sie trug ein weißes T-Shirt der Band Korn, auf dem sich eine halb nackte Säulentänzerin räkelte. Halb nackt bedeutete: *unten* ohne. Ihre Unterschenkel waren leicht gespreizt, anstelle eines schwarzen Balkens bedeckte der Schriftzug *»Korn«* ihr Vergnügungszentrum.

»Jörn sagt, er soll vielleicht moderieren«, krächzte die Kollegin Wiebke Unbehaun, deren Stimme das ganze Jahr über heiser klang, als befinde sie sich im ewigen Stimmbruch. Wiebke hockte wie immer siamesisch mit Diane und Tine zusammen; die drei wurden eingedenk ihrer bösen Zungen von der Redaktion ehrfürchtig *Sisters of no mercy* genannt.

»Zum Glück hat Jörn darüber nicht zu bestimmen«, sagte Diane und drehte uns den Rücken zu, um Sandra besser beobachten zu können. Die Neue verstand sich auffällig gut mit Marco; ihr Lachen gluckste immer lauter zu uns herüber.

Wiebke machte ein beleidigtes Gesicht und kippte schnell etwas Wein in sich hinein. Die Arme war seit Jahren unglücklich verliebt in Jörn, doch ihre Annäherungsversuche schlugen immer wieder fehl. Und nun war er mit Tine zusammen, die eigentlich mit einem Redakteur des *Berliner Kuriers* verlobt war, aber mit Radiomoderatoren konnte man natürlich besser angeben. Dabei war Wiebke Unbehaun mit ihrem blassen schmalen Gesicht nicht mal unattraktiv. Das kinnlange Haar, das sie in einem herbstlichen Rostrot trug, passte gut zu ihren grünen Augen. Sie hatte nur leider sehr kleine Brüste. Noch kleiner als meine Trauerklöße. Ich mochte Wiebke.

»Bevor ich es vergesse«, krächzte sie und zog einen Prospekt aus ihrer Handtasche, der schmächtige Asiatinnen in wunderschönen kleinen BHs zeigte, die auch mir zu passen versprachen. Dann knallte sie den Katalog vor mir auf den Tisch.

»Ende des Monats bestelle ich wieder. Diane meinte, ich sollte dich fragen«, sagte Wiebke etwas lauter als nötig, wie ich fand. »Weil du doch auch so nur ein A-Hörnchen bist.«

*A-Hörnchen? Wie verklemmt musste man eigentlich sein, wenn man sich als Minderbetittete auf eine Stufe mit asexuellen Comic-Figuren stellte? Wer erledigte dann bloß in Wiebkes Welt die Fortpflanzung? Die Biene Maja und Benjamin Blümchen?*

»Super!«, sagte ich, ließ den Katalog unauffällig vom Tisch verschwinden und bedankte mich artig beim A-Hörnchen.

Ich hatte es bereits mit Push-up-BHs versucht, um einigermaßen mit Diane oder Tine mithalten zu können. Doch beim Arbeiten konnte ich sie nicht tragen, da die Gel-Kissen dermaßen drückten, dass mir während der Moderation die Luft wegblieb. Schon beim Schulsport, mit 13 oder 14, hatte ich immer alt ausgesehen. Wer beim beliebten Bleistift-Test ein oder zwei Stifte halten konnte, indem er sie sich unter die Brüste klemmte, der war unheimlich cool und reif, denn das bedeutete, man hatte schon deutlich mehr vorzuzeigen als nur je einen Nippel links und rechts. Mit 17 dann holte ich etwas auf in der Coolness-Liga, ohne dass ich auch nur ansatzweise als B-Hörnchen durchgegangen wäre. Denn wer kraft seiner Brüste jetzt immer noch mehr als einen Stift halten konnte, der wurde schon mit den hängenden Gärten der Semiramis verglichen. Hängetitten waren das Letzte, was man in dem Alter gebrauchen konnte.

»Übrigens will uns Marco einen dieser dämlichen *Und-jetzt-wieder-37-Superhits-am-Stück*-Claims verpassen«, fiel Diane, das D-Hörnchen, plötzlich ein, die ihren pummeligen Exfreund nicht aus den Augen ließ.

»Dann *klllingen* wir endgültig wie jedes andere Drecksprogramm«, krächzte Wiebke und schüttete den Wein in sich hinein, als gelte ab morgen die Prohibition.

»*Und das Be-heste von ho-heute*«, trällerte Tine und wedelte dazu mit den Händen wie ein aufgeschreckter Cheerleader.

Tatsächlich waren wir die Letzten auf weiter Berliner Radioflur, die nicht behaupteten, *die beste Musik im besten Mix bei einfach mehr Abwechslung* zu spielen, was wir zugegebenermaßen auch nicht taten. Aber bei den Sendern, die das von sich behaupteten, wurde man schließlich auch immer noch Emilias mit *Big Big World* gefoltert.

Das Problem war, dass für die Musikauswahl nicht wir Moderatoren, sondern hochbezahlte Totmacher verantwortlich waren, die eine kleine Zahl im Prinzip akzeptabler Songs wie *High* von der Lighthouse Family oder *The Most Beautiful Girl in the World* von Prince so oft einplanten, dass sie einem innerhalb kürzester Zeit zu den Ohren heraushingen und sie damit für die nächsten Generationen erledigt waren, eben tot. Weit über die Grenzen der Reanimierbarkeit hinaus. Eine Art moderne Liederverbrennung. Die ›Musik-*Pools*‹, das ist die Menge aller Titel, die ein Sender spielt, waren häufig so klein und flach, dass man sich den Kopf eingeschlagen hätte bei dem Versuch, sich darin zu ertränken.

»Jetzt seht euch das an«, sagte Diane, als am anderen Ende des Tisches die ersten Kollegen aufbrachen. Marco, der schuld war an unserem Übelkeit erregenden Musikprogramm, das er nun noch mit einem albernen Slogan in den Adelsstand erheben wollte, zückte sein Schlüsselbund mit dem überdimensional langen Band, das Gabby gerne »Schwanzverlängerung« nannte. Er leckte mit der Zunge über seinen ordentlich gestutzten Goatee, der sein Doppelkinn betonte, anstatt es zu kaschieren, und rief uns im Rausgehen ein »Ciao Mädels!« zu, während Sandra immer noch enthusiastisch die Hand von Johannes schüttelte. Anschließend kam sie strahlend zu mir, so strahlend es die diversen Schichten Make-up in ihrem Gesicht zuließen. »Ich soll nächste Woche eine Probesendung machen«, berichtete sie stolz und fiel mir um den Hals. Diane, Tine und Wiebke tauschten viel sagende Blicke, während ich Sandra zurückhaltend gratulierte. Sie war kaum verschwunden, da legten die gnadenlosen Schwestern los.

»Neue Freundin?«, stichelte Diane.

»Nicht dass ich wüsste«, sagte ich und spürte ein schlechtes Gewissen, das sich leise heranschlich.

»Sie ist so billig wie ihr Parfüm«, sagte Tine und nahm sich eine Zigarette.

»Moderieren soll sie? Muss Marco deshalb vorher mit ihr schlafen?«, spottete Diane und spendete Tine Feuer, wobei sie ihr fast den Pony ansengte, weil sie nicht Acht gab.

»*Schschschonnie Walker is w'scheinlich sch'wieder dicht*«, lallte Wiebke Unbehaun und bestellte fingerschnippend ein neues Glas Wein. Wiebke, die gerne behauptete, sie sei schon als Kind mit einem Schneebesen als Mikrophon durchs Haus gelaufen, um ihre Mutter beim Autowaschen zu interviewen oder ihren Vater beim Kochen, bearbeitete Johannes seit Jahren, moderieren zu dürfen, doch der lehnte jedes Mal mit einem charmanten Hinweis auf ihre Stimme ab.

»Diese Schlampe«, sagte Diane, die eine Freundin deutlicher Worte war, so laut, dass es der ganze Tisch hören musste. »Wenn sie glaubt, dass sie sich mal eben durch die Redaktion vögeln kann, dann wird sie sich noch wundern.«

»Jetzt lasst sie doch mal«, sagte ich, etwas halbherzig.

»Der wird noch der gesamte Putz aus dem Gesicht fallen!«, orakelte Diane und begann, sich zu verabschieden. Sie machte sich nicht die Mühe, die frühmorgendliche Sendung als Grund für ihren plötzlichen Aufbruch vorzuschieben.

Am nächsten Tag wurde ich zum Chef gerufen. Ich war mir keiner Schuld bewusst, und so rätselte ich auf dem Weg, der mit vergilbten Plakaten von Partys gepflastert war, die wir mit inzwischen zu Recht untergegangenen Acts wie No mercy und den Southside Rockers gefeiert hatten, über den möglichen Grund seiner Sehnsucht.

»Ich bin gespannt«, sagte ich ratlos, als ich Johnnies Büro betrat. Es war mit wenig Geschmack und umso mehr Geld eingerichtet. Im vorderen Teil befand sich eine taxifarbene Sitzecke mit einem Kamin. Hier fanden Vorstellungsgespräche statt, und namhafte Gäste hatten hier schon ihren Tee genommen. Wurde man von Johannes auf dem Sofa empfangen, gab es nichts zu befürchten. Der Legende nach bedeutete knisterndes Feuer im Kamin sogar eine Gehaltserhöhung. Der Boss winkte mir aus dem hinteren Teil seines Büros zu, ich solle auf dem unbequemen Ledersessel vor seinem Schreibtisch Platz nehmen.

Er hielt einen Kugelschreiber in der Hand und fuhr die Mine ein und aus.

*Klick-klick-klick*.

Hinter seinem Schreibtisch hing eine Goldene Schallplatte von den unerträglichen Corr-Geschwistern, daneben ein Foto, auf dem er Mick Jagger die Hand schüttelte. Es war auf der Sitzecke am Kamin aufgenommen worden. Ein weiteres Bild zierte die Wand, doch eine Zimmerpalme hatte ihre Wedel darüber ausgestreckt, als wollte sie etwas verbergen.

»Ich habe dich kommen lassen, weil ich dachte, du wolltest *mir* etwas erzählen«, sagte Johannes endlich.

Natürlich musste ich sofort an Nierenschalen und ordentlich gefeilte Fingernägel denken. Mein Hals wurde trocken, ganz ohne zu stöhnen, und von ferne hallte das kalte klatschende Geräusch von Schlägen auf den Unterarm wider.

»Aha …«, sagte ich und lachte unsicher. Ich wünschte, Johannes würde die peinliche Stille mit Sinn füllen, meinetwegen auch mit Unsinn. Stattdessen schwieg er. Sein Blick war noch immer auf den Boden gerichtet. Ich rechnete nicht damit, dass er mich anschauen würde. Das tat er nie, Johannes hielt einen direkten Augenkontakt nicht aus, ähnlich wie Waldemar, der sich immerhin überwinden konnte, wenn er die Gelegenheit hatte, jemanden anzuschnauzen.

*Klick-klick-klick*, machte der Kugelschreiber.

Langsam begann ich, das Ein- und Ausfahren der Mine für eine sexuelle Anspielung zu halten, und versuchte, an etwas anderes zu denken. Im Hintergrund plätscherte leise unser Programm, eine Wunschsendung.

Ein Hörer wollte »irgendwas von den Dire Straits« hören, als würden wir diesen alten Mist nicht schon oft genug dudeln.

»Ist es, weil ich kürzlich in der Sendung geätzt habe, dass ich mir auf der letzten Tour von Depeche Mode vorgekommen bin wie bei Joshua Kadison?«, mutmaßte ich zur Ablenkung. Dave Gahan hatte fünf Balladen am Stück gesungen, ich wäre fast eingeschlafen!

Johannes schüttelte kurz den Kopf, ohne eine Miene zu verziehen. Ich nickte. Das hätte ich mir denken können. Ohnehin hatte ich schon einen Anpfiff von Marco bekommen, dem Meister der Propaganda: Ein Moderator habe die Musik, die er spielt, »positiv zu verkaufen«. Nie wieder ein böses Wort, weder über Depeche Mode noch über Joshua Kadison. Und ich solle seinen Song »Jessie« nicht immer schon nach zweieinhalb Minuten ausblenden, das sei unprofessionell. Ich müsse mir nicht einbilden, dass das niemandem auffalle.

»Dann habe ich leider keine Ahnung, worauf du hinauswillst, Johannes«, sagte ich endlich und zauberte einen verwirrten Ausdruck in mein Gesicht.

*Klick-klick-klick.*

Johannes lehnte sich in seinem Stuhl zurück. Mit seinem großporigen Gesicht, in dem die Akne besonders schlimm gewütet und eine Haut wie eine schlecht verputzte Wand zurückgelassen hatte, wirkte er wie ein ewiger Jugendlicher. Seine schlaksige Figur und die Affinität zu Jeanshosen und weißen Oberhemden widersprachen diesem Eindruck nicht, dabei war er kurz vor vierzig.

»Vielleicht sagt dir das Stichwort Mut-ter-schaft etwas, Fran-zis-ka«, sagte er langsam, und etwas in der Art, wie er meinen Namen aussprach, löste in mir die Erinnerung an einen dumpfen Aufprall aus. Aber daran war wohl eher der Stein schuld, der mir vom Herzen gefallen war. Waldemar musste mein Gespräch mit Gabby belauscht und weitererzählt haben, wie es sich für einen gut funktionierenden Chefautomaten gehörte. Welchen Vater hatte man in der Gerüchteküche des Senders wohl für mein ungezeugtes Kind gebacken? Wie ich die einfachen Rezepte kannte, war es ein Kollege aus der Redaktion.

»Dazu kann ich nichts sagen«, entgegnete ich. Es fiel mir nicht im Traum ein, Diane zu verpfeifen.

Johannes donnerte mit der flachen Hand auf seinen Schreibtisch. Das Bild eines kleinen Mädchens im Biene-Maja-Kostüm fiel um; sein Kugelschreiber landete zu meinen Füßen. Tine erschien in der Tür und wurde von einem wütenden Johannes wieder fortgeschickt – er wolle jetzt nicht gestört werden.

»Selbst wenn ich schwanger *wäre*, müsste ich dir nichts sagen«, sagte ich in die gespannte Stille.

Natürlich erwartete ich kein Kind, das war technisch unmöglich. Seit meiner letzten horizontalen Begegnung mit einem Mann hatten ganze Armeen von Boy- und Girlgroups das grelle Scheinwerferlicht der Welt erblickt und sich zurück in die Dunkelheit verabschiedet. Prince hatte es in der Zwischenzeit auf mehr originelle Pseudonyme als auf erträgliche Alben gebracht. Das Gerücht von meiner angeblichen Schwangerschaft war mindestens so albern, als hätte man mich beim Rasen in geschlossener Ortschaft geblitzt, ohne Sicherheitsgurt. Das Intimste, zu dem es in jüngster Zeit gekommen war, war der ICE-Kuss des Fremden – und selbst der hatte sofort danach Reißaus genommen. Aber all das störte mich nicht, ich hatte ohnehin nicht das geringste Interesse, mich zu vermehren.

»Verdammt.« Johannes bedeckte mit den Handinnenflächen sein vernarbtes Gesicht, wie jemand, der sich mit kaltem Wasser abreibt, um wach zu werden. »Ich sollte nicht auf diese Geschichten hören, es tut mir Leid.«

Mein jugendlicher Boss schüttelte ratlos den Kopf und schien plötzlich um Jahre gealtert. Johannes war ein bedauernswertes, armes Schwein. Wusste er, was man im Haus über ihn und seine Frau redete, eine ehemalige Redaktionsassistentin, zehn Jahre jünger als er? Angeblich traf sie sich noch immer mit ihrem Exfreund, dem leiblichen Vater des Mädchens im Biene-Maja-Kostüm, das Johannes für sein Kind hielt (im Gegensatz zur Redaktionsmeinung). Er selber musste völlig ahnungslos sein, sonst hätte er wohl längst dafür gesorgt, dass der Mann, mit dem seine Frau schlief, nicht länger die Morningshow mit Diane moderierte.

»Es muss dir nicht Leid tun, dass ich nicht schwanger bin«, sagte ich und befreite mich aus der unangenehmen Gefangenschaft des Ledersessels. »Ich für meinen Teil bin ziemlich froh.«

Als ich das Büro verließ, ertönte das Quietschen der kleinen Kommode hinter dem Schreibtisch, in der Johannes den Whiskey aufbewahrte.

Bei der Rückkehr in mein Büro wurde ich bereits erwartet.

»Wo ist das Biest?«, fauchte Diane. Sie hatte sich auf meinem Platz niedergelassen. In ihrem Mund steckte eine brennende Zigarette, und der Bauch wölbte sich leicht unter dem Placebo-T-Shirt; ihre Brüste schienen noch praller als sonst zu sein. Ich fragte mich, wie lange sie ihre Abtreibung noch hinauszögern wollte. Sie musste längst den dritten Monat erreicht haben, ihrem Bauch nach zu urteilen.

»Prilop? Der ist krank«, stellte ich mich dumm, weil ich fand, dass Diane die Sache mit Sandra übertrieb.

»Sie war mit Marco zusammen, gestern Nacht«, rief sie den blau-dunstigen Kreisen hinterher, die sie in den Raum pustete.

»Hast du schon mal überlegt, mit dem Rauchen aufzuhören, bis du entschieden hast, ob du das Kind bekommen willst?«, fragte ich vorsichtig.

»Was glaubt diese Kuh eigentlich, wer sie ist?«, brauste sie auf. »Erst angelt sie sich unsere Männer und dann unsere Shows!« Diane ignorierte meinen mahnenden Blick. »Aber das lasse ich mir nicht gefallen.« Sie wischte mit dem kleinen Finger unter ihrem rechten Auge entlang und schniefte vernehmlich.

Ich erkannte Diane kaum wieder. Seit ihrer Schwangerschaft war sie launisch und aggressiv. »Beruhige dich erst mal!«, sagte ich wie zu einem Taifun, dem man das Pusten austreiben will.

»*Du* willst doch sowieso, dass ich das Kind kriege, damit *du* dich in der Morningshow breit machen kannst. Das habe ich schon verstanden«, giftete Diane unter dem Einfluss eines Bluthochdruckgebietes.

Sie hatte *nichts* verstanden. Die angebliche Bedrohung ihrer Position in der Morningshow schien zur Paranoia zu werden. Ich kam mir vor wie der Instrumentaltrack einer CD: Mir fehlten die Worte.

»Siehst du. Du hältst es nicht mal für nötig, dich zu verteidigen.«

Es klopfte und Sandras Lockenkopf erschien in der Tür. »Franka! Ich muss dir dringend …« Sie verstummte, als sie Diane entdeckte.

»Gut, dass du kommst.« Diane erhob sich von meinem Stuhl, den sie Sandra mit einem gefährlichen Lächeln überließ, und die Asche ihrer Zigarette fiel auf den Boden.

»Diane und ich wollten gerade einen Kaffee trinken gehen«, sagte ich, nachdem ich meine Sprache wieder gefunden hatte. Doch Diane hörte nicht auf mich.

»Ich hoffe, du hattest einen schönen Abend mit Marco. Ich hoffe wirklich, dass du ihn genossen hast, denn es war wohl das letzte Mal.« Sie strich sich mit der flachen Hand über ihren Bauch und lächelte weiter auf diese gespenstische Art. »Marco und ich bekommen ein Kind. Ich bin sicher, er wollte dich nicht verletzen, darum hat er dir nichts gesagt. Du wirst verstehen, dass für dich dabei kein Platz ist. Aber wenn du willst, lassen wir dich mal Babysitten.«

—

Leif hatte es nun jeden Tag sehr eilig, nach der Arbeit in der Leergutannahme des Supermarktes heimzufahren. Immer hatte er diese Stimme im Kopf. Manchmal musste er die staubigen Flaschen der Kunden zwei- oder dreimal zählen, weil er mittendrin den Faden verlor. Es war nicht möglich, an etwas anderes zu denken. Wenn man ihn wenigstens Radio hören lassen würde, nur ganz leise, dann könnte er sich ablenken. So zählte er neben Bierflaschen oder Joghurtgläsern, deren Boden manchmal schlimm mit Schimmel bedeckt war und die er darum eigentlich nicht zurücknehmen durfte, vor allem auch die Stunden, bis er endlich wieder zu Hause sitzen und ihre Stimme hören durfte. Er wusste inzwischen, warum sie ihm so bekannt vorkam, und konnte sein Glück kaum fassen, nach all den Jahren. Eine nach der anderen kamen die Geschichten von früher zurück. Mal rutschte sie als Putzfrau nackt auf Knien durch das Treppenhaus, am nächsten Tag stand sie im weit aufgeknöpften Blaumann in der Küche, um sein verstopftes Abflussrohr zu reinigen. Aber im Grunde war sie jedes Mal nur seine Prinzessin, die sich auf Wunsch in alle möglichen Wesen verwandeln konnte, wie es ihm gefiel. In jeder Rolle versetzte sie seinen Körper in Aufruhr. Bevor er sie hereinließ, vergaß er nie, das Bild seiner Eltern von der Wand zu nehmen; dann erst schickte er seine Hand auf Abenteuertour in den warmen, feuchten Dschungel seiner Unterhose, um dort entschieden, aber nie übereilt, den Aufständischen niederzuringen.

In den 22-Uhr-Nachrichten wurde die einstimmige Annahme der Resolution 1441 durch den Weltsicherheitsrat verkündet, in der man Bagdad eine »letzte Chance« zur Abrüstung einräumte. Doch das kümmerte Leif nicht. Erschöpft von seinen Abenteuern mit der Prinzessin, saß er zusammengekauert in seinem Sessel, sein Kopf lehnte abgeknickt an seiner Schulter. Über den Beinen hatte er eine braune Strickdecke ausgebreitet. Hin und wieder nuckelte er an seinem Bier.

Die Prinzessin war bereits auf dem Weg nach Hause,

auf einem edlen Pferd ritt sie durch die Straßen. Den Kragen hochgeschlagen, ließ sie sich stolz durch die Nacht tragen. Die Menschen, die zu so später Stunde noch unterwegs waren, wichen ihr ehrfürchtig aus und schauten ihr nach. Einige Männer hatten den Hut gezogen. Niemand traute sich, sie anzusprechen, ihr einen Gruß zuzurufen. Man begann zu tuscheln, wenn sie außer Reichweite war.

»Das war sie! Habt ihr sie gesehen?«, rief eine Frau aufgeregt.

»Wo kommt sie her? Wo reitet sie hin?«, antworteten zwei Männer im Chor.

»Sie lebt oben in den Bergen, ganz allein, in einer kleinen Hütte. Nachts kann man ihr Schluchzen hören. Und wenn ihr ganz elend ist und sie die halbe Nacht durchweint, dann schwillt der Bach an, der ins Tal fließt, und wird zu einem reißenden Fluss.«

»Die Prinzessin hat etwas verloren«, rief jemand und hielt einen ledernen Gürtel in die Höhe, seine Schnalle funkelte im Mondlicht. Die Menschen machten große Augen und staunten. So etwas Prachtvolles war ihnen noch nie untergekommen. Man ließ den Gürtel im Kreis herumgehen. Sie betrachteten ihn von allen Seiten, strichen vorsichtig mit den Fingern über das kostbare Ding; andere rieben sich mit dem glatten Leder über ihre Wangen und machten dabei anerkennende Geräusche. Wer ihn zu lange in den Händen hielt, dem wurde der Gürtel entrissen von jemandem, der ihn noch gar nicht berühren durfte.

»Ich bringe ihn zu ihr«, ließ sich plötzlich eine Stimme vernehmen. Sie gehörte Leif. Sämtliche Augenpaare waren nun gespannt auf ihn gerichtet. »Ich weiß, wo sie wohnt.«

Dann wachte Leif auf, seinen Gürtel hielt er noch immer in den Händen.

»Diese Angaben sind wie immer ohne Gewähr«, sagte der Nachrichtensprecher, und Leif kehrte langsam in die Wirklichkeit zurück. Er rülpste, hängte das Hochzeitsbild der Eltern zurück an seinen Platz und fiel müde ins Bett.

# Kapitel 4

*»Guten Morgen in Berlin und Brandenburg! Also, das ist eine Familie: Erst wird Whitney Houston mit Drogen erwischt, und jetzt auch noch ihr Gatte, Bobby Brown. Die Polizei hat Marihuana in seinem Auto gefunden. Und jetzt muss Mr. Whitney Houston wohl für eine Weile in den Knast.«*

*»Aber da ist er auch selber schuld! Warum hat er nicht einfach gesagt: ›Ooops, das Marihuana gehört nicht mir, das muss meine Frau hier vergessen haben.‹ Das hätte ihm doch jeder geglaubt!«*

Aus dem Konferenzraum drangen aufgeregte Stimmen. Die Tür stand offen, und so warf ich einen Blick um die Ecke. Diane ging mit großen Schritten auf und ab, dabei knabberte sie am Nagel ihres Daumens. Tränen kullerten über ihr Gesicht.

»Einfach weg«, schluchzte sie. »Über Nacht.«

Ich musste sofort an ihr Baby denken und lief zu ihr. Waldemar saß vor seinem Computer und las seelenruhig Nachrichtenagenturen. Robert Dieterle reichte seiner Co-Moderatorin ein Taschentuch, das im Gegensatz zu seinem Jeanshemd gebügelt war, und rief ungeduldig: »Es ist nun mal passiert, Waldemar. Damit müssen wir uns jetzt auseinander setzen.«

Diane lehnte an einem Regal mit mehreren Fernsehern, auf denen ununterbrochen ARD, CNN und n-tv liefen, und schnaubte in Roberts Taschentuch. Sie trug ein schwarzes T-Shirt von Matchbox 20, auf dem das dümmliche Gesicht eines Mannes mit Sonnenbrille und Fliegermütze abgebildet war.

»Ich bin gleich so weit, Franka«, versuchte Robert mich abzuwimmeln. Wir waren zum Aircheck verabredet, einer regelmäßigen Manöverkritik, in der einem zugemutet wurde, seine eigene Sendung anzuhören – und das, obwohl Deutschland vor einem halben Jahrhundert die Europäische Konvention gegen Folter unterzeichnet hatte.

»Bleib hier!«, sagte Diane, die sich langsam wieder beruhigte.

Ich legte meinen Arm um ihre Schulter, froh, dass sie das Missverständnis um die Vertretung ihrer Sendung vergessen hatte. Wahrscheinlich hatten ihr die Hormone den Kopf und den Sinn für die Realität verdreht.

»Es war ein Unfall – das passiert eben«, murmelte Waldemar, der offenbar seine Ruhe haben wollte.

»Unfall!«, schnaubte Diane verächtlich und nahm meine Hand. »Ich habe gestern ein Interview mit Klaus Wowereit aufgezeichnet, das wollten wir heute früh senden. Er war superlustig«, erklärte sie und wischte sich mit dem Handrücken die Tränen aus dem Gesicht. Ich reichte ihr ein frisches Taschentuch und drückte erleichtert Dianes Hand. Auch das Missverständnis von der Fehlgeburt löste sich endlich auf.

»Bevor ich heimging, habe ich es fertig geschnitten«, fuhr Diane noch leicht schluchzend fort, »und heute Morgen war es weg. Gelöscht.«

»Das ist nicht bewiesen, Diane«, ließ sich Waldemar vernehmen, in einem Ton, als würde er sich bereits zum zehnten Mal wiederholen.

»Und ich weiß auch, von wem!«, rief Diane trotzig.

»Es gibt keine andere Erklärung«, sagte Robert Dieterle und nahm seine Co-Moderatorin vorsichtig in Schutz.

Waldemar war offenbar eine Erklärung eingefallen, die er für weitaus plausibler hielt: Diane war zu doof, um ein Interview im Computer abzuspeichern. Aber das sagte er nicht und seufzte nur kurz.

»Allerdings«, fuhr Robert fort, »würde ich nicht unterstellen wollen, dass jemand *absichtlich* das Interview gelöscht hat.«

Diane sprang auf und fing wieder an, mit großen Schritten den Raum abzulaufen. »Wie doof kann man sein!«, rief sie.

»Hast du keine Sicherheitskopie?«, fragte ich. Denn bei einem Absturz des gesamten Systems bestand immer die Möglichkeit, dass willkürlich einzelne Beiträge verschwanden. Darum bot es sich an, bei allen Interviews zur Sicherheit ein Band mitlaufen zu lassen. Es existierte sogar eine entsprechende Anweisung von Johannes, die aber niemand ernst nahm.

»Ich konnte ja nicht wissen«, sagte Diane, »dass hier eine Wahnsinnige rumläuft, die nichts Besseres zu tun hat, als meine Interviews aus dem Computer zu löschen. Nur weil sie nicht den Mann haben darf, den sie will.«

»Kann man herausfinden, wann der Beitrag gelöscht wurde?«, fragte ich unbeirrt.

Waldemar schüttelte genervt den Kopf, ohne den Blick

von seinem Computer abzuwenden. Robert machte ein Gesicht, als hätte ich ihn auf Knien um Freikarten für ein Westernhagen-Konzert angebettelt.

»Was soll das bringen?«, fragte er.

»Ja, wozu?«, wiederholte Diane unbeteiligt und putzte sich die Nase.

Ich erklärte den Kollegen das Offensichtliche: Man könne die Zahl derjenigen, die als Täter in Frage kommen, besser eingrenzen, wenn man weiß, zu welcher Zeit das Wowereit-Interview gelöscht wurde. Gewollt oder ungewollt. Und mit der betreffenden Person reden, damit es nicht wieder vorkommt.

»Von mir aus«, sagte Waldemar und verließ mit seiner fleckigen Kaffeetasse den Raum.

»Ich versuche es«, sagte Diane stumpf, ohne viel Hoffnung auf Erfolg.

Robert und ich ließen sie mit der Suche nach dem verschwundenen Bürgermeister allein und zogen uns zum Foltern in sein Büro zurück.

—

Leif trank einen Schluck Feierabendbier, lehnte sich zurück und fand sich, als er die Augen schloss, vor der Tür einer Holzhütte in den Bergen wieder, inmitten dunkler Tannen. Über ihren Spitzen hing trüb die Mondsichel; wie im Zeitraffer zogen lange, schmale Wolkenbänder vorbei. Irgendwo krächzte ein Uhu.

Die Tür öffnete sich, ohne dass er klopfen musste. Der Raum war schwach von zwei Kerzen erhellt, die auf einem Schränkchen neben dem Bett standen. In einem Kamin knisterte ein Feuer, die Luft roch nach feuchtem Holz und Honig. Die Prinzessin bedeutete ihm, auf dem Bett Platz zu nehmen. Ihre Füße waren nackt. Vor dem Gesicht jedoch trug sie einen dunklen Schleier. Als sie näher kam und sich zu ihm herabbeugte, konnte er unter dem Stoff ihre blonden Locken erkennen. Er wollte sie berühren, über ihr Haar streichen, doch sie stieß ihn schroff zurück. Er fiel mit dem Rücken aufs Bett. Das Knistern des Kaminfeuers wurde bedrohlich lauter. Leif stöhnte leise, als ihre Finger seinen Gürtel öffneten. Mit einer geschickten Bewegung zog sie ihn aus den Schlaufen. Leifs Hals wurde trocken, er trank hastig etwas Bier.

»Jetzt dreh dich um und sag schön bitte«, befahl ihre strenge Stimme. Dabei wickelte sie den Gürtel zweimal fest um ihre Hand und ließ sein Ende mit einem lauten Knallen durch die Luft tanzen. Von draußen war der Uhu zu hören. Der Wind spielte mit einem Fensterladen, die alten Scharniere quietschten.

»Bitte. Ja«, sagte Leif atemlos. Folgsam zog er seine Hose bis zu den Knöcheln herunter, kniete sich auf den Boden und dachte an seine Belohnung. Die Hiebe hielt er aus, ohne zu klagen. Sie waren die steinigen Hürden auf dem Weg ins Paradies.

Die Prinzessin teilte ordentlich aus. Vielleicht hatte sie einen schlechten Tag, das bekam er jedes Mal deutlich zu spüren, aber wer war er, sich darüber zu beschweren! Nein, er fühlte sich sehr einverstanden damit. Nun aber legte sie den Gürtel beiseite und verkündete den gemütlichen Teil, den süßen Teil des Abends:

»So, Kleiner, und nun darfst du meinen Flur durchwischen.«

Fünf Minuten später löschte Leif das Licht im Badezimmer und fädelte seinen Gürtel zurück in die Schlaufen seiner Hose. Sein Bier war leer, aber er war zu träge, ein neues zu holen. Nachdem er das Bild seiner Eltern wieder an die Wand gehängt hatte, setzte er sich vorsichtig zurück an den Tisch. Die Striemen auf seinem Rücken schmerzten nur in den ersten Minuten, dann ließ das Brennen nach.

Die orangefarbenen Lichter von der Telekom-Baustelle drangen durch das Fenster. Das Blinken erinnerte ihn an den Tag, als sie seinen Vater abholten, nach dem Unfall im Keller. Leif war damals vierzehn. Seine Mutter hatte ihn auf sein Zimmer geschickt, das sei nichts für ihn und er würde den Sanitätern sowieso nur im Weg stehen. So hatte er sich in sein Bett verkrochen und die Decke über den Kopf gezogen. Gegen die Lichter des Rettungswagens half das nicht. Leif hatte seine Augen fest geschlossen, aber das Blaulicht machte vor seinen Lidern nicht Halt. Als die Haustür ins Schloss fiel und er hörte, wie ein Motor gestartet wurde, sprang er schnell ans Fenster. Er konnte gerade noch einen Blick auf die Rücklichter des Rettungswagens erheischen, der um die Ecke bog. Sein Vater starb kurz nach der Ankunft im Krankenhaus.

»Sie hätten ihn auch gleich über die Straße tragen können, zum Friedhof«, sagte seine Mutter, als sie nach dem Anruf aus dem Krankenhaus auflegte. Leif stand auf der Treppe und weinte.

»Hör auf zu heulen und geh in dein Zimmer!«, rief seine Mutter. »Damit ich hier durchwischen kann.«

Leif drehte das Radio auf, aber sein Herz schlug so laut, dass es die Musik übertönte. Ein neues Lied begann, aber er wollte nicht, dass die Prinzessin aufhörte zu reden. Sie durfte ihn nicht wieder allein lassen. Warum sprach sie nicht einfach weiter? Nur eine Minute! Leif griff nach seinem Telefon.

»Prinzessin«, flüsterte er, als endlich ihre Stimme ertönte. Sie klang jetzt wieder viel sanfter, fast zärtlich.

»Huuuhu?!«, rief die Prinzessin nun schon zum zweiten Mal.

»Hallo, Lilly«, sagte er endlich. »Da staunst du, was?«

Da war es wieder, dieses kalte klatschende Geräusch von Schlägen, die in dem kleinen Zimmer widerhallten. Es war spärlich eingerichtet, mit einem Stuhl und einem schmucklosen weißen Tisch. Zwei Telefone standen darauf, eine Nivea Bodylotion, eine Flasche Wasser und eine metallene Nierenschale, wie man sie aus dem Krankenhaus kennt. Die Wände waren weiß, die Luft stickig. Türen und Fenster hatten geschlossen zu bleiben, bei jedem Wetter, so hatte MD es angeordnet. Falls unangemeldeter Besuch über die Flure lief.

Die Frau, die sich Lilly nannte, stieß einen lang gezogenen Seufzer aus. Ihr Unterarm leuchtete schon rosarot; trotzdem schlug sie noch einmal auf ihren nackten Unterarm ein, als sie bemerkte, dass es still geworden war am anderen Ende der Leitung.

»Bist du wieder ein lieber Junge?«, fragte sie in den Hörer und bekam ein zustimmendes Grunzen zur Antwort.

»Bekomme ich jetzt meine Belohnung, Prinzessin?«, fragte der Mann mit seiner leisen vorsichtigen Stimme.

*Drei Minuten und 52 Sekunden*, zeigte das Display im

Telefon. Sie lagen gut in der Zeit. Immerhin. Mehr als sechs Minuten würde er nicht brauchen, länger dauerte es nie mit ihm.

»Such dir etwas Schönes aus«, sagte Lilly. Sie kannte die Antwort längst.

Sie schlug ihre Beine übereinander und drehte sich zum Fenster. An der Scheibe klebte eine dicke Staubschicht, vor zwei Wochen hatte die Putzfrau gekündigt. Dem Ausblick tat das keinen Abbruch: außer der braungrauen Rückwand eines Mietshauses gab es wenig Highlights.

»Flur durchwischen«, stöhnte der Mann atemlos. Natürlich, darum rief er ja immer wieder an.

Lilly entdeckte Aprils Spiegelbild in der matten Scheibe und gab ihr widerwillig ein Zeichen. Wenn es ans Flurdurchwischen ging, war sie lieber unbeobachtet. April, die eigentlich Heike hieß – aber wer bekam bei diesem Namen schon einen hoch? –, trat näher. Mit spitzen Fingern hielt sie sich abwechselnd die Speisekarte vom Pizzaservice und den Prospekt eines Indischen Bringdienstes vor die Brust.

»Da habe ich jetzt ganz große Lust drauf«, sagte Lilly bewusst doppeldeutig und zeigte auf die Speisekarte des Inders. Sie bemerkte, dass sie Hunger hatte. Kein Wunder, sie hatte zuletzt etwas in der Mensa gegessen. Seitdem waren Stunden vergangen.

Lilly bedeckte die Sprechmuschel mit ihrer Hand. »Es ist die Kehrwoche«, flüsterte sie April zu. Dann stöhnte sie wieder ein bisschen ins Telefon und ließ ihren Finger über die Speisekarte laufen. Bei der Überschrift ›Vegetarische Gerichte‹ stoppte sie. Das Stöhnen fiel ihr leichter, wenn sie sich etwas zu essen dabei vorstellte. Sie fühlte sich dann authentischer. So wie man eben beim *Flurdurchwischen* klingen sollte.

Lilly entschied sich für ihre Lieblingsspeise, Spinat mit indischem Käse und Reis, und tippte zweimal mit ihrem Zeigefinger auf die dazugehörige Nummer in der Speisekarte. Dann machte sie »hmmmm«. Persönlich gab sie einem gelegentlichen »Hmmmm« den Vorzug gegenüber endlosem Stöhnen, davon wurde sie immer ganz heiser. Leider legten manche Kunden übersteigerten Wert auf endloses Stöhnen. Der Typ, den sie Kehrwoche nannten, konnte darauf verzichten, das rechnete sie ihm hoch an. Dafür wollte er zu Anfang eines jeden Gespräches ausgepeitscht werden. Das fand sie befremdlich, andererseits konnte man sich prima dabei austoben, wenn man mies drauf war.

Die Kollegin April war etwas kurzsichtig und zeigte fragend auf das falsche Gericht, das mit den Erbsen, das Lilly nicht vertrug, weil es so scharf war. Sie hatte einen empfindlichen Magen.

»Tiefer!«, sagte Lilly und schüttelte den Kopf. Und dann noch einmal, etwas zärtlicher: »Tiefer!«

Der Finger mit dem rot lackierten Nagel wanderte ein paar Millimeter auf der Speisekarte nach unten. Das Rot wirkte nuttig. Dabei zitterte sie ein wenig, weil sie versuchte, einen aufkommenden Lachanfall zu unterdrücken. Beim *Palik Panir* angekommen, vergewisserte sie sich noch einmal mit einem kurzen Blick bei Lilly.

»Ja, so ist es gut«, sagte Lilly und stöhnte wieder.

April hielt sich die Hand vor den Mund und lief zur Tür. Sie durfte auf keinen Fall laut losprusten.

»Hey«, rief Lilly ihr hinterher, nicht zu laut, damit die Kehrwoche nicht vor Schreck vom Sessel fiel. »Mir ist heute nach ganz viel Sauce.«

Lilly hörte, wie ihre Kollegin auf dem Flur zusammenbrach.

»Wirst du das hinkriegen, Kleiner?«, fragte sie den Mann mit ihrer zärtlichsten Stimme, froh, dass sie jetzt wieder ungestört war. Lilly klang, wie man ihr oft bescheinigte, reif und erfahren, nicht wie eine Studentin Mitte zwanzig.

»Ich versuche es, Prinzessin«, sagte er, und sie wusste, nach dem Klang *seiner* Stimme zu urteilen, dass er nicht mehr viel brauchte.

Die Frau, die sich Lilly nannte, schob den Ärmel ihres Pullovers bis zum Ellenbogen hoch und klemmte den Hörer zwischen Ohr und Schulter. Sie rieb ihren geschwollenen Unterarm mit kühlender Lotion ein. Das tat gut. Lilly seufzte laut und ausgiebig. *5 Minuten und 10 Sekunden*, zeigte das Display ihres Telefons. Das wird ein neuer Rekord, freute sie sich.

»Hast du schon deine kleine Schweinerei gemacht?«, erkundigte sie sich und trank einen Schluck Wasser. Ihr Hals war ganz trocken von dem bisschen Stöhnen. Sie fragte sich, wie es ihre Kolleginnen aushielten. Ihre Freundin April zum Beispiel tat nicht viel mehr als Stöhnen, manchmal vier Minuten am Stück. Und klang dabei, als würde sie ihre Einkaufstüten in den fünften Stock schleppen.

Die Kehrwoche antwortete mit einem leisen zufriedenen Seufzer.

»Du warst wieder sehr tapfer. Ich bin stolz auf dich«,

sagte Lilly zum Abschluss. »Jetzt kannst du das Bild wieder aufhängen.«

Sie konnte hören, wie er sich über die persönliche Bemerkung freute. Lilly wusste, dass über dem Sessel, auf dem er mit heruntergelassenen Hosen saß, ein Hochzeitsfoto seiner Eltern hing, das er jedes Mal abnahm, bevor er Lilly anrief.

»Prinzessin, können wir uns nicht endlich mal ...«

»Tut mir Leid«, unterbrach Lilly ihn, weil sie wusste, dass Müller-Dörtzenbach das Gespräch belauschte. »Du weißt, dass private Treffen strengstens verboten sind.«

Staunen war gar kein Ausdruck! Mein Herz raste, als wollte es Anlauf nehmen und ausbrechen. Nicht dass ich vor meiner Vergangenheit davonlaufen wollte, aber dass sie mich nach zehn Jahren einholte, war mir auch nicht ganz recht. Mein Magen spielte mit dem Gedanken, einige jüngere Inhalte abzustoßen.

»Lange nicht gehört«, sagte ich in Ermangelung einer intelligenteren Phrase, als sich meine inneren Organe etwas beruhigt hatten. Natürlich erkannte ich den Mann sofort wieder, für den ich früher die geheimnisvolle Prinzessin gegeben hatte, die verlassen in den Bergen wohnte und die er regelmäßig besuchte, um sich ordentlich den Arsch vermöbeln zu lassen. Er war stets vor Ablauf der Zeit fertig, und er schickte das Geld immer rechtzeitig an unsere Postfachadresse. Das zahlte sich aus, denn jeder pünktliche Zahlungseingang bedeutete eine Provision in der Monatsabrechnung. Auch wenn er eine arme Sau war, die nicht einmal genügend Phantasie besaß, um sich ohne fremde Hilfe einen runterzuholen, mochte ich ihn.

»Hm«, machte er amüsiert. »Lange nicht durchgewischt.«

Mir wurde unangenehm heiß, als hätte jemand die Heizung aufgedreht. Mein Hals war trocken wie nach zwei Stunden Dauerstöhnen.

*Flur durchwischen*, das war damals unser persönlicher Code gewesen. Die gängige Alternative »Arschfotze lecken«, wie etwa April es ausdrückte (woran sie sich Jahre später aber nicht mehr erinnern wollte), war ihm zu ordinär. Den offiziellen Terminus *Rimming* empfand er als zu technisch. Ich wiederum wusste nicht recht, wie man *Rimming* konjugierte: *Ich rimme, du rimmst, er/sie/es rimmt …?* Oder war es ein transitives Verb? *Ich rimme dich, du rimmst mich …* Und klang es nicht vor allem völlig bescheuert, gleichgültig, ob man es englisch oder deutsch aussprach? Müller-Dörtzenbach, der all meine Gespräche abhörte, vor allem die mit Leif, hielt ihn für verklemmt. Er konnte Kunden nicht ausstehen, die mich zwangen, »Babysprache« zu benutzen, wie er es nannte. In Wirklichkeit war er eifersüchtig auf die Kehrwoche.

»Wohnst du immer noch in Berlin?«, fragte ich und hoffte auf ein Nein.

»Kommst du mich jetzt endlich besuchen?«, fragte er. Und nach einer kurzen Pause: »Meine Prinzessin.«

Schon nach meinem ersten Gespräch mit dem Mann namens Kehrwoche hatte er nur noch nach mir verlangt. Andere waren ihm nicht gut genug. Manchmal fing er sogar an zu brüllen und beschimpfte meine Kolleginnen, wenn ich nicht im Büro war. Sheila wollte ihn auf die schwarze Liste setzen, aber MD war dagegen, einem Stammkunden den Hahn abzudrehen. Sheila gab zu bedenken, dass ein Mann, der sich mit Schmerzen am eigenen Leib aufgeilte, sicher auch nicht davor zurückschreckte, andere Menschen zu peinigen. Doch Müller-Dörtzenbach blaffte sie an, sie solle sich ihre blühende Phantasie für die Kunden sparen, und überhaupt: Man sei vor »den Wichsern« sicher, schließlich könnten die schlecht durchs Telefon prügeln. Wenn er gewusst hätte, dass ich mir manchmal Leifs Stimme vorstellte, wenn ich mit ihm schlief, hätte MD sicher anders über die Idee einer schwarzen Liste gedacht.

»Hör mal, ich muss jetzt wieder arbeiten«, entsorgte ich die Kehrwoche, froh, einen Ausweg gefunden zu haben. »Hat mich gefreut, mal wieder mit dir zu plaudern.« Damit legte ich auf.

In der Nacht nach dem Anruf der Kehrwoche lag ich lange wach. Als ich endlich einschlief, mogelte sich ein beunruhigender Traum in mein Unterbewusstsein. Ich fuhr mit dem Zug, ganz allein. Ich irrte durch dunkle Abteile, doch weit und breit saß kein einziger Fahrgast. Vor irgendetwas nahm ich Reißaus, doch ich wusste nicht, was es war. Endlich erreichte ich den letzten Wagen. Auch hier war es dunkel, nur aus einem Abteil ganz am Ende strömte gleißendes Licht. Ich musste die Hand vor die Augen halten, während ich mich dem Licht näherte, und als ich endlich durch die Tür trat, saß dort der Mann im Kapuzenpulli, der mich geküsst hatte. Der Rucksack, den er auf dem Schoß hielt, war viel größer als bei unserer ersten Begegnung.

Er sagte: »Schön, dass du endlich da bist. Höchste Zeit, den Flur durchzuwischen.«

»Franzi! Was für eine Überraschung!«, rief mein Vater, nachdem mich das Taxi vor dem Haus meiner Eltern abgesetzt hatte.

»Ich habe gar nichts zu essen vorbereitet!«, rief meine Mutter, die sich aufgeregt an Papa vorbeidrängte, um nicht zu verpassen, wie der Anlass meines Besuches die Kutsche parkte und die Pferde versorgte.

»Macht nichts«, beruhigte ich sie. Vor Aufregung hätte ich sowieso keinen Bissen runterbekommen.

»Du bist alleine gekommen«, stellte meine Mutter schließlich enttäuscht fest. Als brächte ich jedes Wochenende einen neuen Aufriss mit nach Hause!

»Ich war gerade in der Nähe«, erklärte ich, was nicht ganz gelogen war, und bekam am Kaffeetisch einen Platz neben Sven zugewiesen, der mich misstrauisch musterte. »Wegen eines Interviews«, erklärte ich schnell.

»Wie lange bleibst du denn?«, erkundigte sich meine Mutter und reichte mir eine dampfende Tasse Kaffee.

»Ich fahre heute Abend schon wieder zurück, das Interview muss noch in die Frühsendung«, sagte ich und schielte auf Svens Armbanduhr. Bei meinem letzten Besuch hatte ich den ICE um 19.17 Uhr genommen. Der gleiche Zug sollte es auch heute sein.

Mein Vater probierte seinen Kaffee und verzog sein rundes gemütliches Gesicht. »Der ist aber stark heute!«, sagte er.

»Ich habe ihn genauso gekocht wie immer«, sagte meine Mutter mit einem vorwurfsvollen Seitenblick. »Ein Löffel pro Tasse und dann noch einen Löffel extra.«

»Wen interviewst du denn, Schwesterchen?«, wollte mein Bruder wissen.

»Genauer gesagt ist es eine Reportage«, improvisierte ich. »Menschen im Zug: Wo kommen sie her, wo fahren sie hin? Womit vertreiben sie sich die Zeit an Bord? Kommen sie mit anderen Fahrgästen in Kontakt? Tauscht man Telefonnummern aus? Sieht man sich wieder etc.«

»Der Mohnkuchen ist lecker«, sagte Rüdiger mit vollem Mund.

»Ich schreib dir das Rezept auf«, frohlockte meine Mutter.

»Gerne«, schmatzte Rüdiger.

»Beim nächsten Mal kannst du den Kaffee ja kochen«, stänkerte meine Mutter noch ein bisschen weiter, erntete aber nur ein müdes Nicken von meinem Vater.

»Und wer will so einen Scheiß hören?«, zog mich mein Bruder auf, während Rüdiger unauffällig den obersten Knopf seiner Hose öffnete.

*Ich!*, schrie eine Stimme in mir, so laut, dass ich Angst bekam, die anderen könnten es mitkriegen. *Ich will das hören!*

»Jetzt lass doch deine Schwester«, sprang mir Papa zur Seite und tätschelte meinen Arm. Ich lächelte ihn dankbar an.

*Genau!*, dachte ich. *Jetzt lass doch deine Schwester nach diesem Kleinkriminellen suchen, der sie letzte Woche so sensationell im ICE geküsst hat und dessen Namen sie nicht weiß.*

Es war der übliche Samstagnachmittagswahnsinn, und ich war froh, als ich zwei Stunden später wieder am Bahnhof stand, um mich von Super-Mehdorn retten zu lassen. Sven begleitete mich bis ans Gleis und wartete so lange, bis der Zug den Bahnhof verließ.

»Warum bist du wirklich gekommen?«, rief er mir beim Einsteigen nach. Ich drehte mich um und hinterließ ein viel sagendes Lächeln.

Während ich versuchte, harmlos zu wirken, als hätte ich nichts im Sinn als den üblichen Samstagabend-Spaziergang durch den ICE, durchkämmte ich zunächst die erste Klasse, doch leider ohne Erfolg. Im Speisewagen saß nur ein dünnes Männlein vor zwei armen Würstchen mit Kartoffelsalat und einem Pils. Im Bistroteil, an der Getränkeausgabe um die Ecke, mühten sich zwei Männer und eine Frau nach Kräften, mir die Sicht mit Zigarettenqualm zu vernebeln, aber so viel konnte ich erkennen: Hier war mein Zug-Küsser nicht. Stichprobenartig stieß ich in den folgenden Wagen hier und da eine Toilettentür auf, um mich zu vergewissern, ob dahinter nicht jemand mit Kleber, Schere und äußerst bestechenden grünen Augen einer Tätigkeit nachging, die bei der Bahn als nicht sonderlich feiner Zug galt, doch auch die zweite Klasse blieb mir den Mann schuldig.

Mit der leisen Ahnung, mich in einem dummen Zug in eine noch dümmere Idee verrannt zu haben, trat ich den Rückzug an. Nun stieg ich also schon fremden Männern in Zugtoiletten hinterher, in denen ich sie vermutete! Als spielte ich eine alte Lilly-Geschichte nach, für die ich extra die genauen Raummaße recherchiert hatte (1,70 Meter tief mal 95 Zentimeter breit), um den Kerlen erst mit Sachverstand zu imponieren und dann direkt die Frage anzuschließen: ›Weißt du eigentlich, wie nah man sich auf 1,6 Quadratmetern kommt?‹

Am Übergang zwischen 2. Klasse und Speisewagen wartete eine klapprige Dame mit hellvioletten Haaren vor einer verschlossenen Klotür und sah permanent auf die Uhr. »Das kann sich hier nur noch um Stunden handeln«, murrte sie zum Gruß.

Mein Feuer war sofort wieder entfacht. Ich beschloss spontan, eine neue Schlange aufzumachen, und reihte mich hinter der Frau ein.

»Wie lange warten Sie denn schon?«, erkundigte ich mich teilnahmsvoll. Doch die ältere Dame winkte ab und trippelte von dannen.

Ich schaute mich vorsichtig um, die Luft war rein. Vorsichtig drückte ich mein Ohr an die Tür, aber es war totenstill dahinter. Ich wartete fünf, zehn Minuten, doch weder das schrille Kreischen einer Kreissäge war zu hören, noch das dumpfe Knattern eines Presslufthammers.

»Dort hinten gibt es auch noch Toiletten«, vernahm ich plötzlich die Stimme eines extrem gut gelaunten Schaffners, und ich nahm eilig wieder Haltung an.

»Danke sehr, aber ich habe meinen Ehering am Waschbecken liegen lassen«, log ich auf die Schnelle.

»Das haben wir gleich«, sagte der Schaffner und machte Anstalten, mit der Faust an die Tür zu hämmern.

»Nicht nötig!«, hielt ich ihn im letzten Moment zurück. »Spätestens am Ostbahnhof muss er sowieso rauskommen.«

Ich kam mir vor wie Bonnie Parker, die Clyde Barrow den Rücken freihält, während er krumme Dinger dreht. Ich nahm mir vor, Clyde später zu schelten, er solle sich für seinen nächsten Coup nicht wieder die gleiche Zugverbindung aussuchen. Wenn sogar Radiotanten wie ich das System dahinter entdeckten, sollte er sich nicht wundern, wenn man ihn demnächst erwischte.

Schulterzuckend verabschiedete sich der Schaffner, und ich versuchte erneut, ein verräterisches Geräusch aus der Toilette zu vernehmen, aber Clyde trug offenbar Arbeitshandschuhe aus Samt. Es war nichts zu hören, seit fast einer halben Stunde.

Kurz vor Berlin-Spandau nahm ich meinen Mut zusammen und klopfte an die Tür. Atemlos wartete ich auf eine Reaktion, doch es rührte sich nichts. Während wir am Bahnhof hielten, begegnete mir erneut der Schaffner. Er schenkte mir mitleidige Blicke, verschwand aber wieder. Als wir wenig später auf den Zoologischen Garten zurollten, kehrte er jedoch zurück.

»Ist unser Freundchen immer noch zugange?«, rief er und fuhr seine Faust aus.

»Könnten Sie mir sagen, an welchem Gleis wir ankommen?« Ich versuchte, den Mann aufzuhalten. Ich wusste mir nicht besser zu helfen. Verwirrt hielt der Schaffner inne.

»Und der Anschlusszug nach Leipzig? Kriege ich den noch?«, nervte ich weiter.

Der Mann seufzte und begann in seinem Kursbuch zu blättern, als sich plötzlich etwas in der Toilette regte. Mit einem Klicken erschien das grüne Freizeichen, die Klinke wurde heruntergedrückt, und langsam öffnete sich die Tür. Ich erwog für einen Moment, eine Ohnmacht vorzutäuschen, um den Schaffner abzulenken, als sich das blasse Gesicht eines hageren Männleins durch die Türöffnung schob. Es war der Mann aus dem Speisewagen. Er warf uns entschuldigende Blicke zu.

»Irgendwas stimmt nicht mit Ihrem Kartoffelsalat«, sagte er mit dünner Stimme an die Adresse des Schaffners und hielt sich die Hand vor den Bauch. Dann erschien ein leidvoller Ausdruck auf seinem Gesicht, und er beeilte sich, schnell wieder auf die Toilette zu verschwinden. Der laute Knall der Tür brachte mich mit einem Mal wieder auf den Boden der Tatsachen zurück, und ich beschloss, mir meinen Terroristen aus dem Kopf zu schlagen.

# Kapitel 5

*»Das war die aktuelle Single von Westernhagen um Viertel nach sieben.«*
*»Hast du übrigens gelesen, Robert, was er in der MAX über die ersten Wochen von Rot-Grün gesagt hat: Es erinnert ihn an das hektische Gewurschtel zu Anfang der ersten Legislaturperiode.«*
*»Tja, Franka, wo er Recht hat …«*
*»Sehr lustig in dem Zusammenhang, was die* taz *über das neue Westernhagen-Album sagt. Zitat: Es erinnert etwas an das hektische Gewurschtel, das wir seit einem Vierteljahrhundert von den Stones kennen.«*

Die Nachricht von Dianes Fehlgeburt erreichte mich an einem verregneten Adventssonntagnachmittag. Ich badete gegen die Grippewelle an, die seit Tagen durch die Redaktion schwappte. Zwei Moderatoren und meinen augenzwinkernden Verehrer BJ Bob hatte es schon erwischt. Auf dem Badewannenrand brannten romantisch ein paar Teelichter aus dem Rucksack des Terroristen, und ich war gerade dabei, meine Beine von ihrem Dreitagebart zu befreien, als das Telefon klingelte. Durch eine Wolke aus Eukalyptus-Dämpfen tastete ich nach dem Hörer, der unter der Gala und der Packung mit den Einmalrasierern verschüttet lag. Als es am anderen Ende der Leitung heiser krächzte, dachte ich zuerst, es sei Wiebke, die mir mitteilen wollte, dass die Lieferung mit den A-Hörnchen-BHs aus Hongkong angekommen war.

»Diane hat ihre Wehen schon seit Tagen ignoriert, und gestern Abend ist es dann passiert, auf einer Party«, schniefte stattdessen Tine, deren Stimme kaum wieder zu erkennen war. »Ich habe ihr schon vor Wochen gesagt, sie soll zum Arzt gehen.«

»So eine Scheiße!«, sagte ich und saß nun kerzengerade in der Badewanne. Mit kaltem Wasser versuchte ich, die Eukalyptus-Dämpfe aus meinen grauen Zellen zu vertreiben.

Ich konnte mir lebhaft vorstellen, wie Diane beschwörend über ihren Bauch strich, um mögliche Konkurrentinnen von Marco fern zu halten, und dabei ein Glas Prosecco in der Hand hielt. Irgendwann hatte sie wohl auch der Alkohol nicht mehr über die Schmerzen hinwegtäuschen können, und Diane ließ sich von Marco ins Krankenhaus bringen. Wahrscheinlich hatte sie noch auf der Fahrt gemütlich eine geraucht.

»Sie ist manchmal echt eine dumme Kuh«, sprach Tine meine Gedanken aus.

Ich erkundigte mich nach dem Krankenhaus, in dem man Diane behandelte, doch Tine behauptete, es nicht zu wissen. Abgesehen davon, sei ein Auflauf von Kollegen das Letzte, was sie jetzt brauche.

Ich fragte mich, warum Tine mir diese Nachricht überbrachte, wenn ich ohnehin nicht erfahren sollte, wo sich Diane aufhielt.

Das Rätsel löste sich von selbst. Unterbrochen von

donnerndem Husten, verkündete sie, dass ich Diane vertreten sollte, solange sie außer Gefecht war.

»Frag mich nicht, was in Johannes gefahren ist. Wahrscheinlich hast du das seinem neuen Freund zu verdanken«, antwortete Tine.

Ich überhörte ihren Sekretärinnen-Sarkasmus und sagte zu. Nach dem Verlassen der Badewanne versuchte ich vergeblich, Diane zu erreichen. Ich war von Tines Anruf alles andere als begeistert. Nicht dass ich die Moderation der Morningshow als völlig reizlos und bar jeder Herausforderung betrachtet hätte. Doch ich hätte mir einen weit besseren Anlass vorstellen können als Dianes Fehlgeburt. Zudem machte mir die bevorstehende Zusammenarbeit mit dem großen Robert Dieterle Angst. Es war *eine* Sache, wenn er meine Sendungen auseinander nahm und die unmöglichsten Stellen kritisierte. *Also diesen Jingle, Franka, diesen Jingle nach dem Backstreet-Boys-Titel, den musst du viel hotter dranfahren!* Daran war ich gewöhnt. Aber an seiner Seite moderieren – das war etwas *völlig anderes.*

Robert Dieterle war eine Art Legende. Schon als Kind hatte ich seine Sendungen verfolgt, damals noch im Abendprogramm, und mir einen großen, starken, später auch gut aussehenden Mann vorgestellt. Seine tiefe Stimme konnte Gläser zum Vibrieren bringen, wenn man sie auf der Lautsprecherbox abstellte, und lagen Männer, die mit mir ausgehen wollten, in ihrer Stimmlage auch nur eine kleine Terz höher als er, dann hatten sie schlechte Karten.

Robert hatte so viele weibliche Fans wie kein anderer Kollege. Manche schickten ihm Kuchen oder selbst gebackene Plätzchen zu Weihnachten, die der gelernte Konditor nie selber aß, aus Angst, man könnte ihm nach dem Leben trachten. Er verteilte alles Essbare in der Redaktion, weil er fürchtete, dass jemand es vergiftet haben könnte. Der große Robert Dieterle war charmant, ohne zu schleimen, klang souverän und lässig und wirkte dabei nicht arrogant. Seine Witze nötigten einen nicht gerade dazu, sich brüllend auf den Boden zu werfen und quer durch den Raum zu kugeln, aber sie waren trocken und pointiert. Wenn er seine Hörer begrüßte mit den Worten: »Ich bin Robert Dieterle«, fiel dem geschulten Ohr die kleine Pause auf, die er zwischen Vor- und Nachnamen setzte. Drittklassige Moderatoren hätten auf das ›t‹ am Ende ihres Vornamens gepfiffen und behauptet, sie seien *Roberdieterle*. Dass *Rober-* einen übersteigerten Wert auf sein *-t* legte, das verdankte er den hartnäckigen Sprechtrainern, die erfolgreich die Spuren seiner Herkunft ausgemerzt hatten. Wie sein Name verriet, stammte er aus dem Baden-Württembergischen, einer Nachbarstadt von Heikes Heimatdorf. Sie kennt sogar die Konditorei, in der er ausgebildet wurde, bevor er zum Radio wechselte, um größere Brötchen zu backen.

Ja, Robert Dieterle war eine Legende, und er war von einer ebenso legendären Erscheinung. Davon konnte ich freilich nichts ahnen, als ich meine Stelle in *seinem* Sender antrat und zum ersten Mal an *seiner* Konferenz teilnahm. Ohne noch jemandem vorgestellt worden zu sein, musterte ich heimlich die männlichen Kollegen, doch sie schienen mir alle nicht attraktiv genug, um als Tempel *seiner* Stimme in Frage zu kommen. Ich war enttäuscht und erkundigte mich bei Diane, die sich damals rührend um die neue Kollegin Franka Mumme gekümmert hatte, nach Robert. Sie flüsterte mir zu, dass »das Dieterle«, wie sie ihn nannte, im Urlaub in Schweden sei. Das beruhigte mich.

Zwei Wochen vergingen, bis ich eines Morgens von der Bushaltestelle zum Sender lief. Es war Januar, tiefster Winter, der Weg war überfroren. Während man auf dem Bürgersteig vorbildlich Sand gestreut hatte, wurden die letzten Schritte zum Sender zu einer abenteuerlichen Schlitterpartie. Fluchend erreichte ich die Eingangstür, die ich, erleichtert über meine Unversehrtheit, öffnete. Ich begrüßte den Pförtner, der in ein Gespräch verwickelt war und auf jemanden mit auffallend ungepflegtem Äußeren einredete. Das musste der Hausmeister sein, dachte ich. Das schüttere Haar trug er mittellang und ungekämmt, dazu ein labberiges Jeanshemd, das offen über seiner Hose hing. Er war kleinwüchsig und reichte mir etwa bis kurz unter das Kinn. Ich trat auf ihn zu und sagte freundlich: »Der Weg vom Parkplatz hierher ist völlig vereist. Vielleicht kann sich da mal jemand drum kümmern.«

Der Pförtner verstummte. Der Hausmeister blickte erstaunt zu mir auf und nickte. »Ich werde es weitersagen.«

»Prima«, sagte ich und reichte ihm zufrieden die Hand. »Übrigens, mein Name ist Franka Mumme.«

»Das habe ich mir gedacht«, sagte er. »Ich bin Robert«, es folgte die kleine Phonetiker-Pause, »Dieterle.«

Eine solch herbe Enttäuschung hatte ich zuletzt erlebt, als meine Eltern mich darüber aufklärten, dass es keinen Weihnachtsmann gäbe. *Das* sollte der große Robert Dieterle sein, mein Held? Was hatte sich die Natur dabei gedacht, diesem hässlichen Zwerg die Stimme eines breitschultrigen Adonis einzupflanzen? Der Mann war eine akustische Täuschung auf zwei zu kurzen Beinen. Der beste Grund, das Radio zu erfinden.

Es war dieses kleine Missverständnis, das unsere Beziehung von Anfang an vergiftete. Dazu kam, dass Robert Frauen im Studio nicht sonderlich schätzte. Am Mikrophon hatten wir nichts verloren. Frauen konnten keine Sendung »fahren«, fand Robert, schon gar nicht *hot*: Ein verbreitetes Vorurteil, das seinen Ursprung im Straßenverkehr hatte und das die männlichen Kollegen gern auf die Art übertrugen, wie man am Mischpult Songs und Jingles zusammenfuhr. Und natürlich reduzierte Robert Frauen auf ihren Körper. Das ist kein Wunder, denn wer sich aufgrund seiner Körpergröße auf natürlicher Augenhöhe mit der weiblichen Brust befindet, der kann nicht ahnen, dass sich weiter oben *noch* ein Organ von Interesse befindet.

Als Johannes, gerade 31-jährig zum Chefredakteur aufgestiegen, vor ein paar Jahren vorgeschlagen hatte, ihm, dem Hofnarren des Radiomorgenlandes, eine Fee für Wetter und Verkehrsnachrichten an die Seite zu stellen, wurde Robert zum ersten Mal bockig und begehrte mit den dümmsten Macho-Argumenten der 70er, 80er und 90er Jahre auf. Ein Moderator mit seiner Erfahrung habe solchen Schnickschnack nicht nötig, jahrelang sei es ohne Frau gegangen, und es habe sich schließlich niemand beschwert.

Johannes legte ihm darauf die aktuellen Hörerzahlen vor, die sich seit eineinhalb Jahren im Sinkflug befanden, auch und vor allem am Morgen, und der große Robert Dieterle willigte knurrend ein.

Als jedoch Diane, die einen ganzen Kopf größer war als Robert, der Narr, zu seiner Fee bestimmt wurde, soll er sogar damit gedroht haben, dem Morgenland ein für alle Mal den Rücken zu kehren. König Johannes ließ es darauf ankommen. Er wusste, dass ohne Robert, dem Narren, die Macht über das Radiomorgenland in die Hände der lauernden Feinde fallen würde – davon gab es in Berlin und Umgebung eine Menge –, und ohne die Gunst des Volkes, an der man auch ihn maß, würde er schließlich selber zurücktreten müssen. Andererseits hatte Johannes erfahren, dass die Königin heimlich mit dem Narren schlief, und diese Respektlosigkeit wollte er sich nicht länger gefallen lassen. Indem er die deutlich größere Diane als *Sidekick* bestellte, begann er eine amüsante Reihe von Erniedrigungen. So erzählte man sich, dass Johannes bei der Einrichtung unserer Postfächer Roberts Fach absichtlich ganz oben anbringen ließ, damit der jedes Mal einen Stuhl zu Hilfe nehmen musste, wenn er an seine Fanpost wollte.

Das Dieterle war geblieben. Diane, der ich die Überlieferung dieses kleinen Märchens verdanke, behauptete, insgeheim habe ihm die Veränderung sogar gefallen. Denn als ihre Aufgabe später zur Co-Moderatorin ausgebaut wurde, die mehr als nur Temperaturen und Staus in die Sendung reichte, habe Robert nur noch reflexartig die Arme verschränkt und dabei von den traumhaften Zahlen geschwärmt, die jüngst gemessen worden waren.

Da saß ich nun, morgens um kurz vor sechs, mit aufgeblähtem Bauch von zu viel Kaffee und juckenden Augen, die man nicht reiben durfte, weil sonst die morgendlichen Restaurierungsarbeiten zum Teufel waren, neben dem Mann, der früher nicht nur die Gläser auf meinen Lautsprechern zum Vibrieren gebracht hatte. Für einen kurzen Moment, bevor die Sendung begann, war er wieder ganz groß, und neben ihm saß die kleine Franziska, die zum ersten Mal ein Sendestudio von innen erblickte und aus lauter Nervosität an ihrem Daumen lutschen wollte. Doch mit dem Aufleuchten des Rotlichts reifte das Mädchen ganz schnell wieder zur erwachsenen Frau und freute sich auf die bevorstehende Show.

Es ist diese Mischung aus Müdigkeit und Aufgekratztsein, die einen morgens um sechs Uhr schon so unangenehm gut gelaunt klingen lässt, selbst wenn es draußen kalt und ungemütlich ist. Durch das Frühaufstehen trickst man die Gesetze der Nacht aus, denn in den frühen Morgenstunden werden gerne fiese Überträgerstoffe ausgeschüttet, die das Gleichgewicht der Botenstoffe im Hirnstoffwechsel in Unordnung bringen, so dass man schlecht draufkommt. Darum werden ja auch Depressive mit Schlafentzug behandelt.

Die Arbeit war entspannend, ein bisschen wie Busfahren. Robert Dieterle, der auf einem mitgebrachten Kissen saß, hatte alle Regler in der Hand. Ich beobachtete von dem Platz an seiner Seite sämtliche Handgriffe. Fuhr er unsere Show auch *hot* genug?

Während der Sendung überließ es Robert Dieterle mir, Uhrzeiten, Staulängen und aktuelle Temperaturen vorzutragen. Alle Moderationen und Meldungen, und seien sie noch so kurz, hütete Robert wie einen Schatz in einer Klarsichtfolie auf seiner Seite des Pultes. Robert hatte sich alle Backförmchen unter den Nagel gerissen.

»Ich bin nicht Monika Sundermann, die nur nett ins Mikro lächelt«, klärte ich ihn darum auf und fragte mich noch, ob nicht auch Frau Sundermann damals um mehrere Köpfe größer war als Hans Rosenthal, da rutschte Robert auf seinem Stuhl hin und her und sah mich an wie an dem Tag, als ich ihn irrtümlich zum Schneeschieben angehalten hatte. Die Wangenknochen in seinem furchigen Gesicht arbeiteten.

»Du musstest erst mal warm werden«, sagte er dünn. »Jetzt mach nicht so ein Gesicht und setz dich wieder hin, die Werbung ist gleich vorbei.«

Der große Robert Dieterle wurde etwas zutraulicher und begann, sein Spielzeug mit mir zu teilen. Allerdings ging er während der gesamten Sendung, in der er immerhin zwei Liter Wasser und ungezählte Becher Kaffee trank, nicht einmal aufs Klo; wahrscheinlich befürchtete er, ich würde heimlich den Mikrophonregler aufziehen und »Kuckuck!« sagen, sobald er das Studio verlassen hatte.

Dennoch bemühte er sich, mich in seine Moderationen einzubeziehen, und erreichte tatsächlich, dass ich mich als Teil der Sendung fühlte. Nur die Pointen am Ende einer Meldung – die trug selbstverständlich immer noch er vor. Es war eine Genugtuung, als ich ihm kurz entschlossen den Westernhagen-Verriss aus der *taz* reindrückte, für den ich später einen Anschiss bekommen sollte, aber das war es mir wert.

Die Reaktionen der Kollegen, denen ich nach der Sendung auf dem Gang oder in der Küche begegnete, waren gemischt. Die einen schwiegen und zogen über die Sendung her, sobald ich außer Hörweite war (Waldemar); andere gratulierten mir überschwänglich, nachdem sie mich schon zuvor heimlich niedergemacht hatten, überzeugt, dass sie selber die bessere Wahl für die Morningshow gewesen wären (Wiebke). Wieder andere, darunter Gabby, fanden die Sendung im Prinzip gelungen, kritisierten aber, dass ich mich zu sehr zurückgehalten habe, vor allem in der ersten Stunde.

»Warst du da eigentlich schon im Studio, oder bist du erst um sieben gekommen?«, fragte er schniefend und presste seine Hand an die Nase.

»Gabby, du solltest deinen schönen Mund nicht zum Sprechen verschwenden«, sagte ich und trat einen Schritt zurück. »Und steck mich nicht an.«

»Das hat der Spanier in der Sauna letzte Woche auch gesagt. *Hatschii!*«

Am Nachmittag rief ich Diane an, doch Marco nahm das Gespräch entgegen. Er war in ihrer Wohnung, um ein paar Sachen für sie zu packen. Diane hatte sich gegen die Empfehlung der Ärzte selber entlassen und wollte vorübergehend zu ihrer Mutter ziehen.

»Hab dich heute Morgen kurz gehört, auf dem Weg ins Krankenhaus«, sagte er. »Was war das denn für eine blöde Bemerkung über Westernhagen? Sind wir uns über diese Art Meldungen nicht einig gewesen?«

Das sah Marco ähnlich! Er, der sogar im Urlaub das Programm per Webradio überwachte und aus der Karibik mahnende Mails schickte, würde sich noch mit einem Transistorradio beerdigen lassen und Botschaften aus dem Jenseits schicken. *Sag mal, Franka, findest du, dass das gerade der richtige Jingle für den Britney-Spears-Song war?*

Ich war zu müde, um mich mit ihm zu streiten. »Wenn ich irgendetwas für Diane tun kann …«, sagte ich stattdessen.

»Ich richte ihr aus, dass du angerufen hast«, versprach Marco matt.

Falls Diane reden wolle, ließ ich ihr bestellen, könnte sie mich noch eine Weile im Sender erreichen. Dort wartete ich auf den Hausmeister mit dem Zweitschlüssel zu Dianes Schreibtisch, in dem sich eine Telefonliste mit Ansprechpartnern wie Traumatologen, Brandschutzexperten oder Buchautoren verbarg, mit denen man bereits gute Erfahrungen in Interviews gemacht hatte. Aus verschiedenen Anlässen griff man immer wieder gerne darauf zurück. Eben so eine Situation hatte sich am Morgen ergeben – der Flughafen Tempelhof musste wegen eines Kabelbrandes geräumt und für mehrere Stunden gesperrt werden –, und es war extrem ärgerlich, dass wir keinen Zugriff auf die Nummern unserer Schlaumeier hatten. Der Schreibtisch war verschlossen. Robert beauftragte den Hausmeister mit der Beschaffung eines Zweitschlüssels. Wir wollten Diane so kurz nach ihrer Fehlgeburt nicht stören.

Als es klopfte, rechnete ich mit Herrn Dietrich. Stattdessen erschienen zwei große Augen mit fingerbreitem Kajalfundament in der Tür. »Du bist gar nicht krank«, sagte Sandra erstaunt.

»Bist du jetzt enttäuscht?«, fragte ich.

»Neinnein«, sie lachte und tanzte durch das Morningshow-Büro wie ein aufgeblasener Luftballon, dessen Mundstück man zu verknoten versäumt hatte. »Es hieß nur, ich soll dich vertreten. Ich bin aufgeregt, als wäre es meine erste Sendung.«

Ich gratulierte ihr. Sandra hatte vor ein paar Tagen damit begonnen, Nachtsendungen zu moderieren, nicht einmal schlecht, und angesichts der Schneisen, die die Grippe mit der Axt in die Personaldecke geschlagen hatte, rückte sie nun ungewöhnlich schnell auf den Abend vor, wenn auch erst mal nur vorübergehend.

»Ich bin für Diane eingesprungen«, erklärte ich.

»Selber herzlichen Glückwunsch«, rief Sandra aufgeregt.

Sie schien völlig ahnungslos, also klärte ich sie über Dianes Fehlgeburt auf. Die Nachricht schien sie zu treffen. Das Lachen verschwand aus ihrem Gesicht, ihre Augen verfinsterten sich. Die Tatsache, dass Marco einen Tag freigenommen hatte, um bei Diane zu sein, schockierte sie. Ich wusste nicht, ob noch etwas lief zwischen Sandra und Marco, aber ihre Reaktion ließ das vermuten.

»Dann hat er es getan«, sagte sie, mehr zu sich selbst als zu mir. »Warum gerate ausgerechnet ich immer in so etwas hinein?«

Ich versuchte, Sandra zu beruhigen, aber sie wollte lieber allein sein und verließ mit gesenktem Kopf das Büro. Als ich am Abend benebelt in mein arbeitgeberfreundliches Eukalyptus-Bad stieg und gespannt auf Sandras Sendung das Radio einschaltete, bekam ich einen Schock. Ich fürchtete zunächst, ich hätte vielleicht bei der Dosierung des Badezusatzes übertrieben. Oder war das Wasser zu heiß? Denn in meiner Sendung saß nicht wie angekündigt

Sandra, sondern Jörn Stechert. Ich rief sofort im Studio an, doch mein Klingeln wurde ignoriert.

Katerstimmung am nächsten Morgen. Der Kaffeeautomat war kaputt. Robert hatte so miese Laune, dass ich fürchtete, er würde die Sendung ausfallen lassen, mangels Koffein. »Und dann das Durcheinander vom Vorabend!«, schimpfte er. »Wie kann Johannes jemanden, von dem er noch gar nichts weiß und der erst seit zwei Monaten dabei ist, in die Abendsendung setzen? Wenn auch nur zur Vertretung?«

Robert berichtete, Sandra habe sich per SMS an Tine entschuldigen lassen. Gewisse Umstände hätten sie gezwungen, die Stadt sofort zu verlassen. Es täte ihr Leid.

»Gewisse Umstände?«, krächzte Wiebke Unbehaun hinter der BILD-Zeitung und gähnte laut. Sie kam immer schon um halb fünf in den Sender, um rechtzeitig alles unter ihre Kontrolle zu bringen. Ihre Haare hingegen verweigerten sich offenbar jeder Einflussnahme und hingen neuerdings wie vertrockneter Efeu von ihrem Kopf herab, was sie noch blasser wirken ließ, als sie es vom Schlafentzug ohnehin war. »Diese Sandra hat doch auch Beiträge und Interviews von Diane gelöscht! Da wundert einen nichts mehr.«

Die Schimpferei wollte nicht enden, obwohl die Zeit bis zu den Sechs-Uhr-Nachrichten und dem Beginn der Sendung immer knapper wurde und ein Beitrag zum Konzert von Richard Ashcroft am Vorabend in der Columbiahalle fehlte, doch der verantwortliche Reporter war nicht zu erreichen, und Wiebke fluchte, weil er sein Handy ausgestellt hatte.

Ich schenkte den anderen kaum noch Beachtung. In

den Nachrichtenagenturen hatte ich eine Meldung entdeckt, die mich weit mehr fesselte. Die Deutsche Bahn hatte erneut einen Anschlag auf eine ihrer Toiletten zu beklagen: Dieses Mal hatte man nasses Herbstlaub auf dem Boden einer ICE-Toilette verteilt, der Spiegel war mit Haarspray und Flüssigkleber (im Mülleimer hatte man zwei leere Tuben Uhu gefunden) derart zugerichtet worden, dass es dem Betrachter erscheinen musste, als verberge sich sein Ebenbild hinter dicken Nebelschwaden. Das Waschbecken war bis zum Rand gefüllt mit gestoßenem Eis, auf dem zwei miteinander verschmolzene Plastikfiguren saßen, die Schlittschuhe an den Füßen trugen. Das Toilettenbecken hatte der Täter mit dunkler Erde aufgefüllt und obenauf eine Sonnenblume gepflanzt; ihre Blätter waren mit feinem Raureif überzogen, auch diesen Effekt hatte man mit Haarspray erzielt.

Bevor ich Robert in die Sendung folgte, schrieb ich den Kollegen im Pressearchiv einen Rechercheauftrag. Ich wollte alles wissen über eventuelle frühere Anschläge. Mein Terrorist war offenbar ebenso phantasiebegabt wie verrückt. Was bezweckte er bloß mit seinen Aktionen? War der Mann ein ehemaliger Mitarbeiter der Bahn, der seine Wut über den ungerechtfertigten Rauswurf auslebte? Oder rächte er sich für nicht eingehaltene Fahrpläne, zu hohe Preise oder den miesen Mitropa-Kaffee? Sollte ich den ICE-Küsser finden, das nahm ich mir vor, würde ich ihn auf einen Kaffee mit Broccolicremesuppenbeigeschmack in den Sender einladen, sobald der Automat wieder funktionierte. Das würde ihn vielleicht von seiner Wut kurieren.

## KAPITEL 6

*»Guten Abend zusammen, am Mikrophon ist Jörn Stechert. Gerade gehört: ›Horny‹ von Mousse T. Der Mann kommt ja aus Hannover, einer doch nicht soo langweiligen Stadt: Richter haben dort jetzt entschieden, dass impotente Beamte ein Recht auf Zuzahlung für das Potenzmittel Viagra haben. Jetzt bekommt die Redensart, die Leute aus dem Norden seien so steif, eine ganz neue Bedeutung …«*

Leif kämpfte und kämpfte. Halb zog er ihn, halb sank er hin. Er mühte sich ab, doch alles Schütteln und Würgen war erfolglos. Mit einem resignierten Seufzer knöpfte er seine Hose wieder zu und trank einen letzten Schluck Bier, dann drehte er seufzend das Radio lauter. Es funktionierte nicht mehr, seit Tagen bekam er keinen mehr hoch, den er sich runterholen konnte. Er stellte sich Lillys Stimme vor. Versuchte, sich an die Geschichten von der Prinzessin zu erinnern, die sie ihm erzählt hatte. Es war nichts zu machen.

Leif öffnete eine neue Flasche und bedachte sein Radio mit bösen Blicken. Seit Tagen kein Ton von ihr. Stattdessen war immer nur dieser arrogante Kerl zu hören. Leif hatte ihn natürlich sofort angerufen, gleich am ersten Abend. Doch der behauptete, Lilly nicht zu kennen.

Was natürlich gelogen war, das spürte er. Vielleicht war sie krank, auch Leif hatte dieses Kratzen im Hals. Und die Kopfschmerzen wurden auch eher schlimmer statt besser. Leif war unruhig. Seine Hand, die das Bier zum Mund führte, zitterte. Die Flasche stieß an seine Zähne. Der Schmerz fuhr ihm durch den ganzen Körper. Er fluchte und drehte das Radio leise, bevor er die Nummer wählte.

Niemand antwortete.

Wahlwiederholung.

Immer noch keine Reaktion.

Wahlwiederholungswiederholung.

Irgendetwas schien nicht zu stimmen, das spürte er. Er musste die Adresse des Senders herausfinden und nach der Prinzessin suchen. Sie durfte nicht einfach so verschwinden. Sie hatte ihn schon einmal verlassen, dieses Mal musste er es verhindern. In seiner Not hatte Leif eine aufgeregte SMS an seinen Vater geschickt und vom Verschwinden der schönen Prinzessin geklagt. Manchmal wusste er sich nicht anders zu helfen. Er benutzte immer dieselbe ausgedachte Nummer, die sich aus dem Geburtsdatum seines Vaters zusammensetzte. Natürlich erhielt er nie eine Antwort, und Leif wusste, dass es albern war, einem Toten zu schreiben, aber durch das Schreiben hatte er immerhin das Gefühl, dass er nicht allein war mit seinen Sorgen.

Das ganze Wochenende über versuchte er, einen Plan zu schmieden. Doch das Nachdenken fiel ihm schwer, die Grippe hatte ihn erwischt. Sein Kopf tat weh, und er schlief immer wieder ein. Seine Mutter zwang ihn dazu, übel riechende Tees zu trinken, die sie ihm zubereitete und an sein Bett brachte. Als das Fieber zwischendurch auf 40 Grad stieg, holte sie ihr Folterwerkzeug aus dem Keller, den Leif seit dem Tod seines Vaters nie mehr betreten hatte. Es war ein kleiner geflochtener Koffer, der viele kleine Gläser enthielt, wie Schnapsgläser. Sie wurden mit einer kleinen Fackel von innen erhitzt. Die glühend heißen Gläser setzte man auf den Rücken, wo sie sich festsaugten wie Blutegel.

Das »Schröpfen« war ein altes Hausmittel. Seit Leif ein kleines Kind war, wurde er bei jeder Grippe damit gequält. Am schlimmsten tat es weh, wenn seine Mutter die Schröpfgläser wieder entfernte. Die dunkelviolett gefärbten Abdrücke auf dem Rücken wirkten wie die Spuren bestialischer Misshandlung. Wenn er sich den Ledergürtel über den Rücken zog, war es nicht halb so schlimm.

»Hab dich nicht so!«, herrschte seine Mutter ihn an, wenn er unter den Schmerzen zu wimmern begann. »Früher wurden die Blasen noch aufgeschnitten, um das kranke Blut abzulassen, das sich darin sammelt. Also sei besser still!«

Aus Angst vor seiner Mutter sank Leifs Fieber schneller, als es gekommen war, und am Montag hatte seine Temperatur wieder ein normales Maß erreicht. Doch er fühlte sich nicht stark genug, um zu arbeiten. Schon frühmorgens war er aufgewacht, und zum ersten Mal seit drei Tagen verließ er das Bett. Er hatte noch keinen Appetit, und so setzte er sich mit einer Tasse Tee vor sein geliebtes Radio. Und wie im Traum war die Prinzessin wieder da! Die Freude über ihre Rückkehr war so groß, dass sich sein eben noch kraftloser Soldat aufrichtete und so stramm stand, dass Leif ihn stürmisch mit der linken Hand begrüßte, während seine rechte zum Telefon griff.

Was der dritte Zitronentee an diesem Morgen nicht geschafft hatte: Leifs Anruf machte mich mit einem Schlag hellwach. Wie naiv war ich gewesen, zu glauben, in der Frühsendung vor der Kehrwoche sicher zu sein! Immerhin, er hatte einen guten Zeitpunkt gewählt. Das Dieterle war gerade zur Toilette verschwunden. Inzwischen traute er sich, die kleine Franziska kurz im Studio allein zu lassen. Doch er konnte jeden Moment zurückkommen. Ich musste die Kehrwoche schnell abwimmeln, aber gleichzeitig dafür sorgen, dass sie sich nie wieder meldete. Wenigstens nicht morgens.

»Es geht gerade nicht. Kann ich dich zurückrufen?«, fragte ich.

»Ich habe dich vermisst, Prinzessin«, sagte die Kehrwoche.

»Deine Nummer!«, wiederholte ich eindringlich.

Ich notierte gerade die Zahlen auf der Rückseite des Wetterberichtes, als Robert mit zwei dampfenden Bechern Tee in der Tür stand und grummelnd verkündete, dass er morgen seine Kaffeemaschine von zu Hause mitbringen werde.

»Nein, tut mir wirklich Leid«, sagte ich schnell. »Ich kann *Abenteuerland* jetzt nicht spielen. Musikwünsche erfüllen wir erst wieder heute Nachmittag ... Nein, da kann man gar nichts machen. Tschü-hüs!«

Das Feuer im Kamin knisterte angriffslustig, als ich nach der Show Johannes' Büro betrat. Eine mollige Wärme empfing mich. Wenn ich Frühdienst hatte und wenig schlief (und ich *hatte* wenig geschlafen), fror ich den ganzen Tag. Da halfen auch drei Pullover übereinander gezogen nicht. Johannes musterte mich deswegen kurz, als sei ich schon wieder schwanger, und bot mir einen Kaffee an. BJ Bob, der auf einem Ledersessel vor dem Schreibtisch saß, grinste schwachsinnig und schniefte ab und zu.

»Gern«, sagte ich und gähnte hinter der artig vorgehaltenen Hand. Zu meiner Überraschung bat mich Johannes in die Sitzecke am Kamin. Auf dem Sofa angekommen, schlug er seine schlaksigen Beine übereinander und legte einen Arm leger auf die Sofalehne.

»Und jetzt will ich es wissen: Wie ist es mit Robert, dem alten Macho?« Er schien nüchtern, was für die Mittagszeit nicht selbstverständlich war.

»Gut«, sagte ich so schnell und so knapp, dass es wie das Gegenteil klingen musste. Zur Bestätigung wiederholte ich mein Urteil und nickte eilig ein bisschen. »Mit Robert komme ich klar, Johannes«, sagte ich schließlich und war überrascht, wie gereizt ich klang. Der Anruf der Kehrwoche ging mir nicht aus dem Kopf.

»Du meinst, er ist gewissermaßen … das kleinste Problem?« Johannes freute sich diebisch über seinen Kalauer auf Roberts Kosten, und auch das Grinsen von BJ Bob wurde noch etwas breiter. Verglichen mit Leif war Robert tatsächlich das kleinere Übel. Ich nickte abwesend, und überlegte, ob ich nachträglich gegen Regel Nummer zwei verstoßen und mich mit der Kehrwoche treffen sollte.

Johannes legte seine Stirn, die vom Angriff der pubertären Akne verschont geblieben war, in Falten und stützte den Kopf auf seine Hand. »Franka, ich kenne deinen Lebenslauf«, sagte er langsam.

*Scheiße!* Ich war erledigt! Seit wann konnte Johannes

Gedanken lesen? Er machte mir Angst. Ich saß bei 150 Grad Hitze vor dem Kamin, wie ein zu röstendes Sandwich, links und rechts ein gieriges Augenpaar. Das war eine Falle! Darum also hatten sie mich zu sich gerufen. Gleich würden sie mich bitten, etwas aus Lillys Repertoire zum Besten zu geben. Womöglich den Auftritt der naiven Anhalterin, die es sich auf der Pritsche gemütlich macht, zwischen zwei Truckern, die schon länger keine Frau mehr hatten, weil sie seit Tagen mit einer Ladung Salatgurken durch Europa tourten.

»Ich weiß, dass du schon ganz andere Sachen gemacht hast«, legte Johannes nach und rückte auf dem Sofa ein Stück näher an mich heran. BJ Bob schniefte bestätigend und zwinkerte mir wieder zu. Ich griff nach meiner Tasse. Vor lauter Aufregung rührte ich so heftig darin, dass der Kaffee auf die Untertasse schwappte.

»Ich meine, du kannst mehr als Abendsendungen. Aber warum versteckst du dich? Vielmehr: Warum verstecken *wir* dich am Abend? Es gibt doch keinen Grund. Das meint auch BJ. Er versteht eine Menge von Radio.«

Bob nickte bestätigend. Ich stellte das Rühren ein. Es fiel mir schwer, mich zu konzentrieren. Was versuchte Johannes mir mitzuteilen?

»Vielleicht kam es für dich überraschend, dass ich dich zum Ersatz von Diane bestimmt habe. Es gab Kollegen, die mir das ausreden wollten.«

Bob, der eine Menge von Radio verstand, nahm mir die Tasse aus der Hand und reichte mir ein Taschentuch. Ein Rinnsal Kaffee lief mein Handgelenk herunter.

»Ich bin jeden Morgen mit dir aufgewacht«, erklärte Johannes. »Und ich stelle fest: Die Entscheidung war richtig. Es gefällt mir, wie du mit Robert umgehst. Du kannst dich wehren und klingst dabei nicht zickig. Im Gegensatz zu Di... äh ... diversen anderen.«

Ich hielt ein Danke für angebracht, mehr aus Erleichterung über die Richtung, die unser Gespräch nahm, denn als artige Floskel.

»Es ist mir schon in deinen Hörertalks positiv aufgefallen«, setzte Johannes seine Lobhudelei fort. »Du bist dominant, aber nicht vorlaut. Du hast sehr viel Einfühlungsvermögen, kannst zuhören, gehst auf die Leute ein. Es klingt fast ... ja, deine Interviews klingen fast intim.«

»Ich kriege jedes Mal einen *hard on* bei deinen Sendungen«, nickte BJ Bob, der eine Menge von Radio, aber offenbar nichts von Frauen verstand.

Wenn ich die Kaffeetasse noch in der Hand gehalten hätte, dann wäre jetzt der ideale Zeitpunkt gekommen, sie fallen zu lassen. Dieser dahergelaufene Grinsemann und Augenzwinkerer sollte sich seinen *hard on* gefälligst sonst wohin stecken. Oder wollten mich die zwei testen?

»Intim im Sinne von ... nett eben«, erklärte Johannes. »Einfühlsam. Du weißt schon. Das ist ein Talent, das nur wenige besitzen.«

*Kunststück! Weil nur wenige durch die harte Schule eines Müller-Dörtzenbach gegangen sind*, ergänzte ich in Gedanken.

»Und darum möchte ich dich aus dem Abend herausholen. Du wirst bis auf weiteres in der Morningshow bleiben. Wenn Diane zurückkommt, entscheiden wir neu. Sie ist auf meinen Rat jetzt erst mal im Urlaub.«

Ich schwieg weiter und warf BJ gelegentlich einen bösen Blick aus der Abteilung ›Kalte Dusche‹ zu.

»*It's the fucking prime time!*«, sagte der ungerührt.

»Ich weiß«, fuhr Johannes fort, »aufgrund der Umstände ist uns allen nicht nach Jubeln. Du bist mit Diane befreundet, ihr fahrt zusammen in Urlaub. Aber vergiss das für einen Moment. Was denkst du, Franka?«

Wahrscheinlich wollte Billy Idol damals auch erst mal darüber nachdenken, nachdem man ihm das Demo von *Don't you* vorgespielt hatte. Schließlich entschied er sich dagegen. Ein Glück für die Simple Minds.

»Merkst du noch was?«, werden ihn seine Freunde wohl hundertmal gefragt haben, immer wenn der Monster-Hit der Simple Minds im Radio lief, der auch Billy Idol gut bekommen wäre.

»Merkst du noch was?«, war auch Gabbys Frage, als ich ihm in der Sauna von meinem Gespräch mit Johannes erzählte. Er lag auf dem Rücken, mit den Füßen zu mir, und rollte mit den Augen. Aus einem gut getarnten Lautsprecher drang gedämpftes Vogelgezwitscher. Zwei besonders dicke Russen leisteten uns Gesellschaft. Der eine stöhnte in kurzen Abständen auf und wischte sich immer wieder über seine ausgeprägten Brüste, gegen die Hefeklöße wie Erbsen wirken mussten; der andere redete leidenschaftlich auf ihn ein.

»Was gibt es bei der Morningshow noch zum Nachdenken? Oder willst du den Preis in die Höhe treiben?« Gabby griff in die Schale mit Eiswürfeln, die vom letzten Aufguss übrig waren, und warf mir ein Stück Eis an den Kopf.

»Quatsch! Ich freue mich natürlich über das Angebot.« Aber ich hielt den Vorschlag wirklich für eine

Schnapsidee. Hatte Johnnie nicht selber von »Verstecken am Abend« gesprochen? Ich hielt es nicht für ratsam, mich länger den Ohren potenzieller Exwichser im Tagesprogramm auszusetzen, als es Dianes Abwesenheit nötig machte.

»Das musst du mir mal ...«, Gabby unterbrach sich, als ein großer muskulöser Typ die Sauna betrat und sich neben mir niederließ. Die Haare auf seiner Brust waren auf einen halben Zentimeter gestutzt. Seine dicken Oberarme waren ringsum mit etwas tätowiert, das wie Stacheldraht aussah.

Gabby schwieg bei dem Versuch, durch mich hindurchzuschauen. Nach einer Weile setzte er sich auf, rieb sich über seine frisch rasierte Brust und sagte: »Franka, du bist ja ganz rot im Gesicht. Ich glaube, du verträgst die Hitze nicht.«

Ich fühlte mich prächtig. Vielmehr schien Gabby derjenige zu sein, der dringend eine Abkühlung gebrauchen konnte. Doch ich hatte verstanden und räumte bereitwillig das Feld, nicht ohne kurz an seinem Handtuch zu zupfen und ihn laut vernehmlich zu ermahnen: »Pass auf, dass nichts aufs Holz tropft.«

Gabby hatte die Sauna ausgesucht. Natürlich war es keine ausgesprochene Schwulen-Sauna, denn da hätte man mich nicht mal mit Badeanzug und einer Plastiktüte über dem Kopf reingelassen. Dennoch behauptete Gabby, dass er hier das eine oder andere Mal zunächst die Beherrschung, dann etwas Körperflüssigkeit und manchmal sogar sein Herz verloren hatte.

»Wenn du nicht eines Tages dabei verhaftet werden willst, wie du dich im ICE über wildfremde Männer hermachst, dann kommst du mit. Vielleicht fällt ja auch für dich was ab.«

Ich winkte ab, beschloss aber, ihn zu begleiten, weil ich seit zwei Tagen einen aufkommenden Schnupfen spürte. Nachdem ich Gabby dem Muskelmann überlassen hatte, streckte ich mich auf einem der freien Liegestühle neben dem Ausgang der Sauna aus. Die dicken Russenpanzer rollten durch die Tür, der eine immer noch ächzend, der andere mit einer neuen Geschichte, die ich nicht verstand. Wenig später kam auch Gabby heraus, allerdings ohne Begleitung. Nach einer kalten Dusche legte er sich zu mir.

»Wohnt er nicht weit genug weg, oder ist er Single?«, fragte ich.

»Er hätte wohl lieber mit dir ein bisschen Zeit verbracht«, gab Gabby melancholisch zurück. »Er hat die Moi nicht einmal angesehen. Wahrscheinlich ist er eingeschlafen.«

Wir lagen eine Weile nebeneinander und schwiegen. Dann sagte ich: »Ich glaube, ich kann das nicht.«

»Das habe ich zu Anfang auch gedacht«, sagte Gabby und drehte sich grinsend zu mir. »Aber dann, nach dem ersten Mal, waren alle Bedenken wie weggeblasen.«

Der Mann mit den Stacheldraht-Armen tauchte plötzlich auf und erkundigte sich mit einem dünnen Daisy-Duck-Stimmchen, ob der Liegestuhl neben mir frei sei.

»Wonach sieht's denn aus?«, frotzelte Gabby durch die Zähne und ich nickte.

»Ausnahmsweise rede ich von der Arbeit«, wandte ich mich wieder Gabby zu und zerrte ihn zum Whirlpool, der gerade nicht sprudelte und darum verwaist war. Das

Wasser war angenehm warm. In einer kurzen Einführung in den Sauna-Sex für Anfängerinnen erzählte Gabby unaufgefordert, dass sich sprudelndes Wasser geradezu anbot für erste Kontakte (»Erst mal mit dem Fuß, Franka! Du kannst natürlich auch dein Knie benutzen«). Niemand bekäme etwas mit, und jede vorsichtige Annäherung, die nicht auf Gegenliebe stieß, lasse sich mit einer Entschuldigung zu einer zufälligen Berührung herunterspielen.

»Was willst du noch wissen?« Wie ein Playboy streckte Gabby beide Arme auf dem Beckenrand aus und lächelte gönnerhaft. Ich bat ihn, für einen Moment seinen hübschen Mund zu halten, und erklärte ihm, warum ich mir bei Johannes' Plänen nicht so sicher war. Gabby rollte mehrfach mit den Augen, während ich ihn mit Lilly bekannt machte. Als ich fertig war, pfiff er durch die Zähne. »Du spielst mir die ganze Zeit die Unschuld vom Lande vor, du kleine geile Sau!«

Ich hätte wissen sollen, dass die Sauna nicht der passende Ort für einen Seelenstrip mit Gabby war, und winkte ab. Er entschuldigte sich und hielt sich mit beiden Händen den Mund zu.

»Wenn du Johannes wärst und du wüsstest das alles über mich – was würdest du tun?«, fragte ich.

»Ich würde dich als Erstes mit Robert verkuppeln, damit er nicht mehr mit meiner Frau schläft. Nein, im Ernst …«, sagte er, als er meinen tötenden Blick bemerkte. »Denkst du, er weiß es?«

»Keine Ahnung. Sein Freund BJ meinte jedenfalls, er würde einen Ständer kriegen, wenn er mich hört«, sagte ich.

»Klar!« Gabby lachte. »Du weißt, dass BJ in Amerika die offizielle Abkürzung für *Blow Job* ist, oder?«

Das Wasser hatte zu sprudeln begonnen. Einer der beiden dicken Russen stieß zu uns und ließ sich mit einer Art Arschbombe nieder, mit der er ungefähr sieben Millionen Hektoliter Whirlpoolwasser verdrängte. Es war der ächzende Schweiger, offensichtlich hatte er sich abgesetzt. Ich rückte näher zu Gabby und erzählte ihm von den Anrufen der Kehrwoche. »Meinst du, ich sollte mich mit ihm treffen?«

»Kommt drauf an. Wie lange hattest du jetzt keinen Sex mehr?«, fragte er.

»Beim letzten Mal hatten sich Take That auf jeden Fall schon getrennt, also mach dir um mich keine Sorgen«, antwortete ich gereizt.

Gabby zuckte mit den Schultern. »Die Anrufe beweisen jedenfalls nichts. Der Typ kennt dich unter einem anderen Namen. Da kann doch jeder anrufen.«

»Aber was ist, wenn mich noch mehr Kunden erkennen? Zur Prime Time am Morgen hören uns zig Tausende Kerle.«

Gabby legte seinen Arm um meine Schulter und erhob seine Stimme, um sich gegen das sprudelnde Wasser durchzusetzen. »Schatz! Ich habe mir auch schon Schweinereien am Telefon erzählen lassen und wurde dafür abgezockt. Glaubst du, ich könnte mich auch nur an die Stimme eines *einzigen* Typen erinnern? Ich würde die Kerle, mit denen ich jemals was hatte, nicht mal an ihren Schwänzen erkennen. Wobei, letztes Jahr, der Holländer …« Gabby verstummte.

Ich folgte seinen Blicken und beobachtete, wie sich

Daisy Duck mit den tätowierten Flügeln im Pool niederließ und mir schüchtern zunickte.

»Das ist die Gelegenheit«, flüsterte mir Gabby ins Ohr und rückte näher an mich heran, so dass ich gezwungen war aufzurutschen.

»Hör auf damit!«, zischte ich ihm zu.

»Jetzt erzähl mir noch, du bist prüde. Ich glaube dir kein Wort mehr.« Wieder rutschte Gabby etwas näher, als der mitteilsame russische Koloss zu seinem abtrünnigen Freund ins Wasser stieg.

»Zwischen den Typen und mir war immer noch die Telekom. Alles, was ich gemacht habe, war, Geschichten zu erzählen«, sagte ich.

»Und mit wie vielen Männern hast du seitdem geschlafen?«, wollte Gabby wissen.

Ich konnte mich so schnell nicht erinnern. Und was sagten schon Zahlen, wenn das eigentliche Problem darin bestand, dass ich es seit jener Zeit nicht ertragen konnte, wenn man mir ins Ohr stöhnte. MD hatte ich jedes Mal ermahnen müssen, sich still zu verhalten, wenn wir miteinander schliefen.

»Lass uns abhauen«, sagte ich.

Auf die Kollegen im Pressearchiv war Verlass. 18 Seiten hatte das Faxgerät zum Thema »Anschläge auf die Deutsche Bahn« ausgespuckt. Leider bestätigte sich mein Verdacht, die Aktionen könnten in irgendeinem Zusammenhang mit Entlassungen stehen, beim Überfliegen der ersten Artikel nicht. Von Baumstämmen bis Stahlplatten hatte man schon einiges aufs Gleis geschubst. Eine logische Verbindung zur kunstvollen Ausgestaltung von Toiletten ließ sich freilich nicht erkennen. Sehr viel spannender schien mir dagegen ein offener Brief des Bundesverbandes für Menschen mit chronisch entzündlichen Darmerkrankungen Morbus Crohn, der Ende der 90er Jahre gegen eine Ankündigung der Bahn protestiert hatte, die Anzahl der Toiletten in Nahverkehrszügen aus Kostengründen zu halbieren. Das, so die Begründung, spare Kosten und schaffe Stauraum für Taschen und Reinigungsgerät. Die Schließung einer Vielzahl von Toiletten jedoch sei untragbar für Menschen mit häufigen Durchfällen, protestierte der DCCV: Sie treffe überdies nicht nur chronisch Darmerkrankte, sondern mindestens fünf Millionen Betroffene, die unter Stuhl- und Harninkontinenz leiden.

Leider schien mir die systematische Blockade von Toiletten aus Sinn der DCCVler gar keinen Sinn zu machen – damit hätten sie sich schließlich nur selber angeschmiert. Erst der letzte Artikel (denn ist es nicht immer der *letzte* Artikel, den man liest und der plötzlich Sinn macht – so wie man Schubladen nach Schlüsseln oder wichtigen Dokumenten durchforstet und erst in der untersten fündig wird – und sollte man darum nicht grundsätzlich den letzten Artikel *zuerst* lesen, andererseits: Wäre dann nicht der ursprünglich *erste* Artikel der letzte, und das ganze Theater begänne wieder von vorne?), jener letzte Artikel also entzückte mich geradezu. Er handelte von einem 30-jährigen Berliner, der der Bahn im vorvergangenen Jahr mit dem Verteilen von Flugblättern zugesetzt hatte. Diese behinderten zwar nicht den Zugverkehr, auch waren sie aus künstlerischer Sicht zu vernachlässigen, der Text aber hatte es in sich:

*Rund 1000 Selbstmörder pro Jahr sterben einen grausamen Tod.*

*Sie werfen sich auf die Gleise und warten. Warten, dass die Bahn kommt. Dabei gibt es zuverlässigere Methoden, die sofort wirken.*

*(Jeder vierte Zug ist unpünktlich, laut VCD-Bahnkundenbarometer.)*

Man hatte den Autor des Flugblattes damals gefasst und angezeigt, allerdings konnte man ihm lediglich verbieten, seine Schmähschrift auf dem Gelände der Bahn zu verteilen. Alles andere verbuchte der Richter unter dem Prinzip freie Meinungsäußerung, über den Geschmack mochte und durfte er nicht urteilen.

Mein Telefon klingelte, als ich am Ende der Seite auf ein Porträt des Täters stieß, die Redaktion hatte seinen Namen geändert: ein ehemaliger Mitarbeiter des Verkehrsclubs Deutschland, VCD, den man für seine unabgestimmte Aktion an die Luft gesetzt hatte und der sich nun bitterlich über seinen Rauswurf beschwerte. Das Schwarzweißfoto hatte bei der Faxübertragung stark an Schärfe verloren, trotzdem war ich sicher, darauf meinen Zug-Küsser zu erkennen.

Ich ignorierte das Telefon und nahm mir erneut den Rucksack vor, den ich unter meinem Schreibtisch aufbewahrte. Irgendwo musste es doch einen Hinweis auf seinen Besitzer geben! Ich kniete mich auf den Boden und durchsuchte zunächst die Seitentasche – nichts! Genervt bereitete ich dem Quengeln des Telefons ein Ende, während ich mich der Innentasche widmete.

»Du bist ja so außer Atem«, sagte Tine.

»Was gibt's?«, fragte ich genervt, da entdeckte ich, dass unter dem eingenähten Plastikboden etwas Helles schimmerte, ein Stück Papier, das sich als Quittung entpuppte. Sie trug das Datum des 22. August 2002 und führte diverse Posten wie Holzleisten und Leim sowie Styroporkugeln in verschiedener Größe auf. Auf dem Stempel stand die Adresse eines Bastelgeschäftes in Prenzlauer Berg. Voller Freude sprang ich auf und stieß mir dabei den Kopf am Schreibtisch.

»Da ist eine Frau am Telefon.« Tine sagte das, als sei es das Komischste, das ihr seit Jahren passiert war.

Ich rieb mir den Kopf. »Und?«

»Sie will dich sprechen.«

»UND?« Manchmal musste man mit Großbuchstaben gegen Tine vorgehen, damit sie endlich auf den Punkt kam.

»Sie sagt, sie sei eine alte Freundin. Ihr Name ist Sheila oder so ähnlich.«

# KAPITEL 7

*»Das war der aktuelle Hit von Whitney Houston, Whatchalookingat, um gleich Viertel vor acht.«*
*»Der Frau scheint es wieder besser zu gehen, nach ihren Drogenexzessen; zumindest ihr Auftritt bei den MTV European Music Awards in Barcelona war ganz gelungen. Obwohl ich das Gefühl hatte, dass irgendetwas an ihrem Gesicht anders war als sonst.«*
*»Vielleicht hat sie sich auch nur besonders konzentriert, damit sie nicht wieder drauflosplappert wie vor ein paar Jahren in Lissabon, als sie auf die Bühne kam und rief: ›Hey, toll hier in Spanien. Endlich bin ich mal wieder in Spanien. Ich liebe Spanien.‹«*

Schon bei meinem Radiopraktikum hatte ich immer Angst davor aufzufliegen. Am wohlsten fühlte ich mich damals damit, ahnungslose Menschen auf dem Kurfürstendamm zu Themen wie »Würden Sie auch am liebsten die Mauer wieder hochziehen?« oder »Sind Ossis wirklich die besseren Liebhaber?« zu befragen – auch wenn ich es bedenklich fand, dass sich viele Frauen hinter ihren Männern versteckten, sobald sich ein Mikrophon auf sie zu bewegte. Hinter den Umfragen konnte *ich* mich prima verstecken. Meine Stimme bekam ja niemand zu hören. Als dann mein erster Beitrag gesendet wurde, rechnete ich jeden Moment damit, dass sämtliche von Lillys Kunden anrufen und gruppendynamisch ins Telefon stöhnen und um Prügel betteln würden. Doch nichts dergleichen geschah. Unsere Hotline blieb stumm.

Trotzdem dauerte es nicht lange, bis ich es zum ersten Mal bitter bereute, den Sender überhaupt betreten zu haben. Ich wurde erpresst, ausgerechnet von dem Mann, mit dem ich schlief und der sich Müller-Dörtzenbach nannte. Er wollte nicht allzu schnell zu meiner Vergangenheit werden, weder geschäftlich noch privat. Wir lagen am Ende des letzten Tages meines Praktikums im Bett, und ich berichtete stolz, dass man mich als freie Reporterin weiterbeschäftigen wollte. Er wusste, dass das früher oder später Lillys Ende bedeuten würde. Wortlos stand er auf, warf seinen Morgenmantel über, in dem er noch dünner und zerbrechlicher wirkte als in den flatterigen Anzügen, die er im Büro trug, und griff nach seinem Gehstock. Bevor er das Schlafzimmer verließ, klaubte er meine Sachen vom Boden und warf sie mir ins Gesicht.

Die kleine Franziska schlüpfte in ihre Hose und folgte ihm barfuß auf die Dachterrasse. Die Fliesen des weißen Marmorbodens, mit dem die Wohnung flächendeckend ausgelegt war, kühlten meine Wut etwas ab. MD lehnte rauchend am Geländer und betrachtete den wolkenbehangenen Himmel. Schweigend stellte ich mich neben ihn und rieb blöd seinen Rücken.

»Du bist noch da«, sagte er nach einer Weile und zündete sich die nächste Zigarette an. Dann wandte er sich zu mir und legte die Hand, mit der er die Zigarette hielt, an meine Lippen. Der Rauch brannte mir in die Augen.

Während er sprach, wanderten seine Finger an meinem Hals herab.

»Ich nehme an, du hast ihnen nicht gesagt, womit du bisher dein Geld verdient hast. Das ist verständlich. Aber was, glaubst du, würden sie tun, wenn sie es erfahren? Sagen wir, durch einen dummen Zufall. Was glaubst du: Wer dürfte dann nicht mal mehr Kaffee kochen?«

Ich erschrak und fasste nach seiner Hand, die zwischen meinen Brüsten angekommen war. »Warum willst du mir das kaputtmachen? Es ändert doch nichts für uns«, sagte ich naiv.

Er riss seine Hand los und drehte mir seine Schulter zu.

»Ich rede von den Wichsern. Alle kennen deine Stimme. Ich würde es nicht darauf ankommen lassen, wenn ich du wäre.«

Ich setzte mich auf einen Liegestuhl und verschränkte die Arme vor der Brust. Mir war kalt geworden. Ich zitterte, obwohl wir erst Ende August hatten und es sich nachts kaum unter 20 Grad abkühlte.

Er nahm einen tiefen Zug aus seiner Zigarette und schnippte sie in die Nacht. »Und jetzt lass uns endlich schlafen«, sagte er.

Trotz seiner Erpressungsversuche begann ich den Job beim Radio und trat weiterhin als Lilly auf. Ich schlief auch noch mit MD, nur mit weniger Überzeugung. Er machte mir zunehmend Angst, obwohl er äußerlich gebrechlich wirkte und niemand ihn auf Mitte dreißig geschätzt hätte, eher ein paar Jahre älter. Was ihn quälte und zum Teil schlimme Schmerzen verursachen musste, konnte ich damals nur vermuten. Gespräche über seine Krankheit blockte er grundsätzlich ab. Aus der anfänglichen Faszination für einen erfahrenen und gebildeten Mann, der unter dem albernen Namen Müller-Dörtzenbach auftrat, war Misstrauen geworden. Warum gab es kein Klingelschild an seiner Tür? Warum bekam ich keinen Schlüssel für seine Wohnung, obwohl er mich so oft wie möglich bei sich haben wollte und nachts anrief, wenn ich mich entschieden hatte, den Abend allein zu verbringen, und so lange auf mich einredete, bis ich zu ihm fuhr? Manchmal bestellte er einfach ein Taxi zu meiner Wohnung, das mich zu ihm nach Charlottenburg bringen sollte. Und wenn ich dann bei ihm war und gerade wieder eingeschlafen war, klingelte oft zu den unmöglichsten Zeiten das Telefon. Wie ich nach mehrmaligem Nachfragen von Sheila erfahren hatte, war er Mitgesellschafter eines zweifelhaften Clubs im Berliner Osten, wo es häufig Probleme mit Drogen gab. So verschwand er nicht selten ohne eine Erklärung mitten in der Nacht und ließ mich allein in seiner großen Wohnung zurück.

Wir verbrachten viele unbeschwerte Abende mit Sheila. Meistens kochte er etwas Köstliches, manchmal lud er uns in Restaurants ein. Es war wie in einer kleinen Familie. Nach außen schien alles perfekt. Ich arbeitete schon eine Zeit lang nebenher beim Radio, als MD im Herbst 1993 zum ersten Mal für ein paar Wochen verschwand. Beim Belauschen eines Telefonats mit Sheila erfuhr ich, dass er in einem Sanatorium war. Als ich sie daraufhin nach dem Grund seines Aufenthalts befragte, tat sie, als hätte sie mich nicht gehört, und lächelte ihr sonderbares Lächeln. Ein einziges Mal sprach ich mit ihm, als ich bei einem seiner Kontrollanrufe zufällig im Büro war.

»Wo bist du?«, fragte ich. »Warum darf ich nicht wissen, was mit dir passiert?«

»Ich muss mit Frau Sheila sprechen.«

Bei seiner Rückkehr wirkte MD erholt, er hatte sogar etwas zugenommen. Seine Gesichtsfarbe erinnerte nicht mehr an ein Stück Gouda. Er verhielt sich, als sei er nie fort gewesen. Die Abende zu zweit, die Nächte in seiner Wohnung: Alles war wie vorher, über die zurückliegenden Wochen wurde nicht gesprochen, als hätten sie nicht stattgefunden. Neben seiner Krankheit hatte Müller-Dörtzenbach ein zweites Lieblings-Tabu, und das war mein Radiojob. Seit dem Gespräch auf seiner Dachterrasse vermieden wir dieses Thema auffällig. Solange Lilly pünktlich zum Zwitschern ins Büro flatterte und die kleine Franziska artig nachts auf Abruf vom eigenen Nest in seins überwechselte, gab es keinen Protest. Als der Sender mir kurz vor Jahresende ein Volontariat anbot, weihte ich nur Sheila ein, die ich auf ihre schmutzige Phantasie schwören ließ, dass sie die Neuigkeiten für sich behielt. Denn noch hatte ich mich nicht entschieden.

Eines Tages sollte ich ein Pur-Konzert besuchen und Hartmut Engler zum Interview treffen. Meine cleveren Kollegen hatten sich rechtzeitig etwas anderes vorgenommen, also traf es mich. Lilly hatte ohnehin ihren freien Abend. Am Nachmittag saß ich zu Hause und schrieb an einem Referat, als MD anrief.

»Frau Sheila ist krank. Schaffst du es, um 18 Uhr hier zu sein?« Seine Stimme klang eher belustigt als besorgt.

Außer Sheila und mir telefonierten zwei weitere Frauen regelmäßig für ihn. Eine Türkin, die sich Asle nannte und nur nachmittags konnte. Beim Eintritt ins Büro setzte sie ihr Kopftuch ab und legte es nicht eher wieder an, bis ihr Mann und dessen Bruder im braunen Mercedes vorfuhren, um sie zum Feierabend wieder abzuholen. Ich habe mich oft gefragt, was für einen Riesenbären sie ihrer Familie wohl aufbinden mochte bezüglich ihres kleinen Nebenjobs.

Die Zweite war Heike, meine Mitbewohnerin.

»Was ist mit den beiden anderen? Ich habe einen Termin«, sagte ich.

MD wusste von dem Engler-Interview, ich hatte ihm davon erzählt. Nicht weil ich mich so wahnsinnig darauf freute, vielmehr empfand ich es als eine Art Bewährungsprobe. Welches ist die beste Position des Mikrophons bei besonders unsympathischen Gesprächspartnern: Zwei bis drei Meter vom Mund entfernt oder geradewegs am Zäpfchen vorbei und dann noch ein paar Zentimeter?

»Die beiden sind kein Ersatz für Sheila. Ich will niemanden, der während des gesamten Gesprächs stöhnt, als würde er mit Verstopfung auf dem Klo sitzen«, sagte MD.

»Ich muss zu diesem Interview«, entgegnete ich genervt.

»Warum liegt dir auf einmal so viel daran? Ich dachte, der Pur-Typ ist Scheiße.« MD versuchte, versöhnlich zu klingen.

»Das ist er auch«, sagte ich, »aber …«

»Also dann, bis sechs.«

*Klick.*

Mein damaliger Chef vom Dienst war nicht begeistert über die Geschichte von meiner plötzlichen Zahnwurzelbehandlung. Ich musste mir einen Vortrag über verloren gegangene Werte wie Pflichtgefühl anhören, über nötige

Operationen zur falschen Zeit und einen kurzen Exkurs darüber, wie er damals mit gebrochenem Arm seine erste Sendung moderiert habe. Und als ich ihm schon anbieten wollte, für Ersatz zu sorgen und mich notfalls doch selber auf den Termin zu schleppen, sollte die Suche ohne Ergebnis verlaufen, verkündete er: »Ich gehe selber hin. Gute Besserung, Franka.«

*Franka nenne ich mich übrigens erst, seit ich beim Radio arbeite. Ich hatte das Bedürfnis, mich sowohl von Lilly als auch von der alten Franziska abzugrenzen. Außerdem mochte ich das Kastrations-zis in meinem Namen noch nie.*

Es war kurz nach 18 Uhr, und es regnete wie aus Kübeln. Ich stand vor dem Büro und drückte auf die Klingel. Über dem Kopf trug ich eine blonde Perücke mit Tuch, die mir Heike geliehen hatte. Falls mir jemand vom Radio begegnen sollte. Mit den blonden Haaren fühlte ich mich wie eine echte Lilly. Es war wie in meinem Märchen von der Frau mit dem durchsichtigen T-Shirt, die ich den Kunden an ungemütlichen Herbsttagen immer sehr erfolgreich vor die Tür gestellt hatte. Nur, dass jetzt niemand öffnete.

Ich trat ein paar Schritte zurück und schaute gegen den Regen am Haus empor. MDs Büro lag zur Straße, es brannte Licht. Einen eigenen Schlüssel für die Firma besaß ich nicht. Den bekam ich immer nur, wenn ich am Wochenende arbeitete. Also klingelte ich noch einmal, doch nichts geschah.

Die Eingangstür wurde penibel jeden Abend um Punkt 18 Uhr abgeschlossen. Im ersten Stock befanden sich eine Zahnarztpraxis und ein Physiotherapiezentrum, dort wurde um diese Zeit nicht mehr gearbeitet. Bei der Telefonmarketing-Agentur auf dem Gang gegenüber mochte ich nicht klingeln. Ich fürchtete, man würde unangenehme Fragen über unser »Gebiet« stellen. Sheila hatte man schon mehrfach im Aufzug auszuhorchen versucht.

Ich wartete eine Weile vor dem Haus in der Hoffnung, jemand würde herauskommen, so dass ich hineinschlüpfen könnte. Doch vergeblich. Es war inzwischen 18.15 Uhr, und ich hatte keinen Millimeter trockenen Stoff mehr am Leib, wie die Frau in meiner Herbst-Geschichte, der die Kerle immer sehr hilfsbereit aus den nassen Sachen halfen, um sie mit wachsender Begeisterung trockenzurubbeln. Auf der anderen Straßenseite stand ein Münzfernsprecher, von dort aus wählte ich unsere Nummer. Die Leitung war besetzt. Also versuchte ich es mit der offiziellen Nummer, die unseren Wichsern vorbehalten war und die wir nur im Notfall wählten.

»Ja hallooo?«, meldete sich die wohlklingende Stimme von Sheila.

Ich durchschaute zu Anfang nicht, was MD damit bezwecken wollte, als er mich unter dem Vorwand größter Personalnot einbestellt hatte, nur um mich dann buchstäblich im Regen stehen zu lassen. Später erst verstand ich. Er wollte seine Macht demonstrieren, doch seine Lektion hatte eine bittere Nebenwirkung. Ich stellte fest, dass er mich nicht brauchte, wenigstens nicht in der Firma. MD schien zu wissen, dass meine Loyalität für ihn zum letzten Mal gesiegt hatte. Er spürte, dass er einen Fehler gemacht hatte.

Am Tag nach dem abgesagten Pur-Interview fing er

mich vor seinem Büro ab. Ich war immer noch wütend und wollte ohne ein Wort an ihm vorbeigehen, doch er hielt meinen Arm fest.

»Lass mich los«, sagte ich.

»Entscheide dich, wohin du gehörst. Es gibt Tonbandaufnahmen, die dich von einer ganz besonderen Seite zeigen. Wäre furchtbar, wenn die in falsche Hände gerieten.« Sein Griff wurde fester. Der letzte Aufenthalt im Sanatorium hatte ihm etwas zu gut getan. Auch seinen Gehstock benutzte er nur noch selten.

Ich versuchte ihn abzuschütteln. Seine neue Kraft machte mir Angst. Der gelbliche Schleier, der sonst seine Pupillen umgab, war fast verschwunden. Sein Blick wirkte fremd. Plötzlich ertönte Sheilas Stimme: »Hallo, Lilly! Schön, dass Sie da sind.«

Sie musste gerade aus einem der Vögelzimmer gekommen sein und stand etwas unschlüssig auf dem Flur. MD, der noch immer meinen Arm umklammerte, schob seinen Kopf ganz dicht neben meinen.

»Ich meine es ernst«, flüsterte er mir ins Ohr.

»Lass mich los, sonst gehe ich sofort«, sagte ich etwas lauter.

Endlich lockerte MD seinen Griff und warf einen eisigen Blick zu Sheila, die sich nicht von der Stelle bewegt hatte. »Wenn Sie den ganzen Tag auf dem Flur rumstehen, machen wir keinen Umsatz. Oder ist das Telefon kaputt?«, schnauzte er sie an.

Ohne mich eines weiteren Blickes zu würdigen, drehte er sich um. Bevor er in seinem Büro verschwand, sagte er leise, so dass Sheila ihn nicht verstehen konnte: »Du wolltest doch gehen.«

Aus den Lautsprechern an der Decke tröpfelte gedämpfte klassische Musik. Ich stand blöd auf dem Flur und erwartete, dass MD sein Büro wieder verließ, um sich zu entschuldigen. Es sei nur ein Witz gewesen, das hätte ich doch merken müssen. Ich sehnte mich nach dem alten Müller-Dörtzenbach zurück, der sich ohne Gehstock nicht fortbewegen konnte und der mir niemals wehgetan hätte.

»Lilly, ich möchte Ihnen etwas zeigen«, rief Sheila. »Kommen Sie mal? Franziska!«

Sheila schob mich in ein leeres Vögelzimmer. Mit einer kurzen Handbewegung bedeutete sie mir, Platz zu nehmen. Sie reichte mir ein Glas Wasser und betrachtete mich. Dann nickte sie kurz, als hätte sie etwas in meinem Gesicht entdeckt.

»Ist es nicht schön mitzuerleben, wie sich sein Zustand verbessert hat?«, lächelte Sheila, als wäre sie high. Ich wusste längst, dass sie keinen Tropfen Alkohol trank. Es waren die Sex-Gespräche, die sie aufputschten. Wenn ich es nicht besser wüsste, würde ich vermuten, dass sie sich während der Gespräche manchmal selber belohnt hat.

»Er spürt eine Kraft und Energie in sich, die er jahrelang nicht mehr hatte. Das ist ein ganz neues Gefühl für ihn. Natürlich fürchtet er, dass dieses plötzliche Aufleben nur vorübergehend ist. Er kann mit seiner neuen Stärke überhaupt nicht umgehen. Aber lassen Sie sich von ihm nicht einschüchtern.«

Nach einer kleinen Pause legte mir Sheila eine Hand auf die Schulter. »Und jetzt gehen Sie, Lilly. Es ist besser für ihn und für Sie.«

Ich wollte etwas einwenden, doch sie schüttelte den

Kopf und strich mir leicht übers Haar. »Sie müssen keine Angst haben: Er würde Sie niemals verraten.«

Fast zehn Jahre war das her. Mit ihrer Vorhersage, dass MD mich niemals im Sender anrufen würde, hatte Sheila Recht behalten; sie selbst hatte Lilly in Frieden ruhen lassen. Darum konnte ihr Anruf kein Zufall sein. Die Kehrwoche hatte mich im Radio entdeckt – nun auch sie? Hatten sie sich zusammengetan? Oder die Firma war pleite, und sie brauchte Geld? Es war kurz vor Weihnachten, die Zeit, in der man sich gerne an alte Freunde erinnerte. Ich versuchte Sheila loszuwerden, doch sie ließ sich nicht abwimmeln.

»Müller-Dörtzenbach wird sterben«, sagte sie unvermittelt, und ich spürte, wie mein Magen aufbegehrte. »Er liegt seit Tagen auf der Intensivstation ... Er redet viel von Ihnen. Besuchen Sie ihn. Und fragen Sie nach Kristoph Klaßen.«

»Wer ist das?«, fragte ich.

»Der Mann, der nie Müller-Dörtzenbach hieß.«

Ich schrieb den Namen und die Adresse des Krankenhauses auf die Rückseite des Wetterberichtes, wo ich schon die Nummer der Kehrwoche notiert hatte, und verschwand auf der Toilette, um mich zu übergeben.

Den ganzen Tag hatte ich mit mir gekämpft und den Besuch hinausgezögert. Am Abend besiegte ich endlich meine Angst und fuhr ins Krankenhaus. Eine Schwester in schreiend gelber Strickjacke und einer überdimensionalen Hello-Kitty-Haarspange im hochgesteckten Haar erschien an der Tür zur Intensivstation und teilte mir mit, dass der Patient am Nachmittag verstorben war. Ob ich zur Familie gehörte, wollte sie wissen.

Ich sei eine Cousine, behauptete ich, was mir die Schwester aber offenbar nicht abnahm. »Da war diese Frau«, sagte sie und zog ein gleichgültiges Gesicht. »Sie behauptete, es gebe keine Familie. Wie auch immer, sie wollte morgen früh wiederkommen. Soll ich ihr etwas ausrichten?«

Ich lief zurück zur S-Bahn. In einer Drogerie kaufte ich eine billige Sonnenbrille mit großen schwarzen Gläsern. Unterwegs versuchte ich, Sven zu erreichen, doch sein Handy war ausgeschaltet. Anschließend rief ich Gabby an, der sofort mit der Geschichte über einen geilen Amerikaner losplatzte, den er in einer Stunde zum Abendessen treffen würde.

»Einen solchen Körper hast du noch nicht in deinem Bett gehabt, Schatz! Ein ›Vau‹ sind zwei öde Parallelen dagegen. Ein richtiges Vögel-Vau! Mann, wenn wir uns morgen beim Mittagessen nicht treffen, dann weißt du, wo ich bin. In Las Vegas, verstehst du?«

»Vegas, mit Vögel-Vau, hab ich verstanden«, sagte ich matt.

»Was ist denn mit dir los? Du klingst ja furchtbar! Was –« Hier brach die Verbindung ab. Das Display meines Telefons streckte mir seine hässliche Zunge entgegen: »Netzsuche«.

Ich fühlte mich elendig allein. Vom Bahnhof nahm ich ein Taxi, in dem ich mir noch einsamer vorkam. Der Verkehr kroch langsam über die Oberbaumbrücke, die den ehemaligen Osten mit dem ehemaligen Westen verband; mit ihren Türmen und Zinnen wirkte sie wie die Fassade eines verwunschenen Märchenschlosses in einem Vergnügungspark. Die ersten Schneeflocken fielen vom Himmel. Im Wagen war es angenehm warm. Der Fahrer hatte unseren Sender eingestellt. Jörn Stechert erzählte etwas über die CD der Woche, ein Weihnachtsalbum von Ella Fitzgerald, mit alten Aufnahmen, die man neu abgemischt und gemastert hatte. Das swingende Album traf seinen Geschmack, das war deutlich zu hören. Für einen ehemaligen Stadionsprecher, der sonst aufdringlich war wie ein Barry-White-Song, war die Moderation beinahe liebevoll. Seine Worte und der Gedanke an Weihnachten und das nahende Jahresende machten mich sentimental. Mein Horoskop fiel mir wieder ein. Es blieben nur noch zwölf Tage.

Das Taxi hielt vor meiner Tür. Ich zahlte und bat den Fahrer, mich in einer halben Stunde wieder abzuholen. Meine neue Sonnenbrille warf ich auf dem Weg ins Haus in die Mülltonne.

Jörn war sofort am Telefon.

»Gilt die Einladung zum Abendessen noch?«, fragte ich.

Magnumflaschen Champagner bekommt man nicht in normalen Supermärkten. Delikatessen-Läden dagegen führen diese Sondergrößen, und sie lassen sich den Service gut bezahlen: Die 1,5-Liter-Flasche Duval-Leroy kostete mich 64,90 Euro und ein gequältes Lächeln, als mich der schmierige Verkäufer, der zu viele Strahlen von der Sonnenbank abgehoben hatte, fragte: »Na, was haben Sie denn Tolles zu feiern?«

Ich ärgerte mich weniger über den Preis, den ich für die Nacht mit Jörn zahlen musste. Einen Moment lang hatte ich in dem Taxi wirklich geglaubt, ich sollte meinen Sternen etwas entgegenkommen. Dabei war die Sache in Wirklichkeit nicht mal eine Piccolo aus dem Hause Faber wert. Zum Sex offenbarte Jörn eine ähnlich unprofessionelle Einstellung wie zum Moderieren: Das wichtigste Utensil hatte er nicht dabei, dafür kam er, anders als zu seinen Sendungen, viel zu früh. Was mich wirklich wurmte, war die Tatsache, dass Gabby, der seine Lover wechselte wie Madonna ihre Kostüme bei einem durchschnittlichen Club-Gig, mich nun mit einigem Recht »Flittchen« nennen konnte.

»Warum ausgerechnet Jörn?«, fragte Gabby und nahm die Flasche grinsend entgegen. An seinem Hals leuchtete seit neustem ein lila-roter Knutschfleck, der den afrikanischen Kontinent nachzeichnete. Plus Madagaskar. »Und den Kerl aus der Sauna hast du laufen lassen!«

»Ich fühlte mich einsam«, sagte ich leise und betrachtete das Familienfoto auf Gabbys Schreibtisch. Seine Mutter hatte nur Jungs zur Welt gebracht. Neben den vier Brüdern war Gabby eindeutig der Hübscheste. Alle anderen sahen ein bisschen aus wie Schlägertypen, einer trug ein Pflaster quer über der Nase.

»Du hättest mich anrufen können.« Gabby stemmte triumphierend die Flasche Champagner in die Luft, um mit seinem Bizeps anzugeben.

»Ich *habe* dich angerufen«, sagte ich.

»Wann?«

»Als du mit deinem V-Mann verabredet warst und die Leitung plötzlich abgebrochen ist«, sagte ich.

Gabby stellte die Flasche auf den Tisch und nahm meine Hand. »Was ist passiert, Schatz?«

»Ich hätte ihn nicht als meinen besten Freund bezeichnet, und als Chef war er ein *krausames* Arschloch, aber es ist schrecklich: Er war noch so jung«, lautete Heikes schlichter Nachruf, als ich am Abend mit ihr sprach. Sie hatte Berlin nach Ende ihres Studiums verlassen und unterrichtete seit ein paar Jahren an einem Mädchengymnasium bei *Heilpronn* Deutsch und Biologie.

»*'S Läbe is koi Schlotza*«, sagte ich und hörte am anderen Ende der Leitung ihr Lachen. Heike, nicht mehr genannt April – denn welcher Schüler kriegt schon bei diesem Namen einen Arm hoch? –, war inzwischen glücklich verheiratet. Wenigstens behauptete sie das, wenn wir einoder zweimal im Monat telefonierten.

»Ja, er wäre im Januar 45 geworden«, sagte ich.

»Dass du das noch weißt ...«

»Erinnerst du dich«, sagte ich, »er war oft weg, in Sanatorien. Und nach dem letzten Mal – das letzte Mal, von dem ich weiß –, da war er so verändert, so stark. Er hatte sogar zugenommen.«

Von meiner Beziehung zu MD hatte ich Heike nie etwas erzählt. Wenn ich damals nachts die Wohnung verließ, um zu ihm zu fahren, hatte ich immer lautes Schnarchen aus ihrem Zimmer gehört.

»Ich war *ploß* froh, wenn er weg war. Meine Gespräche hat er *krundsätzlich* abgehört und mich danach in sein Büro gerufen. Ich wette, er hat sich ...«

Im Hintergrund war eine männliche Stimme zu hören, Heikes Mann kam gerade heim. Ein Ingenieur, gut verdienend. Ich habe ihn einmal getroffen. »Hallo, Schatz. Essen ist in fünf Minuten fertig«, rief sie ihm zu und wandte sich dann wieder mit gedämpfter Stimme an mich.

»Wir legen jetzt besser auf, Georg weiß von alldem nichts.«

»Die Kehrwoche hat mich angerufen«, sagte ich schnell.

»Was?«, rief sie. »Das ist ja furchtbar! Und jetzt?«

»Ich werde mich bestimmt nicht mit ihm treffen. Ich bin ja nicht bescheuert.«

Heike schwieg. Sie schien nach einer Antwort zu suchen. MTV zeigte ein Video von Sugar Ray. Sänger Mark McGrath oben ohne, mit einem surrealen Lächeln und noch surrealeren Tätowierungen auf Brust und Schulter, die das ehemalige Model trägt, seit es volltrunken eines Nachts im Studio eines Tätowierers gelandet war. Hier endete seine Erinnerung. Und seine Model-Karriere.

»Was würdest du tun?«, fragte ich, weil Heike immer noch schwieg. Meine Stimme wurde lauter, denn im Gegensatz zu einer Tatöwierung war meine Vergangenheit schließlich nicht wieder rückgängig zu lasern.

»Nein, da kann ich nicht«, sagte sie schnell. »Tut mir Leid, vielleicht ein anderes Mal.«

Sie wollte mich *abplitzen* lassen, doch ich gab nicht auf. Ich war wütend, und in der Aufregung nannte ich sie bei ihrem alten Künstlernamen.

»Stell dir vor, er wäre der Vater einer deiner Schülerinnen und taucht beim Elternabend auf«, beharrte ich. »Was sagst du zu ihm, April?«

»Fröhliche Weihnachten.«

*Klick.*

# Kapitel 8

*»Zehn Minuten vor acht, einen schönen guten Morgen! Mariah Carey hat es ja längst nicht mehr nötig – und darum tut sie es auch nicht. Außer, wenn es unbedingt sein muss.«*
*»Einkaufen, oder was?«*
*»Nein, Robert: Auto fahren. Schon seit fünf Jahren lässt sie sich lieber durch die Gegend kutschieren. Und weißt du, warum? Weil sie während der Autofahrt immer gerne die Radiosender wechselt.«*
*»Wahrscheinlich sucht sie verzweifelt einen Sender, der überhaupt noch ihre Platten spielt …«*

MD wurde noch vor Weihnachten in Spandau beerdigt. Ich fuhr direkt nach der Sendung los. Doch die Verbindung war knapp kalkuliert, die Züge hätten *hot* aneinander gefahren werden müssen. Ich musste einmal umsteigen, wofür der Fahrplan vier Minuten vorsah. Tatsächlich hätte ich Zeit gehabt, um locker 50-mal ein- und auszusteigen und zwischendurch noch zwei bis drei Schaffner zu strangulieren, da sich meine Anschlussbahn wegen blöder Baumaßnahmen um mehr als eine Viertelstunde verspätete.

Die Kapelle war leer, als ich endlich am Friedhof ankam. Der Gottesdienst musste gerade vorbei sein. Die

Glocken läuteten. Ich kam schon wieder zu spät. Eine Frau mit stumpfen Haaren und einem Notenheft unter dem Arm tauchte neben mir auf und fragte, ob ich zur Trauergesellschaft gehörte. Sie betonte das Wort ›Trauergesellschaft‹ seltsam zynisch. Dann wies mir die Organistin den Weg zum Grab. Zwischen riesigen Tannen entdeckte ich die Sargträger, dahinter marschierten der Priester und Sheila, gefolgt von einem Dutzend Kinder in weinroten Pullovern.

»Sind die anderen schon wieder gegangen?«, fragte ich Sheila, als ich mich in die kurze Prozession einreihte.

»Welche anderen?«, sagte sie und lächelte. Sheila hatte sich kaum verändert. Neben ihrer Roxette-Gedächtnis-Frisur hatte sie auch ihre Vorliebe für Hosenanzüge behalten: Sie trug denselben dunklen Anzug mit den Nadelstreifen, in dem sie mir vor zehn Jahren die Tür geöffnet hatte.

»Seine Eltern haben Geld geschickt für die Beerdigung, aber persönlich kommen wollten sie nicht. Und die Freunde, von denen er immer erzählte ... Ich wusste nicht, wo ich nach ihnen suchen sollte.«

Wir waren am Grab angekommen. Es begann zu regnen. Als Sheila einen Schirm aufspannte, drückte ich mich näher an sie und schob meine Hand unter ihren Arm. Langsam wurde der Sarg in die Erde gelassen.

»Wann ist Müller-Dörtzenbach ... wann ist er denn wieder in die Kirche eingetreten?«, fragte ich Sheila, als der Priester die Kinder um sich versammelte und ein Lied anstimmte. Ich spürte, wie er mich durch seine rudernden Arme hindurch musterte, doch immer, wenn ich ihn ansah, wendete er seinen Blick ab und gab dem Chor ein neues energisches Zeichen. Manchmal nahm er Blickkontakt zu Sheila auf, die ihm würdevoll zunickte.

»Kristoph«, sagte sie nur.

Ich ließ meine Augen über den verlassenen Friedhof wandern, um den traurigen Anblick unserer ›Trauergesellschaft‹ zu vermeiden. Auf einer frischen Grabstelle in der Nachbarreihe verrottete ein Strauß weißer Lilien und Kränze mit Schleifen in ausgewaschenem Rot und Violett. Ein paar Meter weiter quälte sich ein altes Mütterchen den Weg entlang. Am Rande des Friedhofs verlief eine unbelebte Straße. Das Blinken einer Baustellensicherung stahl sich kurz meine Aufmerksamkeit. Dahinter entdeckte ich ein abgelegenes Haus mit grauer Fassade. Die Fenster waren mit dunklen Vorhängen zugezogen, kein Licht drang nach draußen. Das Haus wirkte noch lebloser als der Friedhof.

Der Regen wurde stärker, die Kinder taten mir Leid. Nachdem sie ihren Choral beendet hatten, betete der Priester das Vaterunser. Sheila trat einen Schritt vor und schüttete mit einer Schaufel Erde auf den Sarg. Als ich vor dem offenen Grab stand, zog ich das Horoskop aus meiner Jacke, das ich ein ganzes Jahr mit mir herumgeschleppt und das mich schließlich in die Arme unseres Redaktions-Stechers getrieben hatte. Ich riss den Zeitungsausschnitt in kleine Teile und ließ die Fetzen auf den Sarg hinabrieseln. Zweimal schüttete ich Erde nach. »Ich weiß nicht, wie es dir geht, aber ich bin froh, dass es vorbei ist«, sagte ich leise und steckte die Schaufel zurück in den Erdhaufen neben dem Grab.

Der Priester sprach mir sein Beileid aus. Er hatte angenehm warme Hände, und so machte es mir nichts aus, dass er meine Hand etwas länger hielt. Als er den Chor auf ein letztes Lied einstimmen wollte, griff Sheila nach seinem Arm. »Nein, das genügt«, sagte sie sanft und klang dabei so verführerisch wie in alten Zeiten. »Die Kinder holen sich sonst den Tod hier draußen. Vielen Dank für alles.«

Zum Aufwärmen fuhren wir in ein Café, gleich um die Ecke. Im Auto überreichte sie mir ein kleines Päckchen.

»Er wollte es Ihnen persönlich übergeben, aber das hat er nicht mehr geschafft«, erklärte Sheila.

Ohne es zu öffnen, nahm ich das Paket mit ins Café; ich wusste, was sich darin verbarg, und mochte es nicht aus den Augen lassen. Wir saßen uns zunächst schweigend gegenüber und betrachteten die Speisekarte, eine dieser Plastikkarten, die im Sommer draußen auf den Tischen gestanden hatten und deren Farben längst verblichen waren. Die Postleitzahl in der Adressenangabe auf der Rückseite war noch vierstellig; nach der Euro-Umstellung hatte man einfach die Währung überklebt.

Über einer dampfenden Tasse Glühwein, die viel zu heiß zum Trinken war, hörte ich zum ersten Mal die Geschichte, wie sich Sheila und MD kennen gelernt hatten. Sie hatte sich für ein Jahr von ihrer Schule beurlauben lassen. Gegen die Unzufriedenheit darüber, jungen Menschen gegen ihren Willen etwas beibringen zu müssen, teilweise nur unter beleidigendem Protest, war sie müde geworden anzukämpfen. So machte sie sich mit Ende dreißig auf die Suche nach einer Alternative.

»Wenn du innerhalb eines Jahres nichts anderes findest, dann hast du es nicht besser verdient«, sagte sie sich und verdingte sich als Animateurin in einem deutschen

Ferienclub auf Kreta, bis sie dort feststellte, dass ihre Aufgaben denen einer Lehrerin erschreckend ähnlich waren. So zog sie nach Mallorca, wo eine Freundin eine kleine Boutique betrieb, und arbeitete dort als Verkäuferin, bis sich die Frauen wegen der Auswahl einer Kollektion überwarfen, die wie alte CDs von C. C. Catch bleischwer in den Regalen lag. Danach reiste sie zwei Monate lang als Hoteltesterin durch Asien und Südamerika, und nachdem man in Caracas zum dritten Mal in Folge in ihr Zimmer eingebrochen hatte, kehrte sie nach Deutschland zurück und begann, Privatunterricht und Nachhilfestunden zu geben und sich damit abzufinden, dass ihr Plan einer Selbstverwirklichung gescheitert war. Drei Wochen vor dem Beginn des neuen Schuljahres las sie eine Anzeige, in der nach sympathischen Telefonstimmen gesucht wurde. Der zehn Jahre jüngere Müller-Dörtzenbach brauchte nicht lange, um sie von seinem Plan zu überzeugen. So lebte Sheila Heikes Karriere in umgekehrter Richtung.

»Er hat diese Begeisterungsfähigkeit, die mich wahnsinnig faszinierte. Der geborene Animateur.« Darum war es egal, erklärte Sheila, ob es sich um Telefonsex handelte oder um das Verkaufen von Heimwerkerfachzeitschriften-Abos an der Haustür.

»Müller-Dörtzenbach verlangte völlige Hingabe von mir, und als er bemerkte, dass es einen letzten Zweifel gab, der mich von einer endgültigen Zusage abhielt, sagte er: ›Sie müssen sich entscheiden. Wollen Sie später eine sichere Rente oder jetzt Spaß?‹«

Etwas in ihrer Stimme klang falsch, wie der letzte Akkord von Bananaramas *Help*, in der Ulk-Version mit Nananeeneenoonoo, als sie sagte: »Ich habe es nie bereut.«

»Gut, dass er zum Schluss wenigstens noch Sie hatte«, sagte ich. »Machen Sie jetzt alleine weiter?«

Sheila lächelte. »Die Firma gibt es schon seit Jahren nicht mehr. Seit er diesen Prozess verloren hat wegen Anstiftung zu schwerer Körperverletzung. Ein ehemaliger Kunde hatte gegen ihn geklagt. Müller-Dörtzenbach ... Kristoph bekam noch Geld von ihm. Sie wissen, wie er ist ... Was ihm zustand, holte er sich. Auch wenn es 60 Mark waren. Notfalls mit Gewalt. Natürlich war er dafür selber zu schwach, aber er hatte seine Leute. Die Türsteher von seinem Club. Sie sollten den Mann nur ein bisschen erschrecken, aber sie wussten nicht, was für eine lächerliche Summe im Spiel war.«

Und so hatten sie für 60 Millionen zugeschlagen. Der ehemalige Kunde saß seitdem im Rollstuhl. Die Schläger wurden erwischt und verpfiffen MD. Das war der Anfang vom Ende. Inzwischen war Sheila bei der Telefonmarketingagentur auf dem Gang gegenüber angestellt, dort, wo ich durch ein Versehen nie gelandet war. Man hatte sie angesprochen, als sie damals gerade die Büros ausräumte. So wechselte Sheila die Seiten. Den Kontakt mit MD brach sie ab. Erst als er vor kurzem mit akutem Nierenversagen ins Krankenhaus eingeliefert wurde, hörte sie seit Jahren zum ersten Mal von ihm.

»Eins verstehe ich immer noch nicht«, sagte ich beim Verlassen des Cafés. »Diese Beerdigung! Das passt überhaupt nicht zu ihm.«

»Sie würden sich wundern, auf welche Ideen man kommt, wenn es auf das Ende zugeht und man noch mal zurückschaut«, sagte Sheila und warf einen kurzen Blick in den Rückspiegel, als wir vom Parkplatz fuhren und den

Bahnhof ansteuerten. Vor uns quälte sich der Feierabendverkehr durch die Straßen.

»Müller-Dörtzenbach war nicht mehr ansprechbar, als der Krankenhausprediger kam. Was sollte ich tun? Er wollte eine richtige Beerdigung, ein anständiges Ende. ›Wenigstens ein anständiges Ende‹, das war sein letzter Wunsch.«

Sheila hupte, weil der Fahrer vor uns träumte. »Und dann ist mir der gute alte Joseph eingefallen«, sagte sie ruhig. »Erinnern Sie sich? Dem reichte es nie, nur ein Huhn am Rohr zu haben. Kriegte den gierigen Hals nicht voll.«

Die Ampel schaltete auf Rot. Ich nickte, während ich nach einem Tuch für die beschlagene Windschutzscheibe suchte.

Joseph. Ein-, zweimal hatte ich mich gemeinsam mit Sheila um den Mann gekümmert. Besonders wohl hatte ich mich nie dabei gefühlt. Dreier waren besonders schwierig, weil man immer kurz davor war, laut loszuprusten (wie auch diese Gefahr bei Doppelmoderationen sehr hoch ist). Am besten, man sah einander nicht an. Was sich kaum vermeiden ließ, wenn man zu zweit in eine Sprechmuschel stöhnte.

»Wie geht es Joseph?«, fragte ich.

»Er hat gerade Ihre Hand gehalten.« Sheila öffnete das Handschuhfach und zog einen alten Schwamm heraus. »Hier!«

»Was?!«

»Joseph ist Priester«, erklärte Sheila. »Wussten Sie das nicht?«

Ich nickte, obwohl mir vorübergehend der Durchblick fehlte.

»Haben Sie nie versucht, während des Gesprächs Ihre Kunden auszuhorchen? Wenn Männer ihren Schwanz in der Hand halten, verraten sie Ihnen alles. Aber Sie müssen sie rechtzeitig fragen. Wenn die in ihrem eigenen Saft liegen, wollen sie nicht mehr reden. Das ist das, was ihre Frauen nie verstehen.«

»Sie haben Joseph erpresst?«, fragte ich, als ich wieder klarer sah, und steckte den feuchten Schwamm zurück ins Handschuhfach.

Sheila lächelte. »Ich habe ihn um einen Gefallen gebeten, das ist alles. Und die Idee mit dem Kinderchor kam von ihm.«

Die Ampel schaltete auf Grün, hinter uns hupte ein Auto, und Sheila fuhr an. Jetzt wusste ich, warum mich der Priester am Grab so eingehend gemustert hatte. Sheila musste ihm erzählt haben, wer ich war. »Haben Sie ihm gesagt, wo ich jetzt arbeite?«, fragte ich und bekam zur Antwort einen vorwurfsvollen Blick.

Ich erklärte, dass mich die Kehrwoche entdeckt hatte. Dass ich beim letzten Anruf versprochen hatte, ihn zurückzurufen, aber keine Ahnung hatte, was ich sagen sollte, weil ich nicht wusste, was er vorhatte.

»Erinnern Sie sich an Regel Nummer zwei«, sagte Sheila, die nicht mehr lächelte, als ich mit MDs Paket am Bahnhof ausstieg. »Keine privaten Kontakte mit Kunden, keine Treffen. Unter keinen Umständen. Es gab gute Gründe für diese Regel.«

Sie ignorierte meine Hand, die ich ihr zum Abschied entgegenhielt. Die vertraute Röte war aus ihrem Gesicht verschwunden. »Und geben Sie ihm auf keinen Fall Geld!«

»Frag ihn, wie viel er will«, riet mir mein Bruder. »Mit dem Ansagen von Britney-Spears-Songs verdienst du doch genug.«

»Es muss noch eine andere Lösung geben«, sagte ich und ärgerte mich, dass ich Sven überhaupt gefragt hatte. »Vielleicht kann man vernünftig mit ihm reden.«

»Klar! Sag einfach ›Bitte, bitte! Ruf! Mich! Nie! Mehr! An!‹ und sieh zu, wie er langsam deine Karriere zerstört. Oder geh mit ihm ins Bett. Was das angeht, warst du ja noch nie besonders wählerisch.«

Ich verbrachte die Weihnachtsfeiertage wie immer mit Sodom und Gomorra bei meinen Eltern. Mama behauptete zwar neuerdings, sie habe eine Allergie gegen Katzen, doch da sie wusste, dass ich ohne meine Jungs nicht anreisen würde, gab sie ihren Widerstand auf. Dafür musste ich meiner Mutter versprechen, dass Gomorra nicht noch mal eines ihrer seidenen Sofakissen zerfetzen würde, wie im vergangenen Jahr. Damals hatte ich ihn frisch kastrieren lassen.

Mein Vater und mein Bruder schenkten einander Krawatten, alle Jahre wieder. »Passt prima zur Uniform«, kommentierte Sven, während unser Vater seine Gabe auspackte. Er blickte etwas verwirrt drein, als er eine dunkelblaue Krawatte mit kleinen gelben Punkten in den Händen hielt. Dasselbe Stück hatte er für Sven gekauft, der ebenfalls vorgab, sich sehr zu freuen. Von mir bekam mein Bruder eine Packung Schokopralinen mit Pimmel-Optik. Keiner von Svens oder Rüdigers Freunden, geschweige denn meine Familie wäre jemals auf die Idee gekommen, die beiden mit solcher Art Naschwerk zu beglücken. Ich wusste, es wäre ihm peinlich, darum musste ich es tun. Als mein Bruder die schlüpfrigen braunen Dinger entdeckte, die ich zusammen mit einem Buch verpackt hatte, rief er schnell: »Hey, der neue Irving! Soll ja nicht so toll sein wie die anderen ...« Dann raffte er geschickt das Geschenkpapier mit den Schoko-Dödeln zusammen und stopfte es in den großen dunkelblauen Rucksack, den ihm Rüdiger geschenkt hatte für ihre nächste Wandertour im Harz.

Das waren auch schon die Highlights am Heiligen Abend bei meinen Eltern; nur Pet-Shop-Boys-Konzerte sind langweiliger. Nachdem meine Mutter zum dritten Mal »Oh du fröhliche« anstimmte, konnte ich den Klang ihrer Kopfstimme nicht mehr ertragen. Als sie dann noch mit tränenerstickter Stimme darüber nachsann, wie schön es sein müsse, eines Tages ihre Enkelkinder unter dem Weihnachtsbaum beim Spielen zu erleben, begann ich zu bedauern, dass Sven und sein Freund mir ein übel riechendes Parfüm untergeschoben hatten: Für eine Krawatte aus reißfestem Material hätte ich spontan bessere Verwendung gehabt.

Und wo wir schon mal so offen über das Thema Muttermord plaudern: Meine Eltern beleidigten mich mit einer Doppelpackung BHs mit verstellbarem Push-up-Effekt, dem »Wonderbra-Zoom«, der mich zum B-Hörnchen upgraden sollte. Ich wusste, dass Mama dahinter steckte, die offenbar glaubte, dass man sich mit viel Busen jeden Mann schießen konnte, den man haben wollte, und so zog ich ein beleidigtes Gesicht. Denn mit den neuen fernöstlichen Büstenhaltern, die rechtzeitig vor Weihnachten eingetroffen waren, hatte ich endlich

Modelle gefunden, mit denen ich mich rundum wohl fühlte.

Am ersten Feiertag kam überraschend Besuch, überraschend für *mich*. Ich erfuhr erst beim Decken des Kaffeetisches davon. Mama bat mich, drei weitere Gäste einzuplanen, wollte mir aber nicht verraten, wen sie eingeladen hatte. Als mein früherer Sandkastenfreund Frank mit seinen Eltern in der Tür stand, war es zu spät zu fliehen und meinen neuen BH mit Hebebühne wieder auszuziehen, den ich meinem Vater zuliebe dieses eine Mal trug. Immerhin gelang es Sodom und Gomorra, sich beim Klingeln der Tür in mein Schlafzimmer zurückzuziehen, das sie erst wieder verließen, nachdem sie die Tapete neben dem Kleiderschrank abgewetzt hatten. Später in der Nacht verschob ich den Schrank ein Stück, so dass es nicht mehr auffiel.

»Ihr habt euch sicher eine Menge zu erzählen«, flötete meine Mutter und verfügte, dass Frank den Platz neben mir einnahm.

»Wie süß, Frank und Franka«, witzelte Sven, der mir gegenübersaß und den ersten Tritt gegen sein Schienbein einfuhr, während sein Freund Rüdiger heimlich den obersten Knopf seiner Hose öffnete, wo sein feister Bierbauch drückte.

Tatsächlich, Frank hatte eine Menge zu erzählen. Erst langweilte er mich mit seinem Praktikum in Vietnam, damals während des Medizinstudiums, wo er fast an Malaria gestorben wäre. Dann kam die quälend lange Geschichte von der Scheidung vor ein paar Jahren, die ihn fast ruiniert hätte. Und bei dem Märchen von der bösen Gesundheitsministerin Ulla Schmidt, die mit ihren absurden Vorschlägen von einer Nullrunde bei den Honoraren versuche, das zu vollenden, was seine Exfrau bei der Trennung begonnen hatte, wäre ich vor Erschöpfung fast mit dem Kopf in meine Schwarzwälderkirschtorte geknallt.

»Wenn die sich mit ihren Plänen durchsetzt, kann ich meine Praxis dichtmachen«, sagte Frank und glotzte unverhohlen auf meine Wonderbra-Brüste.

Vom anderen Ende des Tisches meldete sich Franks Mutter, eine rundliche fröhliche Frau mit einem proportional recht kleinen Kopf. Sie nahm den Gesprächsfaden ihres bedauernswerten Sohnes auf und faselte etwas von »Dienst nach Vorschrift«, als sich Sven einschaltete, der uns (vielmehr Frank) die ganze Zeit belauscht hatte. »Erzähl doch mal, was du für lustige Nebenjobs hattest, damals, während *deines* Studiums«, wandte er sich an mich und bekam seinen zweiten Tritt.

»Du meinst die Nummer mit dem Quelle-Katalog!«, sagte ich und forderte meinen Bruder auf, die Geschichte selber zu erzählen, wenn sie ihm so gut gefiel. Sven fürchtete, öffentlich an sein pubertäres Intermezzo mit Cousin Sören erinnert zu werden, wenn er weiter stichelte, und wiegelte ab. »Nein, deine Radio-Jobs. Das fing doch damals schon an«, sagte er leidenschaftslos.

»Ach ja. Du bist beim Radio, das hat deine Mutter erzählt«, sagte Frank. »Sicher ein toller Beruf. So kreativ!«

Frank erkundigte sich, auf welcher Frequenz wir sendeten, und starrte unverändert auf meine Hebebühne.

»So stark sind unsere Ober… äh … Reichweiten nicht«, erklärte ich und war erleichtert, dass niemand meinen Versprecher bemerkt hatte. »Man kann uns in

Berlin und in großen Teilen von Brandenburg hören. Aber in Niedersachsen nur bei gutem Wetter.«

»Fahr doch mal nach Berlin, Frank!«, schlug Sven vor, und seine Augen funkelten vor Schadenfreude. »Da kannst du sie dann hören *und* sehen. Franzi könnte dir die Stadt zeigen. Das würdest du doch gerne tun, stimmt's?«

Ich hasste meinen Bruder. »Man kann uns auch im Internet hören«, sagte ich und hätte Sven am liebsten umgebracht. Ganz unweihnachtlich.

»Warum nicht«, sagte Frank und nickte langsam. »Berlin ist eine aufregende Stadt. Welcher Bezirk?«

»Istanbul«, sagte Sven superlustig.

»Kreuzberg«, erklärte ich supergenervt.

»Verstehe«, sagte Frank superblöd. »Richtig multikulti und so.«

Frank spulte einen Allgemeinplatz nach dem nächsten ab, und ich nickte fassungslos. Für jeden dummen Satz hätte ich ihn treten mögen, so wie meinen Bruder. Leider saß Frank direkt neben mir, und ich hatte versäumt, rechtzeitig meine feinmotorischen Fähigkeiten zu trainieren. Für einen Moment dachte ich auch darüber nach, Gabby eine SMS zu schreiben, damit er wieder den Erlöser spielen könnte. Doch um des lieben Weihnachtsfriedens willen entschied ich mich durchzuhalten.

Nach dem Essen schlug ich vor, etwas zu spielen, um mir nicht länger Franks Dummheiten anhören zu müssen. Unsere Eltern lehnten ab. Sie zogen es vor, einen Spaziergang zu machen. Also blieb ich mit Frank, meinem Bruder und seinem Freund zurück, auch wenn es meiner Mutter lieber gewesen wäre, wenn Sven und Rüdiger sie begleitet hätten. Wir spielten Malefiz, Svens Wahl. Beim Aufbau der Figuren sagte Frank: »Du hast dich gar nicht verändert.«

Sven kicherte und sparte sich seinen Kommentar. Dass sich vor allem Frank *nicht* verändert hatte, bewies er beim Spielen. So oft wie möglich setzte er eine Blockade vor meine Figuren und bremste mich aus. Es war wie in alten Sandkastenzeiten. Er hielt es immer noch für besonders charmant, mich aufzuziehen. Als Frank schließlich seine Figuren vor allen anderen ans Ziel brachte, war meine Geduld am Ende. Er grinste mich blöd an und sagte: »Hey, du kennst das ja: Pech im Spiel ...«

»... und Pech in der Liebe«, ergänzte mein liebreizender Bruder. »Darum hat Franzi auch letztes Jahr ihre Kater kastrieren lassen ...«

»Ich bin allergisch gegen Katzen«, sagte Frank achselzuckend.

»... weil sie fand«, spielte Sven weiter mit seinem Leben, »wenn sie schon selber keinen Sex hat, dann soll es anderen nicht besser gehen.«

Das Aufflammen meiner Wange signalisierte mir, dass ich nicht einen einzigen dummen Spruch mehr würde ertragen können, ohne zu explodieren, und atmete tief durch. Rüdiger öffnete den zweiten Knopf seiner Hose, und ich tat so, als hätte ich nichts bemerkt.

Franks Gesicht war ernst geworden, es triefte vor Mitleid. Dann sonderte er seinen letzten dummen Spruch ab: »Vielleicht hast du einfach noch nicht den richtigen Mann gefunden.«

Meine Eltern wunderten sich bei der Rückkehr von ihrem Spaziergang, dass Frank schon verschwunden war.

»Ein Notfall«, erklärte ich. Franks Mutter nickte verständnisvoll, und Sven hielt ausnahmsweise dicht.

Meine eigentliche Bescherung fand am zweiten Weihnachtsfeiertag statt. Ich fuhr mit den Jungs zurück nach Berlin. Einmal würde ich noch die Frühsendung moderieren, am Montag sollte Diane zurückkehren, drei Wochen waren um. Meinen Platz fand ich im hinteren Großraumwagen neben einer jungen Mutter, die ein schlafendes Kind im Arm hielt und mir müde, aber glücklich zulächelte. Ich versuchte, mir Diane als Mutter vorzustellen. Doch statt einem Schnuller hatte das Kind einen Knebel im Mund. Ich fragte die Frau leise, ob sie für einen Moment auf Sodom und Gomorra aufpassen könnte, ich sei sofort zurück, und lief zur Toilette. Und da entdeckte ich es: Schon die erste Tür war gesperrt. »Außer Betrieb« stand auf dem gelben Aufkleber. Im nächsten Wagen bot sich mir das gleiche Bild an beiden nebeneinander liegenden Türen. Hier stimmte etwas nicht! Aufgeregt eilte ich weiter zur nächsten Toilette. *»Defeckt!«*, hatte man mit Kugelschreiber auf ein Papierhandtuch geschrieben und in die Tür geklemmt. Hier waren der Bahn offenbar zuerst die Aufkleber und dann die Rechtschreibung ausgegangen.

Neugierig rüttelte ich an der Klinke, doch nichts passierte. Ich nahm eine Nagelfeile zu Hilfe, die sich in alle Richtungen bog – vor Lachen! –, aber die Tür ließ sich damit nicht öffnen. Schließlich versuchte ich es mit meiner Kreditkarte, doch der Türspalt war verkleidet, man kam einfach nicht ran. Ich versuchte es noch mal mit der Klinke, als mir jemand auf die Schulter tippte. Hinter mir stand ein minderjähriger Schaffner und musterte mich streng.

»Darf ich mal Ihre Fahrkarte sehen?«

Während er mein Ticket beknipste, erkundigte ich mich nach der nächsten funktionierenden Toilette.

»Dieser Spinner hat wieder zugeschlagen«, erklärte der Schaffnerjüngling und kniff seine Augen zusammen.

»Hat man ihn dieses Mal gefasst?«, erkundigte ich mich vorsichtig.

»Wir haben den ganzen Zug abgesucht«, sagte er zerknirscht.

»So ein Mist!«, fluchte ich, weil ich meinen Terroristen verpasst hatte.

»Halb so wild«, tröstete mich der Schaffner, der mich für eine Sympathisantin seines Arbeitgebers hielt. Er schenkte mir ein aufmunterndes Lächeln und zeigte mit dem Daumen über die Schulter. »Immerhin, eine ist verschont geblieben.«

In der Schlange vor der verschonten Toilette bezog ich Position und versuchte, mich in die Gedanken meines Terroristen und damit in eine der abgesperrten Toiletten hineinzuversetzen. Ich stellte mir eine Kloschüssel vor, bis zum Rand gefüllt mit Marzipankartoffeln, und eine Playmobilfigur als Jesus-Kind auf einem Miniatur-Schlauchboot, das im Waschbecken schwamm. An die Konsole unter dem Spiegel hängte ich den aktuellen STERN, den ich am Bahnhof erstanden hatte. Titel: »Jesus – Was Forscher heute wissen«.

Als könne sie meine Gedanken lesen, drehte sich die Frau vor mir herum und lachte ein kurzes trockenes Lachen. *Hehe.* Mir schlug eine übel riechende Fahne entgegen, als hätte ich den Knopf eines Zerstäubers mit billigem Sekt betätigt.

»Ham Se dette schomma erlebt? Alle Klooos zu, wa. Det is mir in meiner langjährjen Loofbahn ooch nonnich unterjekomm'. Wat sind det für Menschen, wa?!«

Ich nickte und bemühte mich, nicht durch die Nase zu atmen.

»Da ist wieder so ein Bekloppter unterwegs«, drehte sich ein älterer Herr am Beginn der Schlange herum. »Alle Toiletten demoliert. Ich bitte Sie. Früher hätte es so was nicht gegeben!«

Ich fragte den Mann, ob er etwas Genaueres wüsste. Leider hatte er keine Ahnung und verschwand in der frei gewordenen Toilette.

»Allet Bekloppte. Die Leute wer'n imma bekloppta«, schimpfte eine ältere Dame, die nun die Schlange anführte.

»Wat sind det für Menschen, wa? Muss man so wat an Weihnachten machen? Wat sind det bloß für Menschen«, bestätigte die Frau vor mir und wäre fast umgefallen, als der Zug mit hoher Geschwindigkeit in eine Linkskurve fuhr.

Endlich kam der erlösende Moment, und ich betrat die pinkfarbene Kabine. Hier war alles in Ordnung (wenn man Pink mochte): Der Spiegel intakt, Toilettenpapier reichlich, nur der Wasserhahn tropfte. In der Luft lag der Duft von süßem Sekt. Über der Toilette der Hinweis auf das geschlossene Abwassersystem des Zuges, darunter das mehrsprachige Hinweisschild:

*Bitte verlassen Sie diesen Raum so, wie Sie ihn vorfinden möchten. Danke!*

*Please leave this room in the state in which you would like to find it. Thank you!*

*Veuillez quitter cette pièce dans l'état dans lequel vous aimeriez la trouver. Merci!*

*Vogliate lasciare questo posto nello stato in cui lo vorreste trovare. Grazie!*

Fasziniert starrte ich auf das Schild, dann erschien ein Grinsen auf meinem Gesicht, das sich den ganzen Abend nicht mehr abstellen ließ. Ich kehrte auf meinen Platz zurück und fand die Mutter des kleinen Kindes schlafend. Das Baby schmatzte zufrieden, als ich die Decke über seine kurzen nackten Beinchen zog.

# Kapitel 9

*»Einen wunderschönen guten Mittwochmorgen wünschen wir Ihnen, und dieser Mittwoch ist gerade acht Stunden und 25 Minuten alt.«*

*»Robert, es gibt gute Nachrichten von Pamela Anderson. Die Gute will erst mal nicht mehr vor der Kamera arbeiten. Von Film und Fernsehen hat sie genug. Stattdessen will sie ein vegetarisches Kochbuch für Kinder rausbringen.«*

*»Und was ist der Grund für ihre Fernseh-Muffelei?«*

*»›Eigentlich‹, sagt sie, ›habe ich mich nie als echte Schauspielerin betrachtet.‹«*

*»Aber wir sie doch auch nicht, oder?!«*

Gabbys Grinsen war so breit, dass es kaum durch die Tür passte.

»Und – wie heißt er? Muss ich mir seinen Namen merken?«, fragte ich in der Annahme, er habe über Weihnachten unverschämt großartigen Sex gehabt.

Mein Lieblingskollege zog ein beleidigtes Gesicht und breitete wortlos die Zeitung auf meinem Schreibtisch aus.

›Toiletten-Terror: Bahn setzt Belohnung aus‹, titelte die *Berliner Zeitung*, mit einem großen Farbfoto auf Seite eins. Das Bild hatte man mit den Worten ›Weihnachtlicher Konsumterror‹ unterschrieben: Das Toilettenbecken war mit Stroh aufgefüllt, obenauf saßen eine herkömmliche Krippe mit dem Jesus-Kind, daneben Maria, Joseph und die drei Könige. Auch auf dem Boden rings um die Toilette lag Stroh. Auf der Konsole neben dem Waschbecken stapelten sich Hi-Fi-Geräte in Miniatur-Ausgaben, Fernseher und Kameras. Daneben Häuser, Flugzeuge und Matchboxautos; im Becken selber schwamm ein Segelboot. Wie in der Sendung *Glücksrad* hatte man kleine Preisschilder an den Artikeln befestigt. Durch das Fenster oberhalb des Beckens drang nur wenig Licht, da es mit dem Titelbild des STERN zugehängt war, in Ermangelung eines echten Sterns. Ich freute mich über die Übereinstimmung mit meiner Idee in einem wichtigen Punkt! War das nicht ein gutes Zeichen?

Im Lokalteil folgte ein ausführlicher Artikel, in dem sich der Pressesprecher des Verkehrsclubs Deutschland Mutmaßungen über die Hintergründe der Tat abrang. Er verwies auf die Ergebnisse des jährlichen Bahnkundenbarometers, in dem die Fahrgäste die mangelnde Sauberkeit in Nahverkehrszügen beanstandet hatten, vor allem in den Toiletten, und vermutete hier das Motiv des »*Klo*wn«, wie ihn die Zeitungen inzwischen nannten. Auch wenn er mit seinem Vorgehen den Untersuchungen des VCD »höchstwahrscheinlich Nachdruck verleihen« wollte – gutheißen könne man das nicht.

Als ich die Zeitung schloss, um sie ordentlich zusammenzufalten, tauchte dahinter wieder Gabbys breites Grinsen auf. »Was sagen Sie nun, Watson?«

»Ich weiß nicht, worauf Sie hinauswollen, Miss Marple.«

Gabby nahm meine Hand. »Du hast immer noch das Beweismaterial. Du musst den Rucksack sofort zur Polizei bringen. Da sind sicher Unmengen an Fingerabdrücken dran. Du hast es gelesen: Es gibt 5 000 Euro. Von dem Geld könntest du chic mit der Moi nach Mykonos fliegen!«

»Das Geld interessiert mich nicht«, winkte ich ab. Außerdem hatte ich den Inhalt des Rucksacks längst entsorgt, bis auf die Teelichter, und selbst die gingen langsam zur Neige.

»Und wir haben eine Super-Enthüllungsstory fürs Programm«, ereiferte sich Gabby. »Das ist ein Knüller-Aufmacher für die Homepage. Und das Topthema für die Morningshow! Und stell dir vor, wie blass Diane neben dir aussehen würde.«

Ich hielt nichts von Gabbys Idee. »Ich finde es albern, wie die Bahn den Mann darstellt«, sagte ich und zeigte ihm die Seiten aus dem Pressearchiv. »Er ist kein verrückter Attentäter. Das passt überhaupt nicht zu ihm.«

Gabby ließ meine Hand los und rollte mit den Augen. »Was hast du stattdessen vor?«

»Ich habe keine Ahnung«, log ich und dachte an das Geschäft, in dem der Zug-Küsser seine Utensilien gekauft hatte.

Gabby kratzte sich hinter dem Ohr und musterte mich misstrauisch. »Er gefällt dir«, sagte er.

»Was er *macht*, gefällt mir«, sagte ich, während mein Fuß unter dem Schreibtisch am Rucksack entlangstrich.

»Mir gefällt das überhaupt nicht«, sagte Gabby enttäuscht über mein unterentwickeltes Skandalbewusstsein. »Soll er doch zu Hause herumbasteln, dieser Klappenkasper. Da nervt er wenigstens niemanden.«

Ich lehnte mich zurück und seufzte. »Das ist es ja eben! Zu Hause hat niemand etwas davon. Es funktioniert nur im Zug.«

Das Bastelgeschäft befand sich auf einer beliebten Gastromeile in Prenzlauer Berg, wo es neben Restaurants und Cafés auch unverschämt schöne Wohnungen gab, die man sich mit dem Geld, das die Bahn als Belohnung spendieren wollte, sicher ein, zwei Monate lang leisten konnte. Ich warf einen kurzen Blick durch das bunt dekorierte Schaufenster, noch waren keine Kunden anwesend, dann bezog ich meinen Posten in einem Café auf der anderen Straßenseite und bestellte ein kleines Frühstück.

In der ersten Stunde tat sich nichts. Ein älterer Herr hatte das Geschäft betreten, war aber auf der Schwelle wieder umgekehrt, offenbar hatte er sich im Laden geirrt. Um kurz vor elf kam die Post. Kurz darauf tauchten zwei junge Mädchen auf, die in dem Laden verschwanden und gar nicht wieder herauskommen wollten. Gegen halb zwölf verließ der erste Kunde mit einer Tragetasche das Geschäft, die er vorher noch nicht dabeigehabt hatte. Um 12.30 Uhr bestellte ich den letzten Kaffee und verließ danach meinen Posten. Viel Zeit hatte ich nicht mehr, es war Samstag und man schloss bereits um 13 Uhr.

Eine blasse ältere Frau im grauen Kostüm begrüßte mich kühl, als ich den Laden betrat. Die beiden Mädchen standen schnatternd vor einem Wühltisch mit Wolle im Angebot und machten dabei nicht den Eindruck, als wollten sie noch vor Sonnenuntergang eine Wahl treffen. Zum Einkaufen verirrte sich offenbar kaum jemand hierher.

Ich trat zur Kasse und legte den braunen Lederrucksack auf den Tresen.

»Den habe ich vor kurzem in der Bahn gefunden. Und ich glaube, er gehört einem Ihrer Kunden.«

Die Verkäuferin verzog keine Miene. Das heißt, sie machte kein wesentlich freundlicheres Gesicht als vorher, wurde aber auch nicht abweisender.

Ich zeigte ihr die Quittung, die ich im Rucksack gefunden hatte.

»Vielleicht kennen Sie den Mann. Er ist etwas größer als ich, sieht ganz gut aus ... also, nicht soo schlecht ... Und sein Zeigefinger ist verkrüppelt. Links, glaube ich.«

Die Frau nahm die Quittung in die Hand und hielt sich mit der anderen ihre Brille, die an einer Kette über ihrem Dekolleté baumelte, vor die Augen, ohne sie aufzusetzen.

»Ja, die Quittung scheint von uns zu sein«, sagte sie dann, als sei ich zu blöd zum Lesen.

»Kommt der Mann häufiger zu Ihnen?«

»Das kann ich Ihnen nicht sagen. Was wollen Sie denn eigentlich von mir?«

Ich erklärte ihr, dass ich den Rucksack gerne an seinen rechtmäßigen Eigentümer zurückgeben würde. Zu diesem Zweck überreichte ich ihr meine Visitenkarte.

»Sie sind vom Radio?« Ihre Augenbrauen deuteten ein überraschtes Zucken an.

»Ja, aber das tut nichts zur Sache. Vielleicht geben Sie ihm meine Karte, wenn er das nächste Mal hier ist. Oder noch besser: Rufen Sie mich an!«

Zwei Tage später wurde ich auf dem Weg zur Arbeit fast überfahren. Es war Montagvormittag, und ich erklomm den Berg zum Sender hinauf. Ein Motorrad kam mir entgegen, das ich zunächst kaum wahrnahm. Kurz bevor wir auf gleicher Höhe waren, drosselte der Fahrer das Tempo. Als sich unsere Wege kreuzten, hielt er an. Beide Füße auf dem Boden. Von Kopf bis Fuß steckte er in einer schwarzen Lederkluft. Ich lief weiter. Plötzlich riss der Fahrer das Lenkrad herum und gab Gas. Die Maschine raste auf mich zu. Ich begann zu laufen, das Dröhnen des Motors in den Ohren. Aus den Augenwinkeln sah ich ihn näher kommen. Nur noch wenige Meter, und das Vorderrad würde meine Hacken kitzeln. Mein Verfolger war jetzt unmittelbar hinter mir. Das Dröhnen wurde lauter. Atemlos rannte ich um mein kostbares Leben und versuchte nebenbei eine schlüssige Theorie zu entwickeln, wer es auf mich abgesehen haben könnte.

Die Kehrwoche, die ich immer noch nicht zurückgerufen hatte? Unwahrscheinlich. Der Hörer, dessen Bitten, *Don't pay the ferryman* zu spielen, ich mich neulich verweigert hatte? Wohl kaum, obwohl ich Chris-de-Burgh-Fans grundsätzlich alles zutraute. Ich tat es sehr ungern, aber auch meinen Zug-Küsser musste ich in die Reihe der Verdächtigen einordnen, nachdem ich sein Waffenarsenal aufgespürt hatte. Sollte ich seine Gefährlichkeit unterschätzt haben? Hätte ich doch Gabbys Rat befolgt und alles, was ich wusste, der Polizei erzählt!

Als das Motorrad zum Überholen ansetzte, stellte ich mich seelisch darauf ein, dass sich jeden Moment ein starker Arm um meine Hüfte schlingen würde, um mich auf seinen Sattel zu ziehen und an einen entlegenen Ort außerhalb der Stadtmauern zu bringen, wo man mich – den einzigen Menschen, der dem *Klo*wn jemals auf die Spur kommen konnte – zu einem Leben als Gesetzlose zwingen würde, an der Seite des meistgesuchten Kleinkriminellen unserer Tage ... Stattdessen beschrieb mein Verfolger einen Bogen und kam wenige Zentimeter vor mir zum Stehen. Dass er zwei beachtliche Brüste besaß, fiel mir erst jetzt auf.

»Du hast es aber eilig, Süße!«, ertönte eine dumpfe Stimme unter dem Helm. »Wie gefällt dir die Maschine? Ich habe sie mir zu Weihnachten geschenkt.«

Ich versuchte durch langsames Ein- und Ausatmen, meinen Puls unter 500 zu drücken.

»Schön, dich zu sehen«, sagte ich blöd, obwohl Dianes Kopf noch immer im Helm steckte. Als sie ihn nun abnahm, versetzte sie mir den nächsten Schock. Dianes prächtige rote Mähne war verschwunden. Sie hatte die Haare um mehr als die Hälfte abgeschnitten, sie reichten nur noch bis knapp über die Schultern. Diane wirkte mit der neuen Frisur größer. Auf den ersten Blick schien sie erholt, wie nach unserem Ibiza-Trip. Doch unter ihren Augen verliefen dunkle Ränder, tiefer, als sie das erste Frühaufstehen nach drei Wochen Urlaub hinterlassen können. Sie musste eine harte Zeit hinter sich haben.

»Du siehst gut aus«, log ich. »Ich hoffe, der Urlaub hat dir geholfen, auf andere Gedanken zu kommen.«

Diane stieg nicht ab von ihrem neuen Motorrad.

»Ich bin so froh, dass *du* mich vertreten hast«, sagte sie und stellte den Motor ab. »Andere hätten nur wieder krampfhaft versucht, lustiger zu sein als Robert.«

»Es hat mir viel Spaß gemacht«, erwiderte ich und versuchte zu verstehen, worauf Diana hinauswollte.

»Das habe ich gehört«, bemerkte Diane. »Dieser Nigger, der die ganze Zeit am Rockzipfel von Johannes hängt, redet den ganzen Tag nur von dir. Und Robert hätte fast einmal Franka zu mir gesagt, heute Morgen.«

Diane versuchte, beiläufig zu klingen. Aber da war dieser leicht schräge Unterton zu hören, ähnlich der zweiten Stimme in vielen Nena-Refrains.

»Du bist doch nicht eifersüchtig, Diane! Das wäre echt albern!«, sagte ich und lachte albern.

»Eifersüchtig? Wozu?«, sagte sie und zog ihren Helm wieder auf, was ihrer Stimme diesen dumpfen, feindseligen Klang verlieh. »Die Sache ist vorbei. Ich bin zurück.«

Ich bezweifelte, dass Diane sich ansatzweise erholt hatte. Die abgeschnittenen Haare und die neue Maschine mochten sie darüber hinwegtäuschen. Auch in der Sendung am Morgen hatte sie völlig normal geklungen. Diane war Profi.

»Es tut mir Leid, was passiert ist«, sagte ich und legte meine Hand auf ihre Schulter. »Lass uns bald wieder ein Tässken Sekt trinken gehen. Dieses Jahr noch«, versuchte ich, sie an diesem 30. Dezember zum Lachen zu bringen.

Diane startete ihr Motorrad. Indem sie das Pedal durchtrat, rutschte meine Hand von ihrer Schulter. Es sollte zufällig wirken.

»Dein Mitleid ist rührend«, sagte die fremde Stimme unter dem Helm. »Aber ich brauche es nicht. Denn die Fehlgeburt war Pech für dich, nicht für mich. Wenn ich das Kind bekommen hätte, würdest du zwar jetzt noch warten auf deinen großen Auftritt. Aber du hättest die Sendung umso länger an dich reißen können. Tut mir Leid für dich, Süße. Tut mir wirklich Leid.« Dann fuhr sie davon.

Beim Betreten des Senders brannten meine Wangen noch immer wie nach einer heftigen Ohrfeige. Als ich unserem Hausmeister Dietrich begegnete, versuchte ich, mit einem kurzen Gruß an ihm vorbeizulaufen. Doch er stellte sich mir in den Weg. Zwischen Daumen und Zeigefinger blitzte ein kleiner silberner Schlüssel, wie man ihn für Schreibtischunterschränke benutzt.

»Kieken Se ma, Frollein, wat ick jefunden habe. Hat bisken länger jedauert, wa. Aber da ham Se Ihren Dietrich«, kicherte der gute Mann.

Ich nickte benommen und steckte den Schlüssel mit einem gequälten Lächeln an mein Schlüsselbund. In der Küche wollte ich mir zur Beruhigung einen Zitronentee am Automaten ziehen, der seinen Widerstand endlich aufgegeben hatte und wieder koffeinhaltige Produkte anbot; allerdings hing neben dem Einwurfschlitz ein neuer Post-it von Waldemar, dessen Verluste sich inzwischen auf Existenz bedrohende 1 Euro und 80 Cent summiert hatten, aber Wiebke holte auf! Während ich einen vorsichtigen Schluck Tee trank und einen Schritt zur Seite machte, stieß ich mit Jörn zusammen und ließ vor Schreck den Becher fallen.

»Mann, Puppe! Mein erstes Branding hätte ich mir nicht so romantisch vorgestellt«, rief er und versuchte den heißen Tee von seiner Hand zu schütteln.

»Musst du dich so von hinten heranschleichen?«, sagte ich und wich seinen Lippen aus. Seit dieser unsäglichen gemeinsamen Nacht, die ich gerne so einfach ungeschehen gemacht hätte wie die Bahn die Werke des *Klo*wns, indem sie ihm einen unterbezahlten Putztrupp südosteuropäischer Herkunft hinterherschickte – seit dieser Nacht erhielt ich zur Begrüßung von Jörn imperialistische Küsse auf den Mund. Ich kam mir vor wie ein Baum, den ein räudiger Straßenköter immer wieder anpisst, um sein Revier zu kennzeichnen.

»Vor Weihnachten hat dir die Stellung noch ganz gut gefallen.« Sein unfertiges Gesicht wirkte nur noch abstoßend, es hatte nichts mehr vom alten Charme des Unvollkommenen.

»Es wäre mir lieb, wenn du mit diesen Details nicht in der Redaktion hausieren gehen würdest!« Ich versuchte, einen Teefleck aus meiner Hose zu reiben.

»Ich würde lieber mit dir hausieren gehen«, versuchte Jörn es weiter. »Wir müssen beim nächsten Mal auch nicht gleich ins Bett hüpfen.« Sein unvollständiges Gesicht grinste schief. »Wir könnten vorher einen Happen essen. Und reden. Das würde meinen moralischen Prinzipien etwas entgegenkommen.«

Ich musste lachen. Seine Hartnäckigkeit war fast rührend, auch wenn ihm klar sein musste, dass er auf diese Weise niemals das erhoffte Ziel erreichen würde.

»Was sagt eigentlich Tine dazu?«, fragte ich und versuchte, die Pfütze am Boden mit einer alten Zeitung aufzusaugen.

»Welche Tine?« Jörn drehte sich schulterzuckend herum und rieb seine Hände unter kaltem Wasser. »Was sagt eigentlich dein Freund dazu?«

»Wer?«

»Der Typ, der gestern hier angerufen hat. Er klang sehr enttäuscht, dass du nicht da warst.« Jörn trocknete sich in Ermangelung eines Handtuches die Hände an seiner Hose ab. Das Wasser lief weiter. Für einen Moment fürchtete ich, dass meine Mutter irgendeinem Nachbarsjungen die Nummer zugesteckt haben könnte.

»Mir kannst du es ruhig sagen, Puppe. Woher kennst du ihn? Er klingt nicht so, als wäre bei ihm jemand zu Hause.« Jörn ließ seinen Zeigefinger in Höhe seiner Schläfen kreisen. »Aber vielleicht gefällt dir das ja. Dumm fickt ja bekanntermaßen ganz vortrefflich. Und dann frage ich mich ...«

»Hat er mir was ausrichten lassen?«, unterbrach ich ihn und drehte endlich den Wasserhahn zu.

»Er meinte, ihr zwei hättet ein gemeinsames Geheimnis. Und er ruft wieder an.«

Den ganzen Nachmittag wich ich keinen Zentimeter von meinem Telefon. Wenn es irgendetwas zu erledigen gab, schickte ich Prilop. Und stand etwas an, das meinen ganz persönlichen Einsatz verlangte (auf Toilette gehen, gucken, ob Kopfhörer Frisur zerstört hat – falls unangemeldeter Besuch kommt), untersagte ich ihm, das Büro zu verlassen und mit unwichtigen Telefonaten die Leitung zu blockieren. Doch leider klingelte das Telefon bis zum Abend nicht ein einziges Mal.

In der Sendung spielte ich »Pop Secret«, das Pop-Quiz, mein persönliches Highlight der Sendung: Ich stellte eine nicht allzu einfache Frage aus dem Bereich Rock & Pop, und wer zuerst die Antwort sagte, an die man sich mit Ja/Nein-Fragen herantasten konnte, bekam einen Musikwunsch. Je länger es dauerte, eine gegebene Frage zu lösen, umso zufriedener war ich mit mir. Zum Anlass nahm ich den Geri-Halliwell-Song *Bag it up*, von dem niemand so recht wusste, warum dieser Un-Hit sich noch in unserer Playlist befand, außer vielleicht Marco, unserem musikalischen Gewissen (ein extrem *schlechtes* Gewissen), der die Überredungskünste der attraktiven Plattenpromoterin am besten kannte.

Ich fragte die Hörer nach den längst verschollen geglaubten Background-Sängerinnen des Songs, die bereits in den 80er Jahren ein erfolgreiches Pop-Duo unterstützt hatten. Kleiner Recherche-Tipp: Sie hatten Ende der 80er unter ihrem eigenen Namen einen Hit.

In der ersten Runde bekam ich die wildesten Spekulationen zu hören, von Kim Wilde über die Weather Girls bis hin zu Annie Lennox waren die denkbar falschesten Lösungen dabei.

»Waren das vielleicht die Bangles?«, fragte jemand in Runde zwei, der immer noch nicht verstanden hatte, dass ich nach *zwei* Frauen suchte. Mit Wendy & Lisa wurde schließlich erstmals ein Duo genannt, das tatsächlich im Background begonnen hatte, allerdings bei Prince, und *die* hätten sich eher die Zunge abgebissen, als bei einem Ex-Spice-Girl die zweite Stimme zu singen.

Ich stellte fest, dass die Frage offenbar zu schwer war, wenn man nicht gerade das CD-Booklet zur Hand hatte, und dass wohl niemand auf Pepsi & Shirlie kommen würde, die im Background-Chor von Wham angefangen hatten und später mit *Heartache* einen Nummer-zwei-Hit in England landeten. Für die Nummer eins reichte es seinerzeit nicht, dort notierten die Charts Aretha Franklin und

George Michael, den ehemaligen Arbeitgeber der Mädels. Gerüchteweise soll der seine früheren Background-Sängerinnen angerufen haben, um sich für die Blockade der Spitzenposition zu entschuldigen. Ich beschloss, nach dem nächsten Anrufer die richtige Lösung zu verraten, sollte er sie nicht wissen.

»Hallo, hier ist Franka Mumme. Wie heißen denn nun die zwei?«, sagte ich, und zunächst blieb es still in der Leitung.

Ich ermutigte den Anrufer, etwas zu sagen, da er sonst die Chance auf einen Musikwunsch verpassen würde. In einem Anfall von Gutmütigkeit gab ich ihm sogar einen Namen vor: »Pepsi und …?«

»Lilly«, sagte Leif.

## Kapitel 10

*»... mit Jörn Stechert an diesem ungemütlichen zweiten Wochenende im neuen Jahr. Und was lesen wir da in der Zeitung: Das Benzin soll wieder teurer werden, und zwar gleich um drei bis vier Cent! Alle regen sich darüber auf, aber ich weiß gar nicht, warum: Ich tank eh immer nur für zehn Euro.«*

Bitte sehr, ich beschloss, mich mit Leif zu treffen. Nur ein Mal und dann nie wieder. Am Samstag wäre MD 45 geworden. Ich wollte sein Grab besuchen. Anschließend würde ich die Kehrwoche im Friedhofscafé treffen, schön unromantisch, damit er nicht auf dumme Ideen käme.

Der Friedhof war kaum wieder zu erkennen. Über den Gräbern lag eine dünne weiße Decke. Der Schnee ließ sie fast freundlich erscheinen, heller und strahlender als bei strömendem Regen. MDs Grab wirkte schmucklos zwischen den anderen. Seine Verwandten hatten es mit Betonplatten abdecken lassen, um es nicht regelmäßig bepflanzen und pflegen zu müssen. Immerhin hatte der Steinmetz inzwischen den Grabstein geliefert, ein schlichter grauer Klotz mit schwarzer Inschrift:

*Kristoph Klaßen*
*10. 1. 1958–19. 12. 2002*

Es war, als hätte ich mich an das Grab des falschen Mannes verirrt. Ich konnte mich nicht an den Namen gewöhnen. *Kristoph Klaßen* klang so harmlos, nicht nach dem Arschloch, das ich gekannt hatte.

Der Wind hatte eine leere Zigarettenschachtel herbeigeweht. Ich hob sie auf und warf sie in einen Mülleimer, der am Rande des Weges stand. Aus der Entfernung betrachtete ich das Grab. So hässlich die Betonplatten auch waren, sie hatten etwas Abschließendes, Endgültiges. Die Ruhe hier war wunderbar, der Lärm der angrenzenden Straße wurde von einer Mauer verschluckt, die den Friedhof säumte. Hier und da knieten ältere Frauen mit Kopftuch vor den Gräbern ihrer verstorbenen Männer oder Familienangehörigen. Versunken in ihre Arbeit, zündeten sie Kerzen an oder entfernten trockene Zweige.

Ich trat ans Grab und klopfte auf meine Tasche. »Ich habe dir etwas mitgebracht«, sagte ich und begann mit der Arbeit. Zunächst versuchte ich, eine der Platten von MDs Grab zu heben, aber sie war zu schwer. Ich nahm die Schaufel zu Hilfe, die ich mitgebracht hatte, und versuchte es mit Hebeln. Langsam löste sich die Betonplatte, und mit viel Mühe schaffte ich es, sie beiseite zu stellen.

Jetzt machte ich mich an den Boden, er war steinhart. Es erwies sich als amtliche Quälerei, hier zu graben, und ich kam ziemlich ins Schwitzen. Doch das Graben tat gut, auch wenn ich nur langsame Fortschritte machte. Verspannungen in Hals und Schultern, die ich bislang nicht wahrgenommen hatte, lösten sich.

Es dämmerte schon zum Abend, als ich endlich ein Loch gegraben hatte, das groß und tief genug war für meine Zwecke. Ich öffnete die Tasche, in der sich das

Päckchen befand, das mir Sheila nach MDs Beerdigung übergeben hatte.

»Schön aufpassen, dass es dir niemand wegnimmt!«, sagte ich und warf die Kassette, die mit ›Best of Lilly‹ beschriftet war, in das frisch gebuddelte Loch. Dann schüttete ich es mit Erde auf und klopfte mit der Schaufel die Oberfläche gerade. Fertig!

»Alles Gute zum Geburtstag!«, sagte ich und stellte zufrieden fest, wie praktisch so ein Grab war. Leider stellte ich mich beim Abschluss meiner Arbeit etwas ungeschickt an. Die Betonplatte erschien mir viel schwerer als vorher, und beim Anpassen an die anderen Platten klemmte ich mir den Zeigefinger. Die Tränen schossen mir in die Augen. Fluchend packte ich meine Sachen zusammen, während ich versuchte, durch Nuckeln an meinem Finger den Schmerz zu stillen. So machte ich mich auf den Weg zu meinem Blind Date.

—

Dichte Nebelschwaden lagen über dem Wasser. Der Dunst, beinahe so blickdicht wie ein Vorhang, stieg langsam auf. Man konnte gerade noch seine eigene Hand vor Augen erkennen. Leif zog seinen Bademantel aus und hängte ihn an den Haken an der Tür. Er unterdrückte einen Schrei, als er in die Wanne stieg. Das Wasser war viel zu heiß, und die Dämpfe des Zusatzes, den er im Badezimmer seiner Mutter gefunden hatte, bissen ihm in die Augen. Doch die Aussicht auf eine Begegnung mit der Prinzessin ließen ihn die Schmerzen schnell vergessen. Sie hatte das kleine Café hinter dem Friedhof als Treffpunkt bestimmt. Er wohnte keine zehn Minuten entfernt, aber das konnte sie ja nicht ahnen. Vor lauter Aufregung hatte Leif schon zweimal seinem Vater geschrieben, denn er musste seine Vorfreude mit jemandem teilen.

Schritte waren zu hören, begleitet von donnerndem Husten. »Hast du meine Tropfen gesehen? Sie standen zuletzt auf dem Küchentisch«, rief seine Mutter und klopfte an die verschlossene Tür seines Badezimmers.

Leif antwortete nicht. Er tauchte mit dem Kopf unter Wasser, so dass er nur noch undeutlich das Auf und Ab in der keifenden Stimme seiner Mutter wahrnahm; das Klopfen ließ sich nicht mehr vom Husten unterscheiden.

Beim Auftauchen hörte er, wie unten die Haustür ins Schloss fiel. Kurz darauf jaulte der Motor eines Autos auf. Das mußte das Taxi sein, das seine Mutter zum Bahnhof brachte. Sie fuhr für ein paar Stunden zu ihrem Bruder. Endlich hatte Leif das Haus für sich allein. Ungestört konnte er machen, was er wollte.

Leif legte seinen Kopf in den Nacken und seufzte leise. Seine Hände verließen den Badewannenrand und verschwanden zwischen seinen Beinen, um sich unter Bergen von Schaum eine Beschäftigung zu suchen. Das heiße Wasser war nicht allein schuld, dass Leifs Gesicht puterrot wurde.

Nach einer Weile verließ Leif die Badewanne und begann, sich sorgfältig zu rasieren. Anschließend öffnete er den Schrank, wo er das braune Fläschchen mit den Hustentropfen versteckt hatte, die seine Mutter immer so müde machten, und holte das Rasierwasser hervor. Leif gab ein paar Tropfen aus der schmucklosen Flasche in seine Hand und verteilte die Flüssigkeit im Gesicht. Auch hinter seine Ohren tupfte er etwas After Shave. Dann setzte er die Flasche mit der Öffnung an seinen Hals und ließ die Flüssigkeit in einem schmalen Rinnsal an seiner Brust hinablaufen, bis sie seinen Bauchnabel passierte und schließlich die Oberschenkel erreichte. Leif verrieb die Flüssigkeit, bis der letzte Tropfen in die Haut eingezogen war.

—

Zahlreiche Friedhofsbesucher waren in das Café eingefallen und wärmten sich an einer Tasse Tee oder einem Glas Glühwein. Die deckenhohen Scheiben waren beschlagen, verschwommen zeichneten sich dahinter die Lichter der vorbeifahrenden Autos ab; auf dem Sims unter den Fenstern sammelte sich das Kondenswasser. Der Nebenraum war komplett abgetrennt, wahrscheinlich für eine Trauergesellschaft, die bei Kaffee und Kuchen saß und fröhlich daherschwatzte, wobei man sich nicht gerne beobachten ließ.

Etwa die Hälfte der Tische war belegt. Ob Leif schon hier war? Drei Männer, die einsam an Einzeltischen saßen, starrten neugierig zur Tür, als ich eintrat. Den Ersten schätzte ich auf Mitte vierzig. Seine schulterlangen grauen Haare trug er zu einem Zopf und hatte einen dezent gestreiften Pullover mit einer weniger dezent karierten Hose kombiniert. Über seinem Stuhl hing eine Art Trachtenjacke. Er leckte sich gerade über die Lippen, aber das mochte Zufall sein. Der Mann am Tisch daneben war etwas jünger. Er war ordentlich angezogen, hatte kurz rasierte Haare, dort, wo noch welche wuchsen, und freundliche kleine Augen. Etwas weiter hinten schließlich entdeckte ich einen gut aussehenden Halb-Türken mit unverschämt weißen Zähnen, der munter etwas in sein Handy plapperte und mir zuwinkte. Ich war froh, dass Gabby schon da war, unterstand mich aber zurückzuwinken. Plötzlich erhob sich der Mann mit den dunklen Knopfaugen und machte einen Schritt auf mich zu. »Lilly?«

Die Hand, die sich mir zum Schütteln entgegenstreckte, war kalt, nicht schwitzig oder gar schmierig. Dafür roch Leif wie eine mehrstöckige Douglas-Filiale am Tag des offenen Flakons. Er schob mir beim Hinsetzen den Stuhl heran, dann nahm er selbst wieder Platz. Ein Wichser mit Manieren, staunte ich.

»Was hast du denn gemacht?«, fragte Leif und deutete auf meinen lädierten Finger.

»Es rächt sich manchmal, wenn man seine Finger überall reinsteckt«, sagte ich.

Leif grinste, als hätte ich eine sexuelle Anspielung gemacht, bis ich beim inneren Zurückspulen feststellte, dass diese Deutung absolut zulässig war, und erschrak etwas. Ich war nicht hergekommen, um unser altes Spiel zu spielen.

»Ich wollte dich eigentlich bitten, mich nicht mehr im Sender anzurufen«, sagte ich und bestellte ein Glas Weißwein.

Leif nickte zustimmend.

»Hast du eine andere Nummer?«, fragte er und zückte sein Handy.

Ich sah in seine kleinen Augen und schüttelte mit einem entschuldigenden Lächeln den Kopf.

»Okay«, sagte er, und wir schwiegen, bis die Kellnerin unsere Getränke apportierte.

»Ich bin froh, dass du das verstehst«, sagte ich dankbar und stürzte schnell etwas Wein hinunter.

»Du hast einen ganz guten Musikgeschmack«, sagte er etwas unvermittelt und griff nach seinem Glas, das er unentschlossen in der Hand hielt, ohne daraus zu trinken. Ich machte ein verständnisloses Gesicht und rieb meinen verletzten Zeigefinger dankbar an dem kühlen Glas.

»Na ja, die Musik, die du immer spielst, im Radio. Das meiste gefällt mir.«

Verwirrt von seiner Naivität, aber erleichtert, dass wir so schnell ein neutrales Thema gefunden hatten, klärte ich ihn geduldig darüber auf, dass für die Musikauswahl nicht ich, sondern der hoch bezahlte Totmacher Marco verantwortlich war, ein Schreibtischtäter, der keine Ahnung von Musik hatte. Uns Moderatoren war es verboten, daran eigenmächtig etwas zu ändern, aber in all den Jahren war ich nur einmal dabei erwischt worden, wie ich einen Westernhagen-Song durch Grönemeyer ersetzt hatte. Verboten nicht deshalb, weil der Totmacher eine eigene Meinung gehabt hätte und gewisse Songs für gut befinden würde. Wer interessierte sich denn noch für Musik, wenn die sexy Promoterin mit ihrem Plattenköfferchen ins Büro stolzierte?! Da drückte man gerne mal ein Ohr zu.

Mein engagierter Vortrag schien Leif zu verwirren, also schaltete ich einen Gang zurück. »Welche Musik gefällt dir denn am besten?«, fragte ich und stellte überrascht fest, dass keine Band, die er nannte, jemals Marcos Gnade gefunden hätte. Umso mehr erstaunte mich, als ich erfuhr, dass er unser Programm trotzdem täglich mehrere Stunden über sich ergehen ließ und erst kürzlich von der Konkurrenz übergewechselt war (die immerhin Pur spielte), woran die Telekom schuld war, wie er behauptete.

»Findest du eigentlich, dass bei uns zu viel geredet wird?«, fragte ich und trank etwas Wein.

»Nicht, wenn du es bist«, sagte Leif und lächelte mich ruhig an.

»Gibt es Moderatoren, die du gar nicht magst?«

»Alle außer dir.«

Ich gab auf. »Schön, erzähl mir von *deiner* Arbeit«, lachte ich.

Nach kurzem Zögern berichtete er von dem Supermarkt, in dem er die Leergutannahme betreute.

»Das ist wahrscheinlich gerade ziemlich lustig«, sagte ich. »Oder nehmt ihr das mit dem Dosenpfand ernst?«

Nach der Einführung zum Jahresbeginn bekam man in vielen Supermärkten das Pfand sofort nach dem Einkaufen erstattet, ohne dass man die Dose leer trinken, geschweige denn abgeben musste.

»Das Ganze ist eine Scheißidee. Die Leute kaufen plötzlich gar keine Dosen mehr«, sagte Leif und zog seine Stirn in kummervolle Falten.

»Das ist ja im Sinne des Erfinders«, entgegnete ich und kalauerte zur Besänftigung, weil ich schon ein bisschen betrunken war: »Jeder Vierte will jetzt weniger Dosen kaufen. Trittin mag ja eine Flasche sein, aber das hat er geschafft.«

Leif lächelte wieder. Es war ein hübsches, zurückhaltendes Lächeln.

»Hast du eine Freundin?«, wollte ich wissen.

Das Lächeln wurde etwas breiter. »Nein.«

»Hobbys?«

Leif nickte. »Ich zeig es dir, wenn du willst.«

Ich musste lachen. »Eine typische Handbewegung würde mir schon reichen.«

Leif wurde wieder ernst. »Es ist nicht, was du denkst.«

Die Kellnerin erschien an unserem Tisch und wollte abkassieren. Man werde in einer Viertelstunde schließen. Ich hatte schon ausgetrunken, während Leifs Glas noch fast voll war. Darum wollte ich die Rechnung begleichen, doch Leif ließ mich nicht.

»Tut mir Leid«, sagte ich, als die Kellnerin zum Nebentisch verschwunden war.

»Ich habe es zu Hause«, sagte Leif. »Es ist nur fünf Minuten von hier und befindet sich in zwei Schuhkartons.«

Ich konnte Rätsel nicht ausstehen, mit denen man mich auf die Folter spannte, und zog eine nachdenkliche Grimasse.

»Okay, vergiss es«, sagte er und winkte ab. »Das war eine blöde Idee. Wir kennen uns kaum.«

»Wir kennen uns seit zehn Jahren«, sagte ich, um ihn etwas aufzuheitern. Ich wollte sein niedliches Lächeln wieder sehen.

»Trotzdem denkst du, dass ich über dich herfallen will.« Leif machte ein Gesicht, als hätte ich ihn geohrfeigt.

»Nein, das denke ich nicht«, sagte ich und stellte mir vor, wie es wäre, über *ihn* herzufallen.

»Und wennschon«, sagte er matt.

Ich zögerte kurz. Dann entschuldigte ich mich für einen Moment und schickte Gabby nach Hause.

Leifs Wohnzimmer hätte es nie auf die Titelseite der »Schöner Wohnen« geschafft, aber das störte mich nicht. Die Wände waren mit Raufasertapete überzogen. In der Ecke stand ein Sofa mit geblümtem Bezug und verschnörkelten Füßen aus dunkel lackiertem Holz, davor ein kleiner Eichentisch, über den man eine gelbe Plastikdecke gelegt hatte, als müsste man ihn vor kleckernden Kindern schützen. Über dem Sofa hing ein Bild, das in leuchtenden Farben ein Segelschiff zeigte, das bei kräftigem Wind auf dem Meer trieb. Durch die Stäbe eines massiven Metallgitters betrachtete ich die Baustelle vor dem Fenster. Dort hatte man eine Grube ausgehoben, wahrscheinlich wurde an der Kanalisation oder am Kabelnetz gearbeitet. Das gelbe blinkende Licht der Baustelleneinzäunung hatte etwas Hypnotisierendes, es war mir schon bei der Beerdigung aufgefallen.

»Der Kaffee ist gleich fertig«, sagte Leif bei seiner Rückkehr ins Wohnzimmer und brachte einen Verbandskasten sowie etwas Eis. Mein Zeigefinger war böse angeschwollen. Leif setzte sich zu mir und nahm meine Hand, um mit einem Eiswürfel an dem Finger auf und ab zu reiben. »Tut das gut, Prinzessin?«, fragte er fast zärtlich.

Ich nickte dankbar und gab mich dem schweren Geruch seines After Shaves hin, um die Behandlung zu genießen. Die Schwellung ließ spürbar nach, aber vom Weißwein war mir wahnsinnig warm. Mein Finger war schon fast blau angelaufen, als ich Leif bat, den Eiswürfel fortzulegen. Er gehorchte und ließ meine Hand wieder los. Dann verschwand er aus dem Wohnzimmer, um wenig später mit zwei Tassen Kaffee zurückzukehren. Für etwas Kuchen ließ er mich erneut allein. Er war wie ein Kind, das zum ersten Mal Besuch empfing und das seinem Gast alles recht machen wollte. Als er endlich neben mir auf dem Sofa saß, berührte ich für einen Moment sein Knie.

»Was hast du eigentlich in all den Jahren gemacht?«, fragte ich, um eine Brücke in unsere Vergangenheit zu schlagen.

Als hätte ich den Startschuss zum Berlin-Marathon abgefeuert, sprang Leif wieder auf und stürmte aus dem Zimmer. Mit einem strahlenden Lächeln und zwei Schuhkartons kehrte er zurück. Stolz platzierte er die Kartons auf dem Tisch.

»Das hätte ich fast vergessen«, sagte er und riss seine kleinen dunklen Augen weit auf. »Darfst gerne mal reinschauen.«

Ich war etwas verunsichert. Im Gegensatz zu ihm hatte ich *völlig* vergessen, unter welch dürftigem Vorwand ich sein Haus betreten hatte. Erwartungsvoll ruhten seine Augen auf mir. Er konnte seine Aufregung kaum verbergen.

Die Kartons waren voller langweiliger, öder Autogramme. Von Schauspielern, Sportlern, Moderatoren und Sängern. Manche Bilder waren mit einer unpersönlichen Unterschrift bedruckt, andere trugen eine eigene Widmung. »Für Leif, alles Gute«, stand etwa auf den Autogrammkarten von Dolly Buster und Herbert Feuerstein. Auf einem Foto zeigte sich Leif neben einem unbekannten Fußballer im Trikot.

Ich konnte meine Enttäuschung kaum verbergen, doch Leif lauerte auf eine anerkennende Bemerkung. Beim Durchkämmen der Autogrammkarten ließ er mich nicht aus den Augen.

»Ganz schön groß, deine Sammlung«, war das Einzige, was ich herausbrachte. Die letzten Karten, die ich aus dem Karton zog, registrierte ich kaum noch richtig.

»Ja«, freute sich Leif. »Es fehlt nur noch eins, dann ist die Sammlung komplett.«

Ich war gefasst darauf, den Namen eines Volksmusikanten oder Drittliga-Handballers zu hören, den ich nicht kannte.

»Du musst mir eins schreiben«, sagte er.

»Waaas?« Ich war schlagartig nüchtern. Deshalb also war ich hier! Leif wollte eine nichts bedeutende Unterschrift auf einem noch weniger bedeutenden Foto. Welche Widmung durfte es sein? *Die Rohrreinigerin? Für immer ein sauberer Flur? Auf die Handarbeit?* Nicht, dass ich noch nie ein Autogramm geschrieben hätte. Krampfhafte Sammler, wie Leif offenbar einer war, wandten sich manchmal an den Sender und orderten eine ganze Lkw-Ladung Autogramme vom Morningshow-Moderator bis zum Hausmeister. Dennoch versuchte ich, Leif seine Idee auszureden.

»Ich habe gar kein Bild dabei. Und wäre es nicht netter, wenn du mich einfach so in Erinnerung behältst?«

Um ehrlich zu sein: Das Ganze war mir furchtbar peinlich. In was für eine Situation hatte ich mich hineinmanövriert! Hatte ich wirklich geglaubt, ich könnte die alten Zeiten wieder aufwärmen? Alte Geschichten zum Leben erwecken, die nie mehr waren und mehr sein wollten als ebendies: Geschichten? Hurra, die Kehrwoche war nicht der alte fette Sack und nicht der ungehobelte, vor Schweiß stinkende Karussellbremser, wie man es hätten erwarten können! Aber musste man ihn deshalb gleich vergewaltigen? Um seiner lieben Knopfaugen willen?

»Kann ich mal auf Toilette?«, sagte ich.

»Nein«, sagte er und kramte in einem der Schuhkartons herum.

»Was?«

»Erst ein Autogramm!«, sagte er, machte dabei aber leider nicht den Eindruck, als sei es als Witz gemeint, mit dem er sich als Gagschreiber bei der Harald Schmidt Show bewerben wollte.

»Bitte«, sagte ich ruhig.

Leif hielt mir ungerührt einen Kugelschreiber unter die Nase.

»Ich schreib dir zehn Autogramme!«, versprach ich. »Aber erst will ich auf die Toilette.«

Leif musterte mich einen Moment. Dann trat er wortlos in den Flur, wo er auf eine Tür mit zwei kleinen Milchglasfenstern zeigte, am Ende des Ganges. »Durch die Küche und dann links. Hände waschen musst du in der Küche, es gibt kein Waschbecken im Klo.«

Inmitten der Küche stand ein großer schwerer Esstisch aus dunklem Holz, umzingelt von vier Stühlen. In einer Vase vertrocknete ein Strauß Tulpen, daneben stand ein offenes braunes Medizinfläschchen. Zu beiden Seiten des Tisches lag eine weiter führende Tür, geradeaus gab es ein Fenster, durch das man auf das unbebaute Nachbargrundstück blicken konnte. Hinter der Scheibe war ein schweres Metallgitter angebracht, wie im Wohnzimmer.

Die Toilettentür war verschlossen. Ich zog etwas stärker an der Klinke und entdeckte den Schlüssel, der von außen im Schloss steckte. Hinter der Tür lag Dunkelheit und feuchte Kälte. Ein muffiger Geruch schlug mir entgegen. Ich machte einen Schritt nach vorne und wäre fast gefallen, wenn nicht meine Hand im letzten Moment einen Halt gefunden hätte. Mein Herz raste, als wollte es mir aus dem Leib springen. Ein schepperndes Geräusch war zu hören, etwas stürzte vor mir in die Tiefe. Ich hielt die Luft an.

Langsam gewöhnten sich meine Augen an die Dunkelheit. Ich erkannte eine Treppe, die sich steil hinabschlängelte. Meine Hand hatte zufällig das Geländer erwischt, sonst wäre ich Hals über Kopf abgestürzt, wie es den Nummer-eins-Hits in den englischen Charts regelmäßig widerfährt. Dies konnte nicht der Weg zur Toilette sein. Leif hatte mich offenbar in eine Falle gelockt und in den Keller geschickt, um mich dort gefangen zu halten und tagelang Autogramme schreiben zu lassen oder wer weiß was. Sheila hatte mich gewarnt. Wie konnte ich so blöd sein und dieses Haus betreten? Plötzlich ging mir ein Licht auf – und zwar ganz und gar nicht metaphorisch.

*Klick!*

»Was schnüffelst du hier rum?«, brüllte eine vertraute Stimme. Leif stand in der Tür, die Arme vor der Brust verschränkt. Seine Augen waren zu schmalen Schlitzen verengt, das Gesicht rot angelaufen. Er war wie ausgewechselt.

»Ich hab mich in der Tür geirrt«, sagte ich und merkte gleich, wie bescheuert das klang.

»Du hast mich angelogen.« Er löste die Arme aus der Verschränkung und griff mit beiden Händen nach dem Türrahmen, um mir den Weg zu versperren. Die Glühbirne, die an einem kurzen schwarzen Kabel von der Decke hing, begann nervös zu flackern.

»Wenn du mich nicht rauslässt, schreie ich«, rief ich und glaubte mir nicht mal selber. Es war eine lahme Drohung, da uns vom nächsten Haus ein ganzes Grundstück trennte und die Nachbarn auf dem Friedhof taub und tot vor sich hin gammelten. Warum verdammt noch mal war ich in dieses Haus gekommen? Immer musste ich meine Nase überall hineinstecken. Man hätte mir damals richtig den Arsch versohlen sollen, als ich im Mondschein über den Zaun ins Freibad geklettert war und erwischt wurde.

»Wer war der Typ im Café?«, brüllte Leif, wie um mir zu beweisen, dass er ohnehin lauter konnte als ich. Er schien auf eine Antwort zu warten und starrte mich vorwurfsvoll an. So standen wir uns eine Weile gegenüber, ohne ein Wort. Sein Brustkorb hob und senkte sich in kurzen Abständen.

»Ein Freund ... m-mein Freund«, korrigierte ich mich schnell. »Er kommt mich suchen«, sagte ich in der schwachen Hoffnung, dass Leif dumm genug war, sich davon beeindrucken zu lassen. Doch den Gefallen tat er mir nicht.

Leif wurde blass vor Wut und machte einen Schritt auf mich zu. »Niemand wird dich finden«, sagte er und erinnerte mich an Falcos *Jeanny* und an die Version von Reamonn und Xavier Naidoo, bei der sich die Frage stellte, was schlimmer war: das Verbrechen, von dem sie sangen, oder das Verbrechen, *dass* sie es besangen. Oder war es eine besondere Kunstform, von einer Vergewaltigung zu singen, indem man sich des Stilmittels der Vergewaltigung bediente?

Das Flackern des Lichts wurde immer hektischer. Vorsichtig, um nicht die Treppe hinunterzustürzen, trat ich einen Schritt zurück. Leif schlug mit der Faust gegen den Türrahmen, und mit einem letzten Aufflackern erlosch das Licht. Ich stand im Dunkeln. Als sich meine Augen an die Finsternis gewöhnt hatten, sah ich, dass Leif näher gekommen war. Er hatte gleich mehrere Stufen genommen. Nun begann er noch zu husten. Es klang Furcht erregend. Mein Herz blieb stehen.

Mir kam eine letzte verzweifelte Idee. »Weißt du noch«, sagte ich mit dem charmantesten Säuseln, zu dem ich eben fähig war, wenn man mich in dunklen feuchten Kellern in die Enge trieb, »was für schöne Momente wir damals zusammen verbracht haben, nur du und ich.«

Mein Plan mochte wahnsinnig sein, aber es war meine einzige Chance: Ich würde Leif mit Lilly-Geplänkel einlullen und ihm sogar einmal *Flur durchwischen* in Aussicht stellen, allerdings nur als Belohnung, wie in alten Zeiten. Erst meine Peitsche, dann seine Zunge. Natürlich würde ich es nicht so weit kommen lassen: Ich müsste seine Erschöpfung zwischen den zwei Phasen ausnutzen, sei sie auch von noch so kurzer Dauer, und dann so schnell wie möglich aus dem Haus stürmen.

»Gib mir deinen Gürtel!«, forderte ich.

Leif blieb stehen. Ich versuchte, in seinem Gesicht zu lesen, doch es war zu dunkel. Er war nur noch eine Armlänge von mir entfernt. Vom heftigen Schwitzen klebte ihm sein T-Shirt am Körper. Leif glotzte mich schwachsinnig an. Seine Schreie hatten aufgehört, aber das Husten hielt an.

»Steckst du schon wieder da unten, du Dösi?«, rief plötzlich eine Stimme. Ich entdeckte die Frau in Hut und Mantel zuerst, als sie in der Kellertür erschien. Leif hatte ihr den Rücken zugewandt und machte keine Anstalten, sich herumzudrehen.

»Kann man dich nicht mal ein paar Stunden aus den Augen lassen?«, sagte die Frau und brach in einen schlimmen Hustenanfall aus.

Ich verließ noch vor Leif den Keller. Er schien keine Veranlassung zu haben, mich daran zu hindern. Die Frau im Mantel sah wütend zwischen uns beiden hin und her. Es war der gleiche Blick, mit dem ihr Sohn mich die Treppe hinuntergezwungen hatte.

»Und wer sind Sie überhaupt?«, fragte sie mich streng.

Ich reichte meiner Retterin die Hand.

»Ich kenne Ihren Sohn von früher«, sagte ich mit einem gewinnenden Lächeln. »Er hat damals bei mir einen Kurs in Handarbeit belegt.«

»Du musst die Polizei einschalten!«, rief Gabby übertrieben dramatisch, als ich ihn nach meiner Begegnung mit Leif in seiner Wohnung am schicken Maybachufer überfiel. Er machte sich gerade ausgehfertig und trug nichts als ein rotes Handtuch um die Hüfte. In der Hand hielt er ein Rasiermesser, seine durchtrainierte Brust war bereits linksseitig glatt rasiert wie ein Babypopo. Die rechte Hälfte war noch voller Schaum.

»Es ist ja überhaupt nichts passiert!«, beschwichtigte ich ihn und bestieg die Hängematte, die er in seinem Wohnzimmer aufgespannt hatte. »Er hat mich nicht mal angefasst.«

»Das tut mir Leid«, sagte Gabby, in einem Tonfall so trocken wie der Grappa, den er mir überreichte, bevor er wieder im Badezimmer verschwand, um seine rechte, noch ziemlich behaarte Brust zu rasieren.

»Super-Witz!«, lobte ich ihn aufrichtig und wischte etwas Rasierschaum vom Glas.

»Und was ist mit Freiheitsberaubung?«, rief Gabby aus dem Badezimmer.

»Dann müsste ich mich selber anzeigen«, entgegnete ich. »Ich bin freiwillig mit ihm in das Haus reingegangen. Und dann bin ich dooferweise noch durch die falsche Tür.«

»Haben deine Eltern dir nicht beigebracht, dass man nicht mit fremden Männern mitgehen soll?«

»*Du* tust das andauernd!«, gab ich schwach zurück.

Gabby schob seinen Kopf um die Ecke und deutete mit dem Rasiermesser auf mich. »Wenn du ihn nicht anzeigst, mache ich das. Ich gehe zur Polizei.«

»Wenn du dich mit Männern in Uniform treffen willst, ist das deine Sache! Aber ich kann später immer noch gegen Leif vorgehen, wenn er versucht, mich zu erpressen.«

Auf keinen Fall wollte ich ihn mit einer Anzeige zu einem Schritt provozieren, der mir im Sender schaden konnte. Jetzt, da ich in Diane offenbar eine wachsame Beobachterin und Feindin hatte, die sich – wie Gabby orakelte – genussvoll auf jede Andeutung eines Skandals stürzen würde.

Über die Idee mit der Polizei begann ich anders zu denken, als ich am Montag den Sender betrat. Ich warf dem telefonierenden Pförtner im Vorbeigehen einen knappen Gruß zu, als der mir plötzlich hinterherrief, er habe etwas für mich. Ich kehrte um und staunte über das blaue Päckchen mit breiter goldener Schleife, mit dem er mir zuwinkte.

»Das hat man für Sie abgegeben«, erklärte er und widmete sich wieder dem Telefon.

»Wenn mir da schon wieder jemand selbst gebackenen Kuchen schickt – ich will ihn nicht«, vernahm ich hinter mir die Stimme von Robert, der mit wehendem Jeanshemd aus dem Konferenzzimmer kam und argwöhnisch das Paket in meinen Händen begutachtete.

»Keine Sorge, das ist nur meine bescheidene CD-Sammlung«, sagte ich. »Du weißt schon: Baccara, C. C. Catch, Smokie.«

Ich beeilte mich, in mein Büro zu kommen, um mein verspätetes Weihnachtsgeschenk auszupacken. Prilop war nicht da, seine Jacke hing über dem Stuhl. Mit beiden Händen umschloss ich den Kartondeckel. Meine Finger zitterten, als ich ihn einen Spalt öffnete. Was ich darunter fand, erschreckte mich so sehr, dass ich einen kurzen Schrei ausstieß und mit dem Stuhl rückwärts gegen die Wand donnerte. Im gleichen Moment wurde die Bürotür aufgestoßen, und Diane starrte mich mit weit aufgerissenen Augen an, als wüsste sie, was in dem Karton steckte. Sie musste an der Tür gelauscht und durchs Schlüsselloch spioniert haben.

»Süße! Alles klar?!«, fragte sie und schien ehrlich besorgt.

»Ich … i-ich«, stotterte ich und fühlte mich ein bisschen, als hätte mich meine überraschend heimkehrende Mutter mit einem fremden Mann im Keller erwischt. »Da war eine riesige Spinne«, log ich, »aber es geht schon wieder. Mach dir keine Sorgen.«

Diane bewegte sich nicht vom Fleck. »Wo ist sie jetzt?«, fragte sie und scannte mit ihren Augen mein Büro.

»Ich habe draufgetreten. Sie ist sicher platt«, sagte ich.

Diane bewegte sich einen Schritt auf mich zu, nachdem sie den Karton auf dem Schreibtisch entdeckt hatte. »Hebst du in dem kleinen Ding deine Fanpost auf?« Die Ironie in ihrer Stimme war nicht zu überhören.

Ich ärgerte mich über mich selbst. Nur hysterische Kühe schreien, wenn sie sich erschrecken. Und ich musste ausgerechnet Diane zur Ohrenzeugin machen!

»Was hast du denn da an der Hand?«, fragte Diane plötzlich.

»Was für eine Hand?«, fragte ich und entdeckte den roten Fleck an meinem Finger.

»Sieht aus wie Blut«, stellte Diane fest.

»Das muss von der Spinne sein«, sagte ich blöd und wischte das Blut in meine Jeans.

»Das muss aber eine Mörderspinne gewesen sein«, wunderte sich Diane, denn Diane passte auf!

Kommentarlos griff ich nach dem Telefonhörer. »Tut mir Leid, aber ich muss noch so viel erledigen. Ich bin okay. Danke für die Hilfe.«

Diane verschwand mit einem letzten argwöhnischen Augenaufschlag, und ich widmete mich erneut dem blauen Karton auf meinem Schreibtisch. Ich nahm den Deckel ab und starrte wie gebannt auf eine blutverschmierte Menschenhand. Der Anblick war immer noch höchst unappetitlich, aber ich versuchte meinen Ekel zu überwinden und untersuchte die Hand genauer. Man hatte sie sauber vom Arm abgetrennt, soweit man das vor lauter Blut feststellen konnte. Mit spitzen Fingern nahm ich ein Taschentuch und versuchte, das Blut abzuwischen. Es war klebrig und offenbar schon geronnen, aber noch nicht getrocknet. Ich musste ein zweites Taschentuch hinzunehmen und etwas Spucke und hätte beinahe wieder geschrien, als ich beim Anheben die Metallwindung an der Attrappe entdeckte. Unter der Hand lag ein Zettel, so groß wie eine Karteikarte: *Wer schnüffelt, muss bluten.*

»Können Sie den Mann beschreiben, der das Paket abgegeben hat?«, fragte ich den Pförtner, als ich wenige Schrecksekunden später wieder vor ihm stand.

»Tut mir Leid. Das Paket war schon da, als ich gekommen bin. Da müssen Sie die Kollegin aus der Nachtschicht fragen. Was hat man Ihnen denn Schönes geschickt?«

»Wann ist Ihre Kollegin wieder im Einsatz?«, fragte ich, ohne seine Neugier zu bedienen.

»Nächste Woche.«

# Kapitel 11

*»… das waren Everything but the girl um zehn vor halb neun mit ›Missing‹.«*
*»Robert, weißt du, was ein böser Kritiker mal über eine ihrer CDs geschrieben hat: ›Speditionssekretärinnen hören das, wenn der Hund gestorben ist.‹«*
*»Das ist aber nicht nett.«*
*»Nee, aber lustig.«*

Es war später Nachmittag, als der Bus den Mann mit der braunen Lederjacke ausspuckte wie verdorbenes Essen. Seine dunkle Strickmütze hatte er tief in die Stirn gezogen. Ein paarmal blickte er sich um, bevor er begann, den kleinen Berg hinaufzulaufen.

Die Sonne war schon hinter den Häusern verschwunden, als wollte sie mit dem, was der Mann im Schilde führte, nichts zu tun haben. Ein eisiger Januarwind schlug ihm entgegen. Am Ende der Straße erstreckte sich ein großer Parkplatz, dahinter lag ein hässliches modernes Gebäude aus Metall und Glas. Auf dem Dach wehte eine riesige Fahne, die von zwei Scheinwerfern angestrahlt wurde; mit etwas Phantasie konnte man darauf das Logo des Senders erkennen.

Nur noch vereinzelte Autos parkten vor dem Haus, die meisten Mitarbeiter mussten bereits im Feierabend sein. Der späte Besucher zog seine Mütze etwas tiefer ins Gesicht und spurtete auf den Parkplatz, wo er sich zwischen zwei Autos bückte. Durch die Seitenscheiben versuchte er, einen Blick auf den Eingangsbereich zu werfen. Doch er war noch zu weit entfernt. Weiter vorn erspähte er einen Jeep, zu dem er schlich. Dort wollte er unentdeckt warten.

Erschöpft lehnte er sich an das breite Auto und schloss für einen Moment die Augen, als plötzlich lautes Hundegebell anhob. Der Mann erschrak und sprang eilig vom Wagen fort. Im Dunkeln erkannte er die Umrisse mannsgroßer Hunde. Ihre Augen blitzten gefährlich. Das Bellen war begleitet von klopfenden Pfoten an der Heckscheibe. Der späte Besucher rührte sich nicht vom Fleck. Vielleicht beruhigten sich die Hunde, wenn man sich nicht mehr bewegte. Doch das Bellen klang immer aufgeregter.

»Still, verdammte Scheiße!«, brüllte jemand, dann wurde ein Fenster mit lautem Krachen geschlossen. Der Mann mit der Strickmütze konnte niemanden entdecken, der breite Jeep, hinter dem er hockte, nahm ihm die Sicht. Schwere Schritte kamen näher. Das Hundegebell erfuhr eine weitere Steigerung, als Marco die Wagentür öffnete und brüllte: »Wenn ihr Scheißköter nicht endlich das Maul haltet, drehe ich euch den Hals um!«

Aus dem Innern des Jeeps drang Licht. Der Mann konnte nun ganz deutlich die Schäferhunde erkennen, mit ihren großen spitzen Zähnen. Er hielt den Atem an. Wegzulaufen traute er sich nicht, aus Angst, entdeckt zu werden.

Die Wagentür wurde zugeknallt, das Licht im Innern

des Jeeps erlosch. Ein metallenes Klicken war zu hören, als Marco näher kam. Er war nur schemenhaft zu erkennen. »Man kommt hier echt zu nichts«, fluchte er und öffnete die Hecktür. Der Wagen wurde wieder erleuchtet. »Bleiben!«, befahl Marco den Hunden. Sein Atem zeichnete sich vor dem sternenklaren Himmel ab.

Wieder ertönte dieses metallene Klicken. Offenbar wurden die Hunde aus dem Wagen gelassen! Ohne seine Augen abzuwenden, versuchte er, sich auf allen vieren davonzumachen. Wenn die Viecher erst mal das Auto verlassen hatten, würden sie ihn sofort finden.

»Fünf Minuten, und keine Sekunde mehr! Ich hab noch zu tun!«, herrschte Marco die Tiere an, als sie aus dem Jeep sprangen. Beinahe rissen sie ihn um, denn sie hatten längst Witterung aufgenommen und man konnte sie kaum noch halten.

»BLEIBEN, verdammte Scheiße!«, brüllte Marco, während die Tiere mit lautem Gebell nach dem Mann mit der Strickmütze schnappten, der vor Schreck wie gelähmt war und begann, nach den Tieren zu treten, während er sich am Schild mit der Aufschrift ›Frauenparkplatz‹ festhielt. Das Bellen der Hunde wurde immer wilder.

»Hey, was hast du hier zu suchen?«, rief Marco und blendete den Mann mit dem Strahl seiner Taschenlampe. Der hielt sich zum Schutz die Hand vor die Augen und vergaß für einen Moment, nach den Hunden zu treten. Der Schmerz, der ihn durchfuhr, als sich ein Paar scharfer Zähne in seinen rechten Knöchel bohrte, war furchtbar. Er jaulte und fluchte. Durch den Schmerz löste sich seine Starre, und er verschwand, immer noch jaulend, in der Dunkelheit.

Natürlich musste Marco annehmen, dass der Kerl versucht hatte, seinen tollen Jeep zu stehlen. Der Großteil der Redaktion war schon im Feierabend, die Auswahl an Publikum entsprechend begrenzt. Fluchend platzte er also mitten in meine Sendung und berichtete das Ungeheuerliche. Ich heuchelte Anteilnahme, obwohl mir sofort klar war, dass der Besucher nicht wegen Marcos Allrad-Schwanzverlängerung mit 325 PS gekommen war.

An jenem Abend fuhr ich mit dem Taxi heim. Ich ließ mich direkt vor dem Sender einsammeln und bat den Fahrer beim Aussteigen, noch so lange zu warten, bis die Tür hinter mir ins Schloss gefallen war. Ich bereitete meinen Jungs das Abendessen, mir selber war der Appetit vergangen. Gomorra kam sofort angelaufen und strich um meine Beine, nur Sodom ließ auf sich warten. Er schien eine Extra-Einladung zu wollen, doch auf mein Rufen hin zeigte er sich nicht. Ich durchsuchte seine drei Lieblingsverstecke, doch Sodom blieb verschwunden. Dass er sich manchmal durch die Klappe neben der Balkontür für ein paar Tage absetzte, war nichts Neues, doch nach dem Vorfall auf dem Parkplatz machte ich mir echte Sorgen. Erschöpft und müde sank ich aufs Sofa. Beim Einschalten der Spätnachrichten war ich jedoch sofort wieder hellwach.

*»... wurde der Täter im Zug von Hannover nach Berlin von einem Fahrgast auf frischer Tat ertappt, konnte jedoch fliehen. Sein neuestes Werk zeigt eine Art Kriegsszenario, das sich vermutlich gegen den drohenden Irak-Krieg wendet.*

*Ein Sprecher der brandenburgischen PDS bewertete*

*die Tat wörtlich als: ›Warnung an die Kriegstreiber jenseits und diesseits des Atlantiks‹. Trotz der Schäden, die der Bahn zugefügt würden, begrüße er den ›kritischen und pazifistischen Geist‹, der dahinter stecke.*

*Bahnchef Mehdorn sprach in einer ersten Stellungnahme von einer ›zerstörerischen und ekelhaften Selbstdarstellung eines gestörten Kriminellen‹ und erhöhte die Belohnung, die zur Ergreifung des ›*Klo*wns‹ ausgesetzt wurde, auf 10 000 Euro.«*

Der Beitrag begann mit Bildern des Tatorts: Im Spiegel steckt ein Messer, vielmehr nur der Griff, der mit Leim und Pflaster an der Oberfläche befestigt ist – für den Betrachter wirkt es jedoch so, als stecke die Klinge in der Scheibe oder vielmehr in der Wand dahinter; von der »Einstich«-Stelle tropft Blut (Ketchup, wie ich vermutete), das Waschbecken darunter hat sich bereits bis zum Rand mit roter Flüssigkeit gefüllt: in diesem See aus Blut (Ketchup oder Traubensaft) schwimmt eine Hand voll Playmobilfiguren, mit dem Gesicht nach unten: an ihrer Plastikkleidung klebt Ruß, Hände und Füße sind zum Teil weggeschmolzen, als habe man sie in letzter Sekunde aus dem Feuer gerettet.

Kurzer Kameraschwenk zum Boden: fortgesetzte Ketchupflecken in einem Meer aus Patronenhülsen.

Weiter zur Toilette: Um das Becken herum ist zwischen den leeren Hülsen undeutlich eine Kreidemarkierung zu erkennen, wie man sie aus der kriminaltechnischen Kennzeichnung von Leichenfunden in Fernsehkrimis kennt.

Schnitt.

Eine Frau erzählt, wie sie vor der Toilette gewartet

habe und natürlich davon ausgegangen sei, dass da jemand »sein janz normalet Jeschäft verrichtet«. Auch als der Mann mit einer großen dunklen Tasche herausgekommen sei, habe sie sich noch nichts Böses gedacht. Doch dann habe sie den nackten Fuß entdeckt und das viele Blut und habe sich furchtbar erschrocken und um Hilfe gerufen.

Schnitt.

Die Kamera fährt an der metallenen Toilette empor. Über dem Beckenrand wird etwas sichtbar, das wie ein echtes Bein aussieht. Die Stimme des Reporters weist aus dem Off darauf hin, dass es sich hier um das Bein einer Schaufensterpuppe handelt. Es ist blutverschmiert, ebenso wie der Fuß, der fast bis an die Decke reicht. Zwischen den Zehen stecken zwei Flaggen: die amerikanische und die britische. Die Kamera fährt zurück, am Schaufensterbein entlang, den Blick nach unten gerichtet. Wir nähern uns dem Toilettenbecken, das mit einer dunklen Flüssigkeit gefüllt ist. Es handelt sich um Öl, »wahrscheinlich billiges Motorenöl«, wie der Reporter mutmaßt.

Schnitt.

Ein Vertreter der Bahn spricht von einem »unerträglichen Zustand« und beziffert den Sachschaden inklusive der Reinigungskosten für die bisherigen »Anschläge« auf mehrere tausend Euro.

Schnitt.

Das Fahndungsfoto. Eine Schwarzweißzeichnung wie von einem Kind. Es sieht meiner Mutter ähnlicher als dem Küsser mit Teddynase.

Schnitt.

Die Kriminalpolizei hat ein Sonderkommando eingerichtet. Ihr Leiter, ein hagerer Beamter mit beeindruckendem Schnauzbart und getönter Brille, steht vor einer Landkarte. Darin stecken kleine rote Pfeile, die markieren sollen, wo der Täter zugeschlagen hat.

»Bislang hat er sich in einem Radius von 100 Kilometern bewegt, mit besonderer Vorliebe zwischen den Ländern Niedersachsen und Brandenburg«, sagt der Polizist und vermutet den Täter in der alternativen Kunstszene. Er geht von einem Einzeltäter aus. Dafür spreche, dass dieser anfangs noch Anschläge an verschiedenen Punkten eines Zuges verübt habe und sich inzwischen nur noch auf eine einzige Toilette konzentriere. Der Mann werde offenbar nervös. Schließlich sei man ihm dicht auf den Fersen.

Schnitt.

Noch mal die Einstellung vom Messer, das im Spiegel steckt.

Schnitt.

Eine Galerie mit knallbunten Wänden, die bei genauem Betrachten Exponate moderner Gegenwartsmalerei sind. Dazwischen ein blasser Typ mit Glatze und undefinierbarem Alter. Er trägt einen schwarzen Anzug, um den Hals einen langen gelben Schal und schaut seitlich über die Kamera hinweg.

Der Reporter greift das Stichwort »alternative Kunstszene« auf. Der Mann mit der Glatze nickt, sieht aber weiter an die Decke. Er habe die Vorfälle von Anfang an begeistert beobachtet und erkenne ein großes Talent und zunehmend auch eine politische Motivation. Unter seinem Namen wird das Wort »Kunstexperte« eingeblendet. Mit leicht nasaler Stimme nennt er die Bahn einen Verein

»kleiner Geister« und sagt etwas Kryptisches von einer der Sprache innewohnenden Doppeldeutigkeit.

Schnitt.

Die Kamera zeigt eine Zugtoilette im Originalzustand und schwenkt zum Schild über der Toilette: *Bitte verlassen Sie diesen Raum so, wie Sie ihn vorfinden möchten.*

Schnitt. Das verkniffene Gesicht von Bahn-Chef Mehdorn. Es bewegt sich. O-Ton: »Der oder die Täter müssen endlich gefasst werden. Das geht jetzt schon seit Monaten. Darum haben wir die Belohnung zur Ergreifung der Bande auf 10 000 Euro erhöht.«

Schnitt. Wieder das Toilettenbecken inklusive Plastikbein im Weitwinkel, durch den Eingang gefilmt. Und wie von Geisterhand schließt sich die Tür.

Gleichzeitig öffnete sich eine Tür in meinem Kopf. Die Aufforderung, mit dem Schnüffeln aufzuhören, konnte nur von meinem Terroristen stammen. Ich war ihm zu nahe gekommen. Wahrscheinlich hielt er mich für eine skrupellose Skandaljournalistin, die eine große Story witterte. Mein Besuch in dem Bastelgeschäft passte ihm darum verständlicherweise nicht. Ob er dort die Schaufensterpuppe für seine letzte Aktion bezogen hatte, wusste ich nicht. Aber durch den Fernsehbeitrag wurde klar, dass er mit dem Ausschlachten der Puppe nicht erst heute oder gestern begonnen hatte. In welchem Keller, welcher Werkstatt auch immer der Rumpf untergebracht war – vielleicht hatte er auch den armen Sodom dorthin verschleppt? Wenn es nun meinen Jungs an den Kragen ging, hörte der Spaß auf. Ich musste mit der Nachtpförtnerin reden, die in ihrem Dienst das Paket angenommen hatte. Eine freundliche, sehr korrekte Rentnerin, die sich bei uns etwas dazuverdiente.

»Können Sie den Mann beschreiben, der das Paket abgegeben hat?«, bat ich sie.

»Tut mir Leid, Frau Mumme«, gähnte die arme Frau ins Telefon, »aber es war kein Mann. Eine junge Frau hat das Paket abgegeben ... War etwas damit nicht in Ordnung?«, erkundigte sie sich vorsichtig.

»Nein, alles bestens«, beruhigte ich die gute Seele, während ich selber plötzlich ganz nervös wurde. Meine schöne Theorie wackelte. »Sind Sie sich ganz sicher, dass es kein Mann war?«

»Natürlich. Eine junge Frau, etwa Ihr Alter. Sie war elegant angezogen, eine Dame, darum hatte ich auch keine Bedenken, das Paket anzunehmen. Ich hoffe, Sie haben meinetwegen jetzt keinen Ärger?«

Während ich Waldemar von meinem Plan erzählte, den glatzköpfigen Kunstexperten aus dem Fernsehbeitrag für die Abendsendung zu interviewen, frönte er seiner Lieblingsbeschäftigung, dem Lesen von Agenturmeldungen.

»Wir lassen ihn die schönsten Zugtoiletten rezensieren«, sagte ich. »Dabei kann er sich aufblähen und aufplustern. Der Typ hat einen hohen Unterhaltungswert.«

Waldemars Schreibtisch war wie immer peinlichst aufgeräumt. Außer einem silbernen Kugelschreiber, der parallel zum Computerbildschirm angeordnet war, und seinem fleckigen Kaffeebecher, für den es keinen offensichtlichen symmetrischen Bezugspunkt gab, stand dort nie etwas herum. »Nicht gerade ein Radiothema«, sagte er abwesend und blätterte weiter durch die Agenturen. Dann griff er zum Telefon, bellte etwas wie »Behaltet mal Kundus im Auge, dpa um kurz nach elf« und legte wieder auf.

»Die Bilder haben gestern alle im Fernsehen gesehen«, sagte ich geduldig. Ich hatte mir längst abgewöhnt, mich über seine Gleichgültigkeit aufzuregen. »Die kennt jeder. Außerdem könnte man die doch noch mal prima auf unserer Homepage zeigen.« Gabby wäre stolz auf mich gewesen, wenn er das gehört hätte!

Diane betrat den Raum mit einem Stapel Zeitungen, die sie sich vor die Brust hielt. Mit ihren kurzen Haaren wirkte sie immer noch wie eine Fremde. »Redet ihr von mir?«, sagte sie mit gespielter Entrüstung.

»Es wäre mal ein anderer Dreh mit diesem Kunstexperten«, fuhr ich unbeirrt fort. »Polizei und Bahn hacken ja nur auf dem Mann herum.«

Waldemar gab nicht nach. »Was würdest du tun, wenn plötzlich wildfremde Leute deine Wohnung umräumen und die Toilette mit Schaufensterpuppen verstopfen?«, sagte er und die Karos an seinem Hemd wirkten heute noch kleiner als sonst. »Vielleicht applaudieren?«

»Aha, es geht um den Klo-Fetischisten!« Diane warf die Zeitungen auf den Tisch. Auf ihrem T-Shirt waren glitzernde Buchstaben zu erkennen, die zusammen den Namen *Kylie Minogue* ergaben. Seit ihrem Erholungsurlaub war sie zu einer ironischeren Art, T-Shirts zu tragen, übergegangen.

»Er scheint nicht ganz dicht zu sein, aber er hat sehr schicke Ideen. Gibt es etwas Neues?«, erkundigte sie sich.

Zum ersten Mal seit langer Zeit waren Diane und ich

wieder einer Meinung. Ich machte sie mit meiner Idee bekannt. Früher oder später hätte sie ohnehin davon gehört.

»Klingt super«, sie nickte anerkennend und setzte sich zu uns. Für einen Moment schien es, als hätte sie ihren alten Groll vergessen. Vorsichtig lächelte ich sie an.

»Die Zeitungen sind ja voll von dem Typen. Hier!« Sie deutete auf die BILD-Zeitung, die dem Fahndungsfoto des *Klo*wns die erste Seite reserviert hatte und die Schlagzeile »Hat dieser Mann kein Zuhause?«.

Die *taz* hatte ihm ihre Rubrik *was fehlt* gewidmet (»Klarheit auf Hinweisschildern der Deutschen Bahn«) und der *Berliner Kurier* titelte: »Erst das WTC, jetzt das WC« und vermutete allen Ernstes arabische Sympathisanten hinter dem letzten Anschlag, der sich ja ohne Zweifel gegen die Kriegspläne der USA und Großbritanniens wandte.

»Sie ziehen es alle von derselben Seite auf«, schloss Diane die kleine Presseschau und schaute triumphierend zwischen mir und Waldemar hin und her. Der zuckte leidenschaftslos mit seinen schmalen Schultern.

»Versucht es! Aber wenn es nichts ist, dann wird es nicht gesendet«, sagte er wie ein Lehrer, der die Kinder dazu anhält, die Hausaufgaben ordentlich zu erledigen und keine Eselsohren in die Hefte zu machen. Er lief zur Magnettafel, die neben seinem Schreibtisch hing, und nahm einen unbeschrifteten weißen Magnetstreifen aus einem kleinen Eimer. Darauf kritzelte er mit einem roten Folienstift ein paar unleserliche Worte und hängte den Streifen in den unteren Teil der Tafel, dieser Platz war für Themen der Abendsendung reserviert.

»Prima«, sagte ich und erhob mich zufrieden. Doch

ich hatte nur einen Etappensieg errungen. Diane zog plötzlich an meinem Arm.

»Allerdings ist so ein Interview am Abend doch total verschenkt. Da hört ja keine Sau mehr zu. Die paar Leute kann man ebenso gut kurz anrufen«, sagte sie und stand auch auf, womit sie mich um ein paar Millimeter überragte. »Uns ist sowieso eben ein Thema weggebrochen. Lass uns das morgen früh machen. Das wird witzig mit Robert. Vielleicht machen wir noch eine Höreraktion dazu.«

Für eine Sekunde stellte ich mir vor, was ich mit Diane anstellen würde, wenn ich Toiletten-Terroristin wäre und sie eine Toilette. Vermutlich hätte ich auch ein kriegerisches Thema gewählt.

»Diane hat Recht«, sagte er und ich meinte, auf Waldemars Gesicht so etwas wie ein Lächeln zu erkennen, doch vielleicht täuschte ich mich. »Für den Abend ist das nichts.«

Triumphierend entfernte Diane den Magnetstreifen mit dem geplanten Interview aus dem Zuständigkeitsbereich der Abendsendung und setzte ihn mit einem gut hörbaren Knallen in den oberen Teil der Tafel, in ihre eigene Sendung. Dann klatschte sie ein paarmal selbstzufrieden in die Hände.

»Ich habe die Nummer des Galeristen in meinem Büro, wir haben schon ein Vorgespräch geführt«, log ich und versuchte meine bebende Stimme unter Kontrolle zu halten. »Ich rufe ihn nur eben an und sage Bescheid. Er ist etwas scheu und will sich sicher nicht von *jedem* ausfragen lassen.«

Als ich wieder in meinem Büro saß und Dartpfeile auf

den wehrlosen Westernhagen schleuderte, fragte ich mich, ob Cathy Dennis nachtragend ist. Sie war Anfang der 90er Jahre erfolgreicher britischer Popstar und hat später den Song *Can't get you out of my head* geschrieben, den Kylie Minogue 2001 an die Spitze der Charts trällerte. Cathy Dennis verfügt über eine nette Stimme und hätte mit dem Song vermutlich ihr Comeback geschafft, doch wie der Zufall es wollte, musste damals wohl Kylie Minogue ins Londoner Aufnahmestudio spaziert sein, als Cathy gerade ihre Komposition einsingen wollte. Der kleinen Australierin gefiel der Song sofort, und sie witterte einen großen Hit.

»Ein Mörder-Song, den du da geschrieben hast, Sweetie!«, flötete die Frau, die in den 80er Jahren noch in dem bösen Verdacht stand, ein zu schnell abgespielter Rick Astley zu sein.

»Aber weißt du, ich würde den Song sicher doppelt und dreifach verkaufen, denn mal ehrlich: Keine Sau erinnert sich an Cathy Dennis.«

Der gemeinsame Plattenboss der Mädels war schnell überzeugt, und so wurde die sympathische Frau Dennis fies ausgebootet. Ja, so musste es gewesen sein. Ich konnte ihre Verärgerung sehr gut nachfühlen.

Das Interview, das Diane und der große Robert Dieterle mit dem näselnden Galeristen Friedbert-Maria Hirschfeldt führten, wurde ein voller Erfolg und brachte dem Sender ein ansehnliches Presseecho ein. Es lief alles wie geplant, darum war es mir letztlich sogar recht, dass das Thema in der Morningshow gelandet war, wo es das größtmögliche Publikum erreichte. Schließlich wollte ich vor allem eines: die Aufmerksamkeit des *Klo*wns auf Hirschfeldt lenken.

»Könnten Sie sich vorstellen, dass dieser Mann seine Toiletten in Ihrer Galerie ausstellt?«, hatte Robert zum Abschluss gefragt.

»Aber warum denn nicht?«, rief Hirschfeldt. »Sehen Sie, ich halte den Mann für ein großes Talent. Und es wundert mich natürlich nicht, dass die Kleingeister bei der Bahn nicht imstande sind, das zu würdigen, geschweige denn: zu fördern. Von der Doppeldeutigkeit der Sprache verstehen die nichts, von doppeldeutigen Tarifsystemen dagegen eine Menge. Nun, weil dem bedauerlicherweise so ist, will ich an dieser Stelle eine Belohnung aussetzen. Wie Sie wissen, hat die Bahn angekündigt, demjenigen 10 000 Euro zu zahlen, der den entscheidenden Hinweis zum Auffinden des Künstlers gibt. Nun, ich erhöhe die Summe und zahle das Doppelte.«

Ein intensives Vorgespräch ist die halbe Miete. Ein Vögelchen hatte dem Galeristen Hirschfeldt unter dem Siegel der Verschwiegenheit vorab geflüstert, in welchem Geschäft der Künstler sein Arbeitsmaterial bezog. Ohne auf Hinweise aus der Bevölkerung angewiesen zu sein, könne man so schnell und einfach auf den Künstler zugreifen und sich die Belohnung sparen. Allerdings, fügte das Vögelchen hinzu, käme man fairerweise nicht umhin, einen Teil des versprochenen Geldes an die Bahn zu zahlen. Auf diesem Weg könne man sie möglicherweise dazu bewegen, die Anzeige gegen den Künstler zurückzuziehen.

Hirschfeldt zögerte noch, murmelte in seiner nasalen Art etwas von Risiko und »sehr viel Geld«. Er ließ sich erst von dem listigen Vögelchen überzeugen, nachdem es seinen Trumpf aus dem Flügel gezogen hatte: Dass es nämlich schon bei zahlreichen anderen Galerien angefragt und überall sehr aufgeschlossene Ansprechpartner angetroffen hätte.

# Kapitel 12

*»Ekelhaftes Video, aber ein wunderschöner Song von Robbie Williams:* I come undone *– um gleich zehn vor acht!«*
*»Apropos Ekel, Diane. Weißt du, was Robbie gesagt hat auf die Frage, was das Merkwürdigste sei, was er jemals von einem Fan bekommen habe?«*
*»Nein, was?«*
*»Herpes.«*

Die Buchstaben waren ordentlich ausgeschnitten und fein säuberlich auf einen Zettel geklebt, wie auf einer unsichtbaren Linie.

*»Der* Klo*wn schlägt am nächsten Mittwoch wieder zu«*, lautete die Botschaft. Der Brief war mit der Post gekommen, anbei ein Faltblatt der Deutschen Bahn, ›Ihr Reiseplan‹. Der Absender hatte im Innenteil die Wagennummer des Zuges markiert. Dort sollte offenbar der nächste Anschlag stattfinden. Man hatte freundlicherweise ein Ticket beigelegt (ohne Rückfahrt) und mir sogar einen Sitzplatz reserviert. Es handelte sich um die übliche Verbindung zwischen Berlin und Hannover. 8.41 Uhr ab Ostbahnhof.

»Da stimmt was nicht«, sprach Gabby meinen Verdacht aus, als ich ihm beim Mittagessen den anonymen

Brief zeigte. »Warum schickt man ausgerechnet *dir* diesen Hinweis?«

»Weil ich so nett und vertrauenswürdig bin«, sagte ich beleidigt und stibitzte eine Olive aus seinem Salat.

»Schatz! Die Bahn hat eine hohe Belohnung ausgesetzt. Dieser angebliche Kunstexperte hat eine noch höhere Belohnung ausgesetzt. Und was hast du zu bieten?«

»Ich könnte es dir erklären, aber ich fürchte, das ist vergebene Liebesmüh.«

Gabbys Augen fuhren Karussell. »Gib den Brief der Polizei – du wirst reich und hast deine Ruhe! Außerdem kannst du deinen Schwarm jederzeit im Gefängnis besuchen, dort läuft er dir wenigstens nicht weg.«

»Du meinst, ich soll nicht fahren?«, sagte ich und hörte großzügig über seine Frechheiten hinweg. Gabby machte mir das wundervolle Geschenk, mir genau das zu raten, was ich hören wollte.

»Lass es lieber. Du landest sonst bloß wieder in irgendwelchen dunklen Kellern und die Moi muss dich retten.«

»Meinst du, es ist vielleicht eine Falle?«, machte ich auf naiv.

Gabby nickte.

»Meinst du vielleicht, ich sollte einen Mann zur Unterstützung mitnehmen?«

Gabby überlegte kurz und nickte dann wieder, aber deutlich weniger enthusiastisch.

»Danke«, rief ich und griff nach seiner Hand. »Ich wusste, du würdest mich nicht im Stich lassen! Meinst du, du bekommst am Mittwoch frei?«

Gabby brauchte einen Moment, bis er verstand, worauf ich hinauswollte. Dann zog er ein Gesicht, als hätte ich ihm einen Heiratsantrag gemacht unter der Bedingung, dass nur eine von uns im Kleid erscheinen dürfe.

»Tut mir Leid, Schatz, aber das bring ich nicht. Hast du die blutverschmierte Hand vergessen, die man dir geschickt hat? Die Moi braucht ihre zehn Fingerchen noch.«

Ich umschloss seine zehn Fingerchen mit meinen Händen und blickte ihm tief in die Augen. »Wir teilen auch die Belohnung!«

»Einverstanden«, sagte er, und seine Miene hellte sich augenblicklich auf. »Weißt du schon, was du mit deinen 25 Prozent anfängst?«

Das Interview mit dem Galeristen hatte ein Nachspiel. Johannes empfing mich am Dienstag mit ernster Miene an seinem Schreibtisch, ein schlechtes Zeichen. Er wirkte müde, unter seinen Augen verliefen dunkle Schatten.

»Du hast mich da in eine missliche Lage manövriert«, sagte er.

»Es war doch deine Idee? *I'm sure, it was. I'm positive*«, BJ Bob nickte, er wirkte umso wacher.

Ich versuchte mir vorzustellen, was schief gelaufen sein mochte. Musste sich Johannes mit Beschwerden der Bahn herumschlagen? Oder hatte Hirschfeldt das Vögelchen in die Pfanne gehauen? Dann würde ich mir schnell eine gute Geschichte einfallen lassen müssen, wie ich an das Beweismaterial gekommen war und warum ich nicht die Polizei informiert hatte.

»Ich gebe zu, die … mein Vorgehen war etwas …«, stotterte ich und wurde sofort von Johannes unterbrochen.

»Das war eine typische Franka-Aktion«, sagte er, und

die Eiswürfel in seinem Whiskey klirrten, als er aufstand. »Waldemar hat mir alles erzählt.«

»Aber es hat doch wunderbar geklappt«, sagte ich verärgert, denn ich fand, ich hatte etwas mehr Dankbarkeit verdient. »Auch die Sache mit der Belohnung.«

»*Du* hast diesen Irren auf die Idee gebracht?« Etwas in der Art, wie Johannes es sagte, irritierte mich. Auch der erstaunte Blick von BJ, der eine Menge von Radio verstand, hielt mich davon ab, weitere Details preiszugeben, solange nicht klar war, was die beiden eigentlich wussten.

»Ich sage es nicht gern«, setzte Johannes an, hielt dann aber inne, um ausgiebig zu gähnen. »Aber ich habe ein schlechtes Gewissen. Du weißt, was ich von dir und deiner Arbeit halte.«

Ich vergaß vor lauter Angst das Nicken. Im Hintergrund liefen leise die Zwölf-Uhr-Nachrichten.

»Die Belohnung, die dieser durchgeknallte Kunst-Spinner ausgesetzt hat; überhaupt die ganze Umsetzung des Interviews plus Pressearbeit – das steht unserem Programm ausgezeichnet. Und das will ich endlich honorieren.«

Johnnies Augen tränten. Er wischte flüchtig über sein vernarbtes Gesicht, dann goss er sich Whiskey nach. Beim Trinken fiel ihm auf, dass er mir nichts angeboten hatte und griff nach dem Hörer, um Tine zu rufen. Ich lehnte ab und fragte Johannes, was er unter ›honorieren‹ verstand. Einen kurzen Moment starrte er mich geistesabwesend an, als sei er mit offenen Augen eingeschlafen. Irgendetwas stimmte nicht mit ihm. Johannes hatte Probleme – und der immer dominanter werdende BJ Bob stand weiter unten auf der Liste. Die Redaktion spöttelte inzwischen offen über das merkwürdige Verhältnis von Johannes und BJ, den man als eine Art Guru betrachtete. Gabby hatte vor kurzem auf der Toilette den Spruch entdeckt: »... und am achten Tag erschuf Gott BJ Bob«, und behauptete, er habe Roberts Handschrift erkannt.

Ich wiederholte meine Frage.

»*Tell her*«, sagte BJ und lief zu Johannes, als müsse er 50 Cent nachwerfen. Der Boss trat wie in Trance zum Fenster und steckte seinen Kopf weit hinaus, scheinbar wollte er springen. Schließlich kehrte er wieder hinter seinen Schreibtisch und hielt sich an der Lehne seines Stuhls fest, um fortzufahren: »Es sind nur noch ein paar Wochen bis zur Programm-Reform. Das ist eine gute Gelegenheit für personelle Veränderungen. Es wird dann zwei Teams am Morgen geben. Ich will, dass du abwechselnd mit Diane moderierst. Keine Widerrede! Es ist bereits entschieden. Die letzten Widerstände sind gefallen. Nicht bei Diane natürlich, aber das soll nicht dein Problem sein.«

Dianes Widerstände konnte ich mir gut vorstellen. Beim nächsten Mal würde sie mit ihrem Motorrad sicher besser zielen.

»Was hast du?« Johannes betrachtete mich erwartungsvoll, und BJ zwinkerte mir mit einem breiten Grinsen zu. Doch mit Freudensprüngen und Jubelschreien konnte ich nicht dienen. Zwar war ich erleichtert, dass man meine Rolle in der Toilettengeschichte nicht vollends aufgedeckt hatte, aber ich war mit meinen Gedanken schon im Zug, meinem geheimnisvollen Küsser auf den Lippen ... äh ... Fersen.

Ich schenkte Johannes ein bescheidenes Lächeln und

sagte: »Ich freue mich wirklich. Ich freue mich auch darauf, wieder mit Robert zusammenzuarbeiten. Es war zu Anfang etwas schwierig mit uns, aber das hat sich schnell gelegt.«

»Ach, das muss ich vergessen haben: Du bekommst deinen eigenen Sidekick. Robert wird nur noch einen halben Monat moderieren«, erklärte Johannes, während er mich zur Tür begleitete, und für einen Moment übernahm der 16-jährige Schlaks wieder die Herrschaft. »In den beiden anderen Wochen kann er sich ausruhen.«

Im Hintergrund pfiff BJ Bob eine Melodie, die entfernte Ähnlichkeit mit der Ode an die Freude hatte.

Es war Mittwochmorgen, 8.41 Uhr, und wer nicht am Gleis erschien, war Gabby. Der Zug quälte sich gerade träge aus dem Ostbahnhof, als mich sein Anruf ereilte, er sei soeben mit einem Riesenkater in einer Wilmersdorfer Absteige aufgewacht neben einem Typen, den er noch nie im Leben gesehen habe und den er auch nicht fragen könne, wie er dorthin gekommen war, weil er weder Deutsch noch Englisch sprach und auch auf seine türkische Ansprache nicht reagierte.

Das geschah Gabby ganz recht, fand ich und ließ mich auf dem mir zugedachten Platz nieder, der eine hervorragende Sicht auf den Einstieg des Wagens und den Gang vor den Toiletten bot – quasi Loge. Hier sollte sich also das Spektakel abspielen, direkt vor meinen Augen. Mein Gegenüber hatte von alldem keine Ahnung und verschwand schon nach wenigen Minuten hinter seinem Laptop. Nur am Zoologischen Garten tauchte er einmal kurz auf, um seine Steckdose erfolgreich gegen einen anderen Laptop-Besitzer zu verteidigen. Der Besiegte zog weiter.

Danach kehrte wieder Ruhe ein, und ich konnte ungestört die Toilettentüren observieren. Männer in geschmacklosen Anzügen gaben sich mit Männern, die besonders hässliche Krawatten trugen, die Klinke in die Hand. Auf junge Frauen in schlecht sitzenden Kostümen folgten bis zur Unkenntlichkeit überschminkte alte Frauen in teuren Kostümen, die auf der Toilette Rouge nachlegten. Mein Zug-Küsser ließ auf sich warten.

Zwei Kinder tollten kreischend durch den Zug. Ein kleiner Junge versuchte, ein etwas älteres Mädchen an den Haaren zu erwischen, doch sie war schneller als ihr Verfolger.

»Ich hasse Kinder«, sagte eine Frauenstimme hinter mir.

»Echt?«, sagte eine zweite.

»Darum habe ich auch keine«, erklärte die Kinderhasserin.

»Unser Sohn und seine Freundin haben jetzt Ratten«, wurde sie von der zweiten informiert, als die kreischenden Kinder zurückkehrten.

Zwei Bahnhöfe später kam ich ins Grübeln. Vielleicht hatte ich mich getäuscht. Möglicherweise hatte mein wohlriechender Zug-Küsser mit alldem gar nichts zu tun und der *Klo*wn war jemand komplett anderes. Jemand, der dem armen Zug-Küsser zum falschen Zeitpunkt über den Weg gelaufen war und ihn zu seinem Komplizen gemacht hatte. Der wiederum hatte keinen anderen Ausweg gewusst, als den Rucksack mit den Beweisstücken an eine dumme Dritte weiterzugeben und so die Spur vollständig zu verwischen.

Aber wer war dann der *Klo*wn? Trug er teure Anzüge oder schlecht sitzende Krawatten? Oder war der *Klo*wn am Ende eine Frau? Demnach hätte sie die Schaufensterpuppenhand persönlich bei der Pförtnerin abgegeben. Aber wer war dann der Mann, den Marcos Hunde vertrieben hatten?

Ich musste nachschauen. Sobald jemand die Toilette verließ – und machte er einen noch so harmlosen Eindruck –, lief ich hinterher. So kam ich im Schnitt alle zehn Minuten auf einen Toilettenbesuch. Die Fahrgäste verfolgten mich schon mit mitleidigen Blicken. Kurz vor Hannover konnte ich stolz dem Schaffner melden, dass die Papierhandtücher aus waren. So hatte meine Wachsamkeit letztlich doch noch einen gesamtgesellschaftlichen Nutzwert.

In Hannover stieg ich enttäuscht aus und nahm den ersten Zug zurück.

—

»Strafe muss sein«, dröhnte die Stimme der Mutter, schon als Leif ein kleines Kind war. Wenn er neugierig auf heiße Herdplatten fasste und sich die Fingerspitzen verbrannte. Wenn ihm die Katze der Nachbarn aus dem Haus an der Hauptstraße den Arm zerkratzte, weil er ihr beim Spielen auf dem Friedhof einmal zu oft am Schwanz gezogen hatte. Oder wenn er mit blutigen Lippen und zerrissenen Hosen von der Schule kam, weil seine Mitschüler ihm unterwegs aufgelauert hatten.

»Wahrscheinlich hast du sie provoziert, Dösi«, hatte seine Mutter dann gehöhnt und ihn auf sein Zimmer geschickt. Gefolgt von dem altbekannten Refrain, inbrünstig vorgetragen: »*Stra-hafe muss sa-hein.*«

Nach dem Besuch der Prinzessin hatte sich die Mutter nicht lumpen lassen und in der Küche die alte Arie geschmettert. »Das hast du jetzt davon. Du Dösi hast doch nicht wirklich geglaubt, dass diese arme Frau etwas mit dir anfangen würde!« Dann war sie in einen ihrer schlimmen Hustenanfälle ausgebrochen. »Die spielt doch fünf Ligen über dir!«, röchelte sie, als sie wieder Luft bekam.

*Strafe muss sein.* Seine Mutter hatte ja Recht. Hätte Leif sich an jenem Abend auf dem Parkplatz nicht so dumm angestellt und hätte er rechtzeitig die Flucht ergriffen, wäre er nicht von den Hunden angefallen worden. Und wäre er rechtzeitig zum Arzt gegangen, dann hätten ihm die Schmerzen und das Fieber nicht so zugesetzt. Seiner Mutter hatte er erzählt, er sei bei der Arbeit umgeknickt. Die hatte nur den Kopf geschüttelt und verächtlich »Ganz der Vater« gemurmelt. »Zu dösig, einen Schritt vor den anderen zu setzen.«

Leif hasste es, wenn seine Mutter schlecht von seinem Vater redete. Natürlich spielte sie auf dessen Unfall an. Es geschah an einem Sonntag, die Familie wollte zu einem Spaziergang aufbrechen. Seit Tagen hatte es ohne Unterbrechung geregnet, doch am Morgen hatte sich das Wetter endlich beruhigt, und sogar die Sonne zeigte sich. Leif hatte keine Lust, spazieren zu gehen, und bat darum, zu Hause bleiben zu dürfen, um mit seinen Matchbox-Autos zu spielen. Doch seine Mutter bestand darauf, dass die Familie wenigstens am Sonntag etwas zusammen unternehmen sollte, und schickte Leif zum Schuheanziehen in sein Zimmer.

Der Spaziergang fand nie statt. Sein Vater hatte beim Zähneputzen einen Zahnpasta-Fleck auf seiner Hose entdeckt und wollte sich schnell umziehen, bevor seine Frau etwas bemerkte. Also lief er in den Keller, wo sich neben der Waschmaschine auch ein Trockenraum befand; dort hoffte er, eine frische Hose zu finden. Leifs Vater hatte die Angewohnheit, mit der Zahnbürste im Mund durch das Haus zu laufen und Sachen zu erledigen, die ihm gerade in den Sinn kamen. Das Gezeter seiner Frau, die ihn davor warnte, überall auf dem Boden Zahnpastaflecken zu hinterlassen, ignorierte er dabei. Doch er war vorsichtig, und es gab nie einen Grund zur Klage, was seine Frau nicht davon abhielt zu schimpfen. Dieses eine Mal aber war er nicht vorsichtig genug. Auf dem Weg in den Keller, die steile Treppe hinunter, war er über ein Auto gestolpert, das Leif auf der Stufe vergessen hatte. Die Bürste, die sein Vater wie gewohnt noch im Mund trug, durchbohrte beim Sturz seine Halsschlagader; der Schmerz machte ihn bewusstlos. So erstickte er an seinem eigenen Blut, das ihm in den Mund lief. Seitdem hatte Leif den Keller nicht mehr ein einziges Mal betreten. Bis zum Besuch der Prinzessin.

Von der verpatzten Begegnung hatte er seinem toten Vater per SMS berichtet. Und zum ersten Mal war eine Antwort gekommen.

*»Du perverse Sau. Noch so eine ekelhafte SMS und ich gehe zur Polizei. LASS MICH ENDLICH IN RUHE!!«*

Wer auch immer das geschrieben hatte – Leif zog es vor, seine Geheimnisse von nun an für sich zu behalten. Zum letzten Mal wählte er die Nummer der Prinzessin. Er wollte sich entschuldigen, ihr alles Gute wünschen, und vielleicht, wenn es gut lief, würde er sie noch mal nach dem Autogramm fragen.

In zehn Minuten fuhr sein Bus. Vor der Arbeit musste er zum Arzt, den Verband an seinem Fuß wechseln. Er sorgte für Ordnung in seiner Hose, wo es ihm vor Aufregung eng geworden war.

»Kein Anschluss unter dieser Nummer«, informierte ihn eine metallische Stimme.

Leif wählte erneut, und diesmal ertönte ein Freizeichen.

Als Wiebke am Nachmittag in mein Büro platzte, erschrak ich fast zu Tode. Ich war dabei, ein Interview zu schneiden, das ich nach der Rückkehr von meiner gescheiterten Mission aufgezeichnet hatte, und trug Kopfhörer auf den Ohren, verzweifelt bemüht, brauchbare Sätze zwischen den Äähs meines Gesprächspartners herauszufiletieren.

»Sie haben ihn«, wiederholte sie laut, obwohl ich die Kopfhörer inzwischen abgesetzt hatte. »Den *Klo*wn. Sie haben ihn heute Morgen endlich erwischt.«

Wäre sie der Gesprächspartner in meinem Interview gewesen, hätte ich mich sofort darangemacht, das Wort ›endlich‹ aus ihrem letzten Satz zu entfernen. Man hätte es bei der Ausstrahlung gar nicht bemerkt, da das Folgewort mit dem gleichen Vokal anfing – kleines Radio-Einmaleins. Über meinen Schreibtisch hinweg sahen wir einander an. Es war totenstill, ganz unvermittelt, wie in Roxettes *The look*, kurz vor dem Ende. Einer ganzen Generation von Moderatoren blieb damals das Herz stehen, als sie den Song zum ersten Mal spielten, denn es ist überhaupt nicht lustig, wenn die Musik abbricht, obwohl das Display des CD-Players noch über 40 Sekunden anzeigt.

Sie hatten ihn heute Morgen erwischt? Unmöglich! Ich hatte doch die ganze Zeit im Zug gesessen!

Ich beeilte mich, die Agenturmeldung zu lesen, die Wiebke mir unter die Nase hielt und die das Ende des »Toiletten-Terrors« bei der Bahn verkündete. Eine Nachlässigkeit, so hieß es, sei ihm zum Verhängnis geworden.

*»Als der Schaffner ihn kurz hinter Leipzig aufforderte, seine Fahrkarte vorzuzeigen, rannte der Täter davon. Dabei fielen ihm mehrere Spraydosen aus der Tasche. Kurz zuvor hatten sich mehrere Fahrgäste über die Graffitis an den Wänden mehrerer Toiletten beschwert. Der Täter im Alter von 23 Jahren, über dessen Identität noch nicht mehr bekannt wurde, soll heute dem Haftrichter vorgeführt werden.«*

Es folgte eine Chronik über die bisher bekannt gewordenen Fälle.

»Das ist doch was für deine Sendung, oder?«, krächzte Wiebke und fuhr sich vor Aufregung durch die Haare, die seit neustem so wasserstoffblond waren, dass es mich blendete, als ein verirrter Sonnenstrahl in mein Büro fiel. Ich las die Meldung erneut und fand schließlich wieder in den Takt. *Nanananananah, nanana-nah, nanananananah* … Erleichtert lehnte ich mich in meinem Stuhl zurück und sagte, ganz Waldemar: »Nein, das ist ein klassisches *Fernseh*thema.«

»Aber letzte Woche … dieser Galerist … die Belohnung!«, begehrte Wiebke auf. Sie konnte es nicht fassen, dass ich arrogante satte Kuh von einer künftigen Morningshow-Moderatorin ihr ein Thema kaputtreden wollte. Wir A-Hörnchen mussten doch zusammenhalten!

»Sie haben nichts verstanden, nicht bei der Bahn und nicht bei der Polizei«, sagte ich geheimnisvoll und verschwand vergnügt wieder unter meinem Kopfhörer.

»Vergiss es!«, wiederholte ich etwas später gegenüber Diane. Nach allem, was passiert war, bat sie mich um meinen Rat. Sie wollte ernsthaft von mir wissen, wie ich die aktuelle Entwicklung in Sachen Toiletten-Terror einschätzte!

»Warum?«, fragte sie, und ich spürte Wiebkes triumphierende Blicke.

»Sie haben den Falschen«, sagte ich schlicht.

Diane stemmte in einer Geste voller Hohn und Verärgerung ihre Hände in die Hüften, während ich erklärte, dass ich es für extrem unwahrscheinlich hielt, dass jemand, der sonst Schaufensterpuppen zersägte, um damit das politische Weltgeschehen zu kommentieren, auf einmal als pubertärer Sprayer durch die Gegend zog. Vor allem war der vermeintliche *Klo*wn, von dessen Festnahme die Nachrichtenagenturen berichteten, viel zu jung und küsste sicher nicht so gut, aber das behielt ich natürlich für mich.

Diane beobachtete mich genau und begann langsam zu nicken. »Wiebke«, sagte sie dann, ohne mich aus ihrem Blick zu entlassen, »gerade fällt mir ein: Waldemar hat dich gesucht. Wegen eines Beitrags, den er nicht finden kann.«

Ihre gnadenlose Schwester überhörte die unmissverständliche Aufforderung, das Büro zu verlassen, und griff zum Telefon. »Wie war noch seine Durchwahl?«, krächzte sie naiv.

»Zwei, vier, zwei, fünf«, sagte ich, denn ich wollte nicht mit Diane allein sein. Ihr Blick gefiel mir nicht.

Diane nahm Wiebke den Hörer aus der Hand. »Du gehst besser persönlich zu ihm«, sagte sie. Es war exakt der gleiche Tonfall, den die Zivis anschlagen, wenn sie meiner türkischen Nachbarin ihr Essen auf Rädern bringen und Frau Sezgin zum 100. Mal versucht, den Jungs klarzumachen, dass sie kein Schweinefleisch isst: *»Ben domuz eti yemiyorum!!«*

Nachdem Wiebke die Tür hinter sich geschlossen hatte, schob sich Diane auf Prilops Schreibtisch und legte beide Telefonhörer neben die Apparate, damit uns niemand störte. Ich versuchte, meine Nervosität zu überspielen, und seufzte theatralisch. »Endlich allein«, hauchte ich.

Diane lächelte, kurz nur. Dann steckte sie sich eine Zigarette an und zog ein paarmal, bevor sie antwortete. Die Sonne, die durch das Fenster fiel, ließ ihre Hucknell-Mähne glühen wie ein wildes Feuer im Zeltlager. »Du weißt mehr, als du zugibst«, sagte sie unbeeindruckt.

Mit Witzchen kam ich offensichtlich nicht weiter. Also nahm ich meinen Mut zusammen, bot Diane die Stirn und sagte: »Ich glaube eben nicht alles, was Reuters und dpa melden. Ganz im Gegensatz zu manchen Kollegen.«

Diane zog kurz an ihrer Zigarette. »Hört! Hört! Die große Journalistin, der niemand etwas vormachen kann«, spottete sie durch eine dichte blassblaue Wolke. Es war ein Wunder, dass der Zigarettendunst nicht auf der Stelle gefror, so eisig war es im Raum geworden. »Ich bewundere dich später, wenn ich Zeit habe.«

Ich hatte nicht vor, mich von ihr verhöhnen zu lassen, und unterbot den Gefrierpunkt um ein gutes Stück. »Ich habe noch andere Sachen zu erledigen, Diane. Warum kommst du nicht endlich auf den Punkt? Oder hat dir das Robert immer noch nicht beigebracht?«

Ein schwaches zynisches Lächeln durchzuckte ihre Mundwinkel.

»Wir Radioleute nennen das *Teasen*, Prinzessin: Spannung aufbauen. Natürlich erreicht man damit nur sensible Gemüter. Ich kann mir absolut vorstellen«, sie rauchte einen weiteren langen Zug und hielt die Kippe vor sich in die Luft, um sie zu betrachten, »dass man als Telefonsexnutte ziemlich abstumpft.«

*Skirrr!* Ein unsichtbarer Pfeil traf mich in der Magengegend. Für einen Moment vergaß ich zu atmen. Ein Tritt in den Unterleib hätte sich nicht schlimmer anfühlen können. Meine Wangen brannten, meine Augen begannen zu flimmern. »Kann sein«, sagte ich und versuchte, ein ahnungsloses Gesicht zu machen. »Aber warum erzählst du mir das?«

Genüsslich berichtete Diane von Leifs Anruf. Er habe verzweifelt geklungen, weil ich nicht da gewesen sei. Also hatte sie sich als meine beste Freundin ausgegeben und von ihm wertvolle Informationen erhalten, die sie wirkungsvoll gegen mich einsetzen konnte. Sie wusste sogar, dass ich etwas in MDs Grab verscharrt hatte.

»Zu schade, dass Johnnie dich gerade jetzt in die Morningshow holen will«, sagte sie schließlich und griff nach dem Telefonhörer.

»Was hast du vor?«, fragte ich in demselben beiläufigen Tonfall, mit dem ich mich sonst nach dem Erscheinungsdatum der neuen Westernhagen-Platte erkundigt hätte, und fasste sie an den kalten Handgelenken. Diane befreite sich aus meiner Umklammerung, indem sie aufstand, und ein vernichtender Blick fiel mit voller Wucht auf mich herab. *Ka-wumm*! Da war er wieder, dieser dumpfe Aufprall, frisch nach der Kastration.

»Warum sollte sich irgendjemand dafür interessieren?«, versuchte ich kleinlaut, die Geschichte herunterzuspielen. »Es ist Jahre her. Außerdem würde Leif niemand glauben. Sein IQ liegt unterhalb der Zimmertemperatur.«

»Ich *habe* ihm geglaubt«, sagte Diane mit ihrem abgestandenen Lächeln. Ihr Gesicht war komplett zugefroren. »Und du weißt: In diesem Laden reicht die Spur eines Verdachts.«

»Gehst du zu Johannes?«, fragte ich.

Diane stand vor dem Spiegel am Waschbecken und wischte sich eine Wimper aus dem Gesicht. »Nein. Wir wollen den Armen nicht mit so einer schmutzigen Geschichte belasten, er hat genug Sorgen. Sag ihm einfach, du verzichtest auf die Morningshow. Ich gebe dir eine Woche Zeit. Bis Mittwoch. Andernfalls erfährt er alles.«

Da war er wieder, der Part, an dem die Musik abbrach und nervöse Stille den Raum erfüllte. Nur dieses Mal blieb es dauerhaft still.

Die Zeit verstrich. Ich schickte die schlechtesten Sendungen meines Lebens über den Äther und hätte das größte Verständnis dafür gehabt, wenn man mich deswegen –

und nicht ob meines Vorlebens – entlassen hätte. Es half nicht mal, zur Erinnerung das Wort »Lächeln« in großen Buchstaben auf meine Moderationszettel zu schreiben. Ich konnte schlicht nicht. BJ, der eine Menge von Radio verstand, hielt das nicht davon ab, jeden Abend ins Studio zu kommen, kurz bevor er den Sender verließ. Mit den Worten *»Great Show!«* zeigte er mir seinen ausgestreckten Daumen und zog ebenso fröhlich wie falsch pfeifend wieder ab.

Sodom blieb verschwunden. Die Zettel, die ich in der Straße ausgehängt hatte, waren längst vom Regen verwaschen und auch seine türkische Herbergsmutter, meine Nachbarin Frau Sezgin, konnte mir nicht helfen. Gomorra empfing mich jeden Abend mit großen Augen an der Tür, in der Hoffnung, ich würde ihm seinen besten Kumpel wiederbringen. Obwohl ich Angst hatte, Gomorra ebenfalls zu verlieren, traute ich mich nicht, die Klappe am Balkon zu verschließen, für den Fall, dass Sodom wieder auftauchte und hereinwollte.

Ich lag jede Nacht wach, und wenn ich doch endlich einschlief, suchte mich Diane im Traum heim und richtete mich auf offener Straße mit einem Maschinengewehr hin, wie das Mitglied einer verfeindeten Hip-Hop-Gang von der amerikanischen Ostküste, und ich wachte schweißgebadet wieder auf. Mit der Kehrwoche war ich fertig geworden, aber Diane war eine Nummer zu groß für mich. Am Ende der Woche hatten meine Augenringe die Knie erreicht. Jörn schien das nicht zu kümmern, er setzte seinen allabendlichen Angriffskrieg fort. Dabei hatte er ein leichtes Spiel. »Du hast Ärger mit Diane«, sagte er, als ich seinem Begrüßungskuss auswich.

»Was hat sie dir erzählt?«, wollte ich wissen und duldete seine Hand in meinem Nacken. Die Massage tat gut. Erschöpft schloss ich die Augen. Es war Freitagabend, endlich Wochenende. Ich wollte nur noch ins Bett und bis Montagmorgen niemanden sehen oder hören.

»Wir reden nicht mehr viel«, sagte er und schob seine Hand unter meinen Pullover. Jörn war im Lügen ebenso schlecht wie im Moderieren, was ja manchmal das Gleiche ist.

»Willkommen im Club«, sagte ich und befreite mich aus seinen Armen. »Das Einzige, was mir Diane im Moment zu sagen hat, ist: Die Morningshow bin ich.«

»Diane glaubt auch, dass sie der Sender ist. Und du bist trotzdem reingekommen«, entgegnete Jörn und öffnete den Regler für die Nachrichten, noch bevor ich etwas erwidern konnte. Es war 22 Uhr.

Später lag ich im Bett und starrte ins Dunkel. Das Radio spielte leise einen Song von Coldplay, ein Abgesang auf mein gescheitertes Leben. Ich konnte nicht einschlafen, konnte nicht aufhören zu denken. Jörn wusste mehr, als er zugab. Hatte Diane ihm von ihrem Gespräch mit Leif erzählt? Möglicherweise war bereits die halbe Redaktion eingeweiht.

Nein, dieses Mal schwieg Diane, das wurde mir schlagartig klar. Nicht aus Sympathie natürlich. Aber sie musste wissen, dass ihr Triumph umso größer sein würde, je weniger Kollegen sie vorher in ihr Geheimnis einweihte. Außerdem konnte sie mich am besten demütigen, indem sie von mir verlangte, dass ich mich selber bei Johannes anzeigte. Und Jörn hatte keine Ahnung. Sonst hätte er auf seine einfühlsame Art auch längst etwas durchblicken lassen. Aber er kannte Diane länger und vermutlich besser als ich.

Ich schaltete die Nachttischlampe an und setzte mich auf. Was hatte Jörn damit gemeint, als er mir nachrief, ich sei trotz Diane in den Sender gekommen?

Er war sofort am Telefon. »Warum hast du nicht im Studio angerufen? Dann hätte ich direkt zu dir fahren können. Jetzt bin ich zu Hause.« Es war um ein Uhr nachts nicht wirklich überraschend, dass er davon ausging, dass ich jetzt dringend mit ihm schlafen wollte. »Ich kann in 15 Minuten bei dir sein«, sagte Jörn, nachdem ich nicht reagiert hatte.

»Nein«, protestierte ich schnell und verließ mein Bett. »Lass uns einfach nur telefonieren.«

»Verstehe«, sagte er mit einem kurzen Lachen, das mehr wie ein Keuchen klang. »Wie du willst. Was hast du gerade an?«

Es war nicht zu fassen. Jörn schreckte vor nichts zurück. Das war die älteste Anmoderation für ein Telefonsex-Gespräch. Und das mir!

»Nicht mehr viel«, antwortete ich wie aus Reflex. Es funktionierte noch, nach all den Jahren. Ich zog eine Strickjacke über und lief in die Küche. »Und selber?«, fragte ich, um Zeit zu gewinnen.

Was bezweckte Jörn? Vielleicht wusste er doch mehr, als ich vermutete. Oder war er einfach nur hoffnungslos untervögelt? Ich hörte ihm kaum zu. »Und wie geht's jetzt weiter?«, fragte ich, nachdem nur noch sein beschleunigter Atem zu hören war.

Jörn lachte leise. »Sag bloß, du hast es noch nie am Telefon getrieben«, sagte er.

Ich hatte plötzlich Hunger und öffnete den Kühlschrank, als ein Kater an meinen Beinen vorbeistrich. Ich bückte mich, um ihn aufzuheben, da fiel mir sein glänzendes schwarzes Fell auf. Sodom war wieder da! Er maunzte fordernd, als sei er nie fort gewesen.

»Was war das?«, fragte Jörn.

»Man könnte sagen, meine Muschi hat Appetit«, antwortete ich überglücklich und kraulte Sodoms Nacken.

»Wie bist du denn drauf, Puppe?«, freute sich Jörn. Dann sagte er: »Okay, ich nehme jetzt meinen Schwanz in die Hand und stell mir vor, es ist dein Mund.«

»Schön«, sagte mein Mund und nahm ein Stück Käse aus meiner Hand entgegen. »Ist es gut so?«, fragte ich leise, schloss die Kühlschranktür wieder und servierte Sodom ein leckeres Willkommensessen.

»Geil«, hörte ich Jörn am anderen Ende der Leitung stöhnen. »Wie gefällt das deiner Muschi?«

Ich betrachtete Sodom zufrieden bei der Einnahme seines Abendessens und musste mich beherrschen, um nicht vor Lachen zusammenzubrechen. Stattdessen zog ich laut vernehmlich den Reißverschluss meiner Strickjacke auf und sagte: »Ich habe jetzt auch nichts mehr an.«

»Für dein erstes Mal stellst du dich gar nicht so dumm an«, stöhnte Jörn voller Anerkennung. Genau dasselbe hatte MD nach meinem ersten Gespräch auch zu mir gesagt. *Gar nicht so dumm.*

»Danke«, sagte ich und beschloss ihn zu testen. »Ich habe jahrelang nichts anderes gemacht. Ich war jung und brauchte das Geld.«

Einen Moment war es still am anderen Ende, dann lachte Jörn wieder dieses Lachen, das ebenso gut ein Keuchen sein konnte. »Aha«, sagte er amüsiert. »Dir gefällt's also auch?« Er schien völlig ahnungslos.

»Hat Diane versucht, mich als Kollegin zu verhindern?«, sagte ich unvermittelt.

»WAS?«, fragte er irritiert.

»Wie hat sie es angestellt?«, bohrte ich weiter.

»Können wir nicht später …«, quengelte Jörn, wie ein kleiner Junge, der zum Essen gerufen wird, obwohl er viel lieber weiter mit seiner Eisenbahn spielen würde.

»Es geht gleich weiter«, sagte ich beschwörend und zog leise den Reißverschluss meiner Jacke zu. Mich fror. »Bitte.«

»Also gut«, seufzte Jörn. »Sie hat dich schon sabotiert, bevor du überhaupt bei uns gearbeitet hast. Aber jetzt komm und …«

»Gleich«, sagte ich aufgeregt, denn ich war kurz davor, das zu bekommen, was ich wollte. Jörn, der dasselbe dachte, stöhnte nur.

»Was heißt das?«, fragte ich und schlüpfte in mein Bett, wo sich Sodom und Gomorra breit gemacht hatten und zufrieden brummten.

»Du weißt, dass Johannes nicht beurteilen kann, wer gut ist und wer nicht. Und auf wessen Schreibtisch darum die Bewerbungen landen, schon seit Jahren. Und du weißt, dass diese Person mit Diane befreundet ist«, sagte Jörn. »Aber entspann dich wieder, du hast den Job ja bekommen. Und jetzt lass dich überraschen, was ich mit meiner Zunge alles …«

Ich legte auf und ließ mich auch in dieser Nacht wieder von Diane hinrichten.

*Peng! Peng! Peng!*

# Kapitel 13

*»… nur noch ein paar Stunden bis zum Wochenende und die gute Nachricht des Tages: Madonna und J. Lo sind jetzt dicke Freundinnen.«*
*»Kann nicht sein, Robert! Die beiden hassen sich wie die Pest. J. Lo lästert bei jeder Gelegenheit darüber, was für eine miese Schauspielerin Madonna ist.«*
*»Doch. Es geschah auf der Beerdigung von Star-Fotograf Herb Ritts. J. Lo war mit ihrem 37. Verlobten, Ben Affleck, da. Und Madonna kam mit Tochter Lourdes. Und J. Lo hat der Kleinen die ganze Zeit erzählt, wie toll sie ist. Und im Gegenzug gab Madonna zu, dass Lourdes den ganzen Tag ›Jenny from the block‹ trällert.«*
*»Okay, warten wir Madonnas nächsten Film ab, dann ist die Zicken-Welt wieder in Ordnung.«*

Man ließ den 23-jährigen Graffiti-Sprayer wieder laufen, nachdem der gestanden hatte, er habe sich zwar von den Werken des *Klo*wns inspirieren lassen, doch für die früheren Anschläge sei er nicht verantwortlich. Was für eine Überraschung! Seitdem gab es keine neuen Hinweise, und ich war neugierig, ob Hirschfeldt eine Spur hatte.

»Ich gebe keine Interviews mehr, lassen Sie mich in

Ruhe«, kläffte der Galerist und zählte auf, mit wie vielen Journalisten von Zeitung, Radio und Fernsehen er in den vergangenen Tagen hatte reden müssen. »Ich komme zu nichts mehr, die ganze Arbeit bleibt liegen.«

Ich wies ihn darauf hin, dass er bereits vor seinem Auftritt bei uns interviewt worden war und ich ihn schließlich nicht dazu gezwungen hatte, die Belohnung auszusetzen. Überhaupt sollte er wegen der Publicity für seine Galerie dankbar sein.

Hirschfeldt hörte mir gar nicht zu. »Gehen Sie mir weg mit der Belohnung! Das kommt ja noch dazu!«, sagte er. »Immer diese Anrufe von Leuten, die keine Ahnung haben. Die meinen, nur weil sie im Zug jemanden gesehen haben, der einen Fleck am kleinen Finger hat, können sie das große Geld absahnen.«

Ich seufzte und erklärte meine Hoffnung, dass nicht alle Hinweise vollkommen nutzlos waren. Aber es war noch nicht genug geschimpft: »Die Bahn droht mir mit ihren Anwälten, wenn ich ihr nicht sämtliche Hinweise zugänglich mache, die ich bekomme. Wenn ich das alles geahnt hätte!«

Ich erkundigte mich vorsichtig, ob er etwas in dem Bastelgeschäft erreicht hatte.

»Das war gar nicht nötig«, fuhr Hirschfeldt in dem gleichen aufgebrachten Tonfall fort, »weil sich unser Freund Rick direkt nach dem Interview bei mir gemeldet hat.«

Ich betrachtete den Hörer und fragte mich, ob ich die letzte Antwort richtig verstanden hatte oder ob nur ein falscher O-Ton aus der Regie zugespielt worden war. Wie konnte mich Hirschfeldt eine Viertelstunde lang zutexten, ohne mir die eigentliche Sensation zu verraten! Leadsätze gehörten immer noch an den Anfang einer Nachricht!

»Und? Was hat er gesagt, dieser Rick?«, fragte ich ungeduldig.

»Was hat er gesagt! Was hat er gesagt!«, äffte Hirschfeldt mich nach. »Rick ist hier. Wir re... äh ... wir verhandeln gerade über die Ausstellung.«

*Eine Ausstellung!* Es wurde immer besser. Ich fragte mich, welche Überraschungen er noch bereithielt, und verlangte, den Mann selber zu sprechen.

»Das geht nicht«, sagte Hirschfeldt kurz.

»Entschuldigung?« Ich wurde langsam ärgerlich und erinnerte den verrückten Galeristen daran, dass er ohne mich vermutlich niemals an den Künstler herangekommen wäre.

»Es geht nicht«, wiederholte er, als mache es beim zweiten Mal mehr Sinn. »Kommen Sie her, wenn es unbedingt sein muss. Aber Ihr albernes Aufnahmegerät können Sie zu Hause lassen.«

Hirschfeldts Galerie befand sich in Mitte, in einem der hinteren Hackeschen Höfe, dort, wo die mit Abstand wahrscheinlichsten Todesursachen darin bestanden, von Touristen niedergetrampelt oder von ihren Regenschirmen aufgespießt zu werden. Während sein Assistent mich telefonisch ankündigte, schaute ich mich in dem Laden um. Einige Bilder kannte ich bereits aus dem Fernsehbeitrag. Der Ausstellungsraum entsprach etwa einer durchschnittlichen Zweiraumwohnung, die Anzahl der Werke war aufgrund ihrer Ausmaße beschränkt. Sie waren ebenso groß wie bunt; meist hatte man sich auf ein, zwei kräftige Farben pro Gemälde beschränkt und dick aufgetragen. Ich betrachtete eine ein mal zwei Meter große Leinwand, auf der, um einen hellblauen Fleck in der rechten oberen Ecke herum, dicke rote Ölfarbe aufgetragen war, offenbar unter Zuhilfenahme eines Schwammes und mit zunehmender Intensität, je weiter sich das Auge dem Bildrand näherte. Sie glich allen anderen Werken darin, dass es perfekt produziert war, aber bei näherem Betrachten irgendwie leer wirkte, ganz wie ein Bro'Sis-Song.

»Ich mache Ihnen einen Sonderpreis für dieses Bild, wenn Sie versprechen, mich künftig in Ruhe zu lassen«, hörte ich plötzlich Hirschfeldts nasale Stimme hinter mir.

»Die Freude ist ganz meinerseits«, sagte ich und schüttelte seine schwitzige Hand.

Der Galerist trug den gleichen schwarzen Anzug wie im Fernsehen, dazu einen roten Schal. Wir traten durch einen Vorhang, die Treppe hinauf und einen Flur entlang. An der Wand lehnten zahlreiche weitere Gemälde, die mit schwarzen Tüchern bedeckt waren. Der Gang war so schmal, dass man nur seitwärts hindurchgelangte.

Vor einer Tür, auf der ›Privat‹ stand, blieb Hirschfeldt stehen und drehte sich zu mir. »Sie müssen mir Ihr Wort geben, dass nichts von dem, was wir hier besprechen, an die Öffentlichkeit gerät. Wie ich schon sagte, Frau Mumme: Ich habe wegen der Sache genug Ärger am Hals.«

Mir ging Hirschfeldts Geheimniskrämerei auf die Nerven, doch er schien nicht bereit, mich zu seinem Protegé zu lassen, bevor ich nicht auf seine Forderung einging. Also nickte ich, aber nur kurz.

Ich erkannte den Mann aus dem Zug sofort wieder. Er trug das gleiche grüne Kapuzenshirt, das so gut zu seinen Augen passte. Rick. Als ich den Raum betrat, saß er mit verschränkten Armen auf einem Sofa. Neben ihm eine elegant angezogene Frau.

Ich wurde als »die Frau vom Radio« vorgestellt. Rick sprang auf. In einer Mischung aus Anerkennung und Misstrauen funkelten mich seine Augen an. Die Überraschung war offensichtlich gelungen.

»Hallo«, sagte ich, selber etwas überfordert. »Hallo, Rick.«

Wortlos streckte er mir seine Hand entgegen und hielt sie fest, während er in meinen Augen die Erklärung für mein plötzliches Auftauchen suchte. Mit seinem Geruch kam die Erinnerung an seinen Kuss, und ich spürte, wie ich rot wurde. Rot! Bei dem bloßen Gedanken an einen Kuss wurde ich ROT! Ich, the artist formerly known as Lilly, die ihr Geld damit verdient hatte, kurze Sätze um männliche Körperteile herum zu stricken, für die andere Frauen nicht mal eine Vokabel hatten, wechselte die Gesichtsfarbe, nur weil ich an einen harmlosen Kuss dachte. Ich war so rot, dass ich vor dem roten Bild im Ausstellungsraum überhaupt nicht mehr aufgefallen wäre.

»Ich hörte, dass Sie bereits über eine Ausstellung verhandeln«, sagte ich und wich seinen fragenden Blicken aus. Sein Geruch, dieser betörende leicht herbe Duft, machte Knie und Kopf weich. Darum wandte ich mich der eleganten Frau zu, offenbar eine Angestellte der Galerie. »Das ging ja schneller, als ich gedacht hätte.«

Die Frau nickte zögernd und ließ ihre Augen wie beim Tennis zwischen mir, die ich Aufschlag hatte, und Rick, der nicht recht returnieren wollte, hin und her springen. Dann nahmen die beiden Platz und begannen, in hastiger Folge Botschaften in einer Art Zeichensprache auszutauschen.

Ich drehte mich hilflos zu Hirschfeldt. Der war dabei, Bilder zu sortieren, die in der Ecke seines Büros an der Wand lehnten. Sie waren um einiges kleiner als die ausgestellten Gemälde in der Galerie, und weniger farbenprächtig. Sie ähnelten den Bildern, die Kinder in SAT.1-Movies malen, deren Eltern sich gerade scheiden lassen, und die aufmerksamen Lehrern Anlass zur Sorge geben und dazu, die Schulpsychologin einzuschalten, in die sich dann ein durchschnittlich gut aussehender Vater verliebt, der von Helmut Zierl gespielt wird: Häuser ohne Fenster, Bäume ohne Blätter und Himmel mit schwarzen Sonnen.

Hirschfeldt bemerkte, dass ich ihn beobachtete, und gab mir ein Zeichen, dass ich weiterreden sollte. Ich bombardierte ihn mit vorwurfsvollen Blicken, weil er mich nicht auf seine taubstumme Mitarbeiterin vorbereitet hatte, und wandte mich von ihm ab.

»Es tut mir Leid«, sagte ich und trat auf die Frau zu. Dabei presste ich kurz meine flachen Hände aufeinander, ähnlich wie Rick es im Zug getan hatte, als er mich darum bat, ihn nicht zu verraten. Hilfe suchend wandte ich mich an ihn. »Ich hatte keine Ahnung …«

»Kein Problem«, hörte ich zu meiner Überraschung die Frau sagen. »Man sieht es Rick ja nicht an. Und er kann Sie verstehen. Nur reden kann er mit Ihnen nicht, weil er als Kind bei einem Unfall seine Sprache verloren hat. Darum habe ich ihn heute begleitet.«

Ich hatte nun auch das Gefühl, meine Sprache verloren zu haben. Leider verfügte ich über keinerlei Kenntnisse irgendeiner Zeichensprache, und so starrte ich eine Weile blöd auf das Sofa, auf dem die beiden saßen. Meine Enttäuschung reihte sich mühelos in die Liste früherer Frustrationen ein, ganz vorne zwischen die Weihnachtsmann-Affäre und Dieterle-*Gate*. Dann wurde ich wütend. Hirschfeldt hatte mich in seiner kryptischen Art bereits am Telefon vorgewarnt, als er meinte, ich könnte nicht mit dem Künstler *reden*. Hatte er nicht wichtigtuerisch in dem Fernsehbeitrag etwas von der Doppeldeutigkeit der Sprache gefaselt? Offenbar fand er Gefallen an der Verwirrung. Natürlich! Das erklärte seine Sympathie für Rick und seine Toiletten.

»Es tut mir total Leid«, wiederholte ich etwas lauter und wurde leider auch in der ungewohnten Verständigung mit Handzeichen nicht eloquenter, als ich erneut die Innenflächen meiner Hände aufeinander legte.

»Der Junge ist stumm, nicht schwerhörig, mein Gott!«, meldete sich Hirschfeldt zurück und reichte mir einen Stapel Fotos. »Er hat eine eigene Art, sich auszudrücken. Deswegen sind wir doch hier.«

Ich schämte mich und war dankbar, dass ich Rick nicht ansehen musste, und so beschäftigte ich mich ausführlich mit den Bildern. Die meisten Motive kannte ich bereits aus der Zeitung. Etwa die Toilette, mit der Rick an Weihnachten Schlagzeilen gemacht hatte, und die Szene mit dieser Discokugel und den zwei Lines Koks auf dem Klodeckel. *Toilet 54*, hatte jemand mit Edding auf die Rückseite des Fotos geschrieben. Das nächste Foto hielt eine mir unbekannte Szene fest: eine maritime Stimmung mit blau gesprayten Wänden und einem mit Muscheln übersäten Boden. Von der Decke hing ein Fischernetz herab, in dem ein fetter Plastik-Hummer saß. Am Rand des Waschbeckens stand ein als Leuchtturm verkleideter Spender mit Anti-Schuppen-Shampoo, der zu blinken schien. Im Wasser schwamm ein fetter Goldfisch.

»Ist der echt?«, fragte ich blöd.

Eine Hand mit viereinhalb Fingern nahm mir das Foto weg. Rick gestikulierte kurz etwas für die elegante Frau, während ich seine kräftigen Hände beobachtete. Er lachte.

»Rick findet, das hier gehört nicht zu seinen besten Installationen«, übersetzte die Frau im eleganten Kleid und legte ihre Hand auf sein Bein. »Es war seine erste. Damit schaffte er es nicht mal in die Zeitung.«

Ich wartete gespannt auf den Witz, der Rick so erheitert hatte, doch dieser Teil seiner Ausführungen wurde in der Übersetzung unterschlagen. Offenbar hielt es seine Freundin, die ihre Finger gar nicht mehr von seinem Bein nehmen wollte, nicht für nötig. Ich grinste ihn an, als hätte ich den Witz auch ohne fremde Hilfe verstanden, und erntete verwirrte grünäugige Blicke. Nun wirkte ich komplett schwachsinnig, denn natürlich hatte ich keine Ahnung, über was ich gerade lachte. Schnell widmete ich mich wieder den Fotos.

»Das lassen wir bei der Ausstellung weg«, sagte Hirschfeldt und sammelte die Bilder wieder ein. »Überhaupt wird es nur zwei oder drei Toiletten-Installationen geben.«

Ich betrachtete gerade die Fotos von der letzten »Installation«, wie Hirschfeldt und die elegante Frau sich gerne ausdrückten – das Kriegsszenario mit der halben

Schaufensterpuppe in Öl –, und hoffte, dass sich Rick nicht nach dem Rucksack mit seinen Utensilien erkundigen würde. Die hatte ich längst weggeworfen

»Bisschen wenig für eine Ausstellung, oder?«, sagte ich zu Hirschfeldt.

Der warf einen genervten Blick an die Decke und klärte mich darüber auf, dass er in Rick einen ungewöhnlich begabten Universalkünstler entdeckt habe. Er werde in die Ausstellung auch dessen Bilder und Skulpturen einbeziehen, nicht zuletzt, weil die Installationen, die man originalgetreu nachzubauen gedenke, sehr viel Platz einnähmen. Er sprach von Rick, als sei der gar nicht anwesend. »Und schließlich«, damit schien er seinen Vortrag beenden zu wollen, »genügen zwei, drei Beispiele, um den zugrunde liegenden Tenor seiner Arbeiten deutlich zu machen, nämlich –«

»Die Doppeldeutigkeit der Sprache«, unterbrach ich ihn ungeduldig. Ich hatte genug von seinem selbstgefälligen Geschwätz. »Ich weiß schon. ›Bitte hinterlassen Sie die Toilette so, wie Sie sie vorfinden möchten.‹«

Zurückgelehnt und mit übergeschlagenen Beinen betrachtete ich abwechselnd die Gesichter um mich herum. Die elegante Frau auf dem Sofa hatte ihre Hand von Ricks Bein entfernt und wischte nervös ein paar Fusseln von ihrem Kleid. Ich genoss den Anblick des überheblichen Galeristen, der mich mit offenem Mund anglotzte. Am besten aber gefielen mir die Augen »seiner Entdeckung« Rick, die mich ungewöhnlich begabt anstrahlten. Zunächst wich ich seinem Blick aus, doch dann entschloss ich mich, meinen Triumph zu krönen.

»Kennen Sie das: wenn Sie in den Nachrichten etwas

von einer breiten Mehrheit im Bundestag hören«, sagte ich, »stellen Sie sich dann auch vor, dass Angela Merkel unter ihrem Pult eine Flasche Rotkäppchen-Sekt versteckt und Guido Westerwelle den Eierlikör?«

Rick und ich starrten uns eine Weile an, und es ärgerte mich, dass er nicht antwortete. Es war schwer, sich an den Gedanken zu gewöhnen. Denn bei allen Unzulänglichkeiten der Lautsprache: Man konnte sich immerhin das Nötigste mitteilen. Doch wie mein Teddy Alfred in Kindertagen glotzte mich Rick einfach nur stumm an.

Hirschfeldt unterbrach die andächtige Stille, indem er sich von seinem Stuhl erhob und in seiner nasalen Art verkündete: »Am Montag begleite ich unseren Freund übrigens zur Polizei, er muss sich endlich stellen. Ich werde sehen, wie ich ihm helfen kann. Einer meiner Anwälte begleitet uns. Und jetzt lassen Sie uns allein. Wir haben noch einiges zu bere- äh … zu verhandeln.« Damit schob er mich zur Tür.

Die elegante Frau hob den Arm und reckte ihren Zeigefinger in die Höhe, als wollte sie damit angeben, dass sie noch alle Kuppen beisammenhatte. »Aber bitte: Kein Wort an die Öffentlichkeit!«, ermahnte sie mich wie die Klassensprecherin eine stadtbekannte Petze.

Ich wusste plötzlich, wem ich den anonymen Brief und das Horror-Päckchen zu verdanken hatte, und sagte zum Abschied leise: »Ich würde mir eher die Hand abhacken.«

Beim Verlassen des Raumes brannten sich Ricks Blicke in meinen Rücken, und mir wurde herrlich warm.

Montage sind gute Tage, um sich zu stellen, entschied ich – nicht nur für Toilettenschänder. Was sollte ich noch länger warten? Ich konnte nichts gegen Diane ausrichten. Johannes hatte mit seinen Plänen zur Umgestaltung der Frühsendung keine Chance. Schlimm genug, dass er eine zweite Crew unter der Mitwirkung einer ehemaligen »Nutte« (O-Ton Diane) bilden wollte. Sein Vorhaben, das Team Robert Dieterle und Diane zu rasieren, war rein privat motiviert – und hier lag das eigentliche Problem: Seine Frau hatte ihn verlassen und war zu Robert gezogen. Ich wusste: Unter diesen Voraussetzungen würde eine Programmreform niemals Unterstützung finden, weder in der Redaktion noch in der Öffentlichkeit, die zu informieren Diane nicht zögen würde, sollte Johannes keine Vernunft annehmen.

Es war nichts zu machen, Diane hatte die besseren Argumente. Johannes würde alles von mir erfahren. Sollte Diane ihren Triumph haben, ich wollte mich nicht länger von ihr erpressen lassen. Ich mochte meine Arbeit, aber ich wollte nicht mehr kämpfen. Und anders als bei Madonna und Jennifer Lopez war kein kleines Mädchen in Sicht, das versöhnlich ›Lilly from the block‹ trällern würde. Allerdings wusste ich immer noch nicht, wie ich es anstellen sollte. Ich konnte schlecht zu Johannes gehen und sagen:

*Huhuu, Johannes! Wusstest du schon: Ich habe früher als Telefonsexistin gearbeitet – oder heißt es Sextelefonistin? Darf ich mal deinen Duden benutzen? Hihi. Weißt du, im Grunde ist das nicht schlimm, denn damals habe ich mit meiner Stimme Geld verdient, und das mache ich heute immer noch. Mit dem Unterschied, dass sich die*

*Kerle damals einen runtergeholt haben zu dem, was ich gesagt habe. Hihihi. Na ja, vielleicht machen sie das ja immer noch. Hihihihihihi. So, und jetzt tun wir so, als wäre das alles nicht passiert. Wenn du noch Fragen hast – ich bin in meinem Büro. Ruf mich einfach an!*

Tine richtete mir aus, Johannes habe erst am späten Nachmittag für mich Zeit. Mir wäre es lieber gewesen, er hätte mir einen konkreten Termin genannt, denn plötzlich hatte ich es gar nicht mehr eilig. Schließlich endete die Frist, die mir Diane gesetzt hatte, erst in zwei Tagen. Das Wetter hatte ich auf meiner Seite. Wir waren heute aus dem gleichen Stoff, der Unentschlossenheit hieß: Der Tag hatte mit Regen begonnen, der später in Schnee umgeschlagen war. Kurz darauf zeigte sich die Sonne am Himmel, um schon bald von dunklen Wolken verdeckt zu werden. Ich saß in meinem Büro und warf lustlos ein paar Pfeile auf Westernhagen, doch ich traf nicht mal ein Ohr. Manchmal lauschte ich argwöhnisch in den Telefonhörer, um mich zu vergewissern, dass man die Leitung nicht abgestellt hatte. Unser Musikprogramm war scheußlich wie immer, aber ich konnte mich nicht dazu aufraffen, das Radio auszuschalten, nicht einmal bei Orange Blue.

Ich hatte Hirschfeldt gebeten anzurufen, sobald etwas entschieden war. Aber offenbar war noch nichts entschieden, wenigstens nicht endgültig, unumstößlich und für die Ewigkeit, und deshalb bestand für ihn keine Veranlassung, mich anzurufen. Man konnte meine Bitte eben interpretieren, wie es einem gerade passte. So wie man das Hinweisschild auf den Toiletten der Deutschen Bahn unterschiedlich verstehen konnte, weshalb die einen dort ihre gestalterischen Fähigkeiten auslebten und die anderen zweimal die Spülung betätigten und gewissenhaft mit einem feuchten Stück Klopapier die Brille nachwischten, bevor sie die Kabine wieder verließen.

Ich fühlte mich schwach. Das ganze Wochenende hatte ich über die Begegnung mit Rick nachgedacht, doch die Enttäuschung war geblieben. Ich wollte mit ihm über seine Arbeit reden (von der ich nicht mal sicher war, ob ich sie Kunst genannt hätte, aber sein Ansatz gefiel mir), und wie gerne hätte ich seine Geschichte gehört. Wie unfair hatte es das Schicksal eingerichtet, dass es Menschen, die sich interessante Gedanken über das Leben machten, die Stimme nahm, während solche, die selbst noch ein trockenes Stück Brot an Unerheblichkeit übertrafen, bei *9Live* vor der Kamera standen. Und wer war überhaupt die Frau in dem eleganten Kleid, die mir die Schaufensterpuppenhand in den Sender gebracht und die so ungeniert an Ricks Bein herumgefummelt hatte? Dass sie mich nicht mochte, war offensichtlich. Sie war eifersüchtig, wie Frauen es gerne sind, wenn scheinbar schutzbedürftige Männer in ihren Krankenschwester-Radar gerieten.

Das Telefon klingelte.

»Das müssen ja schlimme Sachen sein, die du mit Johannes zu besprechen hast«, sagte Tine. Sie klang echt besorgt. »Er muss in einer halben Stunde in eine Konferenz, also wenn du noch mit ihm reden willst, dann am besten sofort. Oder du sprichst nachher mit seinem Guru.«

Für eine Frau, die ihre Kuschelrocksampler daheim in einer beleuchteten Vitrine aufbewahrte, hatte Tine eine ziemlich spitze Zunge. Ich hatte nichts gegen BJ, aber das, was ich Johannes mitteilen wollte, ging seinen ständigen Begleiter nichts an. Ohne die geringste Ahnung, was ich

Johannes sagen würde, verließ ich das Büro. Es machte mir Mut, mir vorzustellen, dass Rick vielleicht gerade auf dem Weg zur Polizei war und sich ähnlich mies fühlte. Immerhin drohte ihm eine Geldstrafe, vielleicht sogar Gefängnis. Ich dagegen rechnete mit einem lebenslangen Mikrophonentzug und einer Strafversetzung in das Reich der Totmacher, wo eines Tages der stetig wachsende Stapel nicht gehörter Rosenstolz-CDs auf meinem Schreibtisch zusammenstürzen und mich unter sich begraben würde.

Auf dem Flur trottete ich an einem Plakat für das Open-Air-Konzert von Robbie Williams vorbei, das wir im Sommer präsentierten. Der Mann hing kopfüber an einem Seil von einem Kran herab, tief unter ihm die Stadt. Seine Situation schien ausweglos, es gab kein Vor und Zurück, kein Links oder Rechts, nur den drohenden Absturz. Traurig nickend schleppte ich mich vorbei.

Meine zitternde Hand lag schon auf der Klinke, als Waldemar vom anderen Ende des Ganges nach mir rief.

»Ich versuche schon die ganze Zeit, dich anzurufen«, rief er angesäuert, und mir war sofort klar: Diane hatte nicht dichtgehalten. Alle wussten Bescheid, schon vor Ablauf der Frist. Das Gespräch mit Johannes konnte ich mir sparen.

Waldemar kam mit hektischen Schritten näher. Er faselte etwas von »Spuk vorbei«, von einer Liste und einem »ernsten Wort«, das er mit Diane reden müsse. Sein Gesicht war feuerrot, und er holte zu wilden Gesten aus, als er vor mir stand und erklärte, dass er Diane nicht erreichen könne. Die Liste mit den Expertentelefonnummern läge verschlossen in ihrem Schreibtisch und er habe von

Hausmeister Dietrich erfahren, dass ich einen Zweitschlüssel besäße.

»Es kann nicht sein, dass die Morningshow ein Exklusivrecht auf diese Nummern hat, und wenn man sie mal braucht, muss man betteln«, schimpfte Waldemar. »Dieses Horten von Herrschaftswissen kotzt mich an.«

Ich war verwirrt, denn ich besaß nicht die Spur einer Ahnung, wo der Zweitschlüssel gelandet war. Doch Waldemar bestand darauf, mich in mein Büro zu begleiten. Auf dem Weg dorthin erklärte er, dass sich der *Klo*wn gestellt habe, und nun wolle man in der aktuellen Sendung schnell ein Interview mit einem Psychologen führen – denn wenn Radioredakteuren nichts mehr einfällt, interviewen sie gerne Psychologen, weil denen nämlich immer etwas einfällt –, dessen Telefonnummer befinde sich auf Dianes Schlaumeier-Liste.

Ich versuchte, mir meine Aufregung nicht anmerken zu lassen, während ich den Inhalt meines Schreibtisches nach außen kehrte. Obenauf stapelten sich nun alte Zeitungsartikel auf CDs, die ich vergessen hatte, ins Archiv zurückzubringen. Dazu kamen alte Autogrammkarten, die die letzte Volontärin für mich unterschrieben hatte, und Wiebkes Prospekt mit den minderbetitteten Frauen aus Hongkong, den ich aber schnell wieder verschwinden ließ, bevor Waldemar ihn entdecken konnte. Neben Büroklammern und einem hinterhältigen Tacker, an dem ich mir regelmäßig die Finger klemmte, fand ich ferner eine jungfräuliche Packung Tesafilm und eine eingetrocknete Flasche Tippex. Ich malte mir aus, wie ich anhand dieser Materialien das Damenklo im ersten Stock behübschen könnte, verwarf diese Idee aber schnell wieder, als ich

Waldemars ungeduldiges Räuspern vernahm. Tine klopfte an der Tür, ihre Augen sahen verheult aus, und ihr Make-up war verlaufen. Doch als sie Waldemar entdeckte, verschwand sie schnell wieder mit dem Hinweis, dass Johannes soeben das Haus verlassen habe und aus meinem Termin nun nichts mehr werde.

Es war nichts zu machen: Auch in die letzte Schublade hatte sich der Schlüssel zu Dianes Schreibtisch nicht verirrt. Ich zog eine entschuldigende Grimasse und wollte Waldemar schonend beibringen, dass ich Recht behalten hätte mit dem Schlüssel, doch er hatte mein Büro bereits verlassen. Lustlos sortierte ich alles Brauchbare zurück in die Schubfächer, als mein Computer den Eingang einer Mail verkündete. Der Absender war mir unbekannt, und so öffnete ich die Nachricht wenig enthusiastisch.

*Hoffentlich war unser letztes Treffen nicht unser letztes Treffen.*
*Hendrick*
*Hast Du meine Sachen noch?*

Ich verstand zunächst gar nicht, was ich las. Was war das für ein Hendrick, der in dieser plump-vertraulichen Art dahermailte? Fast hätte ich seine Nachricht gelöscht, als mir plötzlich klar wurde, dass ich Hendrick bereits kannte, nur unter seinem Künstlernamen. Mein zentrales Nervensystem meldete nervöses Kribbeln in der mittleren Etage. Aufgeregt las ich Ricks Nachricht erneut und ärgerte mich vorübergehend, dass er mir nicht mehr mitzuteilen hatte. Von seinem Besuch bei der Polizei musste ich durch Waldemar erfahren! Was war bei der Polizei geschehen? Warum versprach mir Rick (aus berechtigter Dankbarkeit für meine wiederholte Hilfe) nicht alle Reichtümer dieser Welt? Und hatte ich nicht wenigstens Anspruch darauf, dass er eine seiner verkünstelten Toiletten nach mir benannte?

In meiner Aufregung antwortete ich ihm. Satz um Satz um Absatz um Absatz, bis ich auf der dritten Seite angekommen war und alles wieder löschte. Stattdessen schrieb ich nur:

*Wiedersehen macht Freude*
*Mit Rucksack, aber … ähem … ohne Utensilien.*
*Ich habe sie nicht mehr alle.*

Dann versuchte ich, den Schreibtisch abzuschließen, doch das blöde Ding sperrte sich dagegen. Zuerst hatte ich den bösartigen Tacker in Verdacht, dass er sich möglicherweise quer stellte, als mir eine andere Idee kam: Ich benutzte den falschen Schlüssel!

So steuerte ich geradewegs das Büro der Morningshow an. Diane und Robert hatten längst Feierabend, es war nach 16 Uhr. Die Tür stand offen, das Büro wurde erst am Abend abgeschlossen, wenn die Putzkolonne alle Räume durchgesaugt hatte. Dianes Schreibtisch ergab sich beim ersten Angriff. Eilig durchsuchte ich die Schubladen. Deren Inhalt unterschied sich auf den ersten Blick nicht wesentlich von meinem: Zwischen Autogrammkarten, die Diane immer selbst unterschrieb, und einem vergilbten Rock-&-Pop-Lexikon fand ich in der untersten Schublade endlich die heilige Telefonliste. Ich überflog kurz die Listen, auf denen sich auch zahlreiche Privatnummern von Schauspielern und der gesammelten Mannschaft von Hertha BSC befanden, und wollte den Schreibtisch schon wieder verschließen, als mir aus der untersten Lade plötzlich mein Ebenbild entgegenblickte. Es strahlte vergnügt, oberflächlich betrachtet. Doch ich kannte mich besser: Das Lächeln war nicht echt, es wirkte verkrampft. Ich griff nach dem Foto und hielt meine alte Bewerbung in der Hand. Kopierte Zeugnisse, Beglaubigungen, ein Lebenslauf. Was mir aber den größten Schrecken bereitete, war ein Tonband, das in meine Bewerbungsmappe gerutscht war. Es war mit einem Aufkleber versehen, der die Buchstaben *KW* trug.

Nach einem kurzen Abstecher auf die Toilette überbrachte ich Waldemar die ersehnte Liste. Er bemerkte nicht, wie blass ich war.

# Kapitel 14

*»… noch 17 Minuten bis acht Uhr, guten Morgen zusammen!«*
*»Nachdem UN-Chef-Waffeninspekteur Blix seinen Zwischenbericht über den Verlauf der Kontrollen vorgelegt und das Regime in Bagdad scharf verurteilt hat, ist der Krieg wieder ein bisschen wahrscheinlicher geworden. Und was meinst du, Diane, was sagt unser Vorzeige-Grand-Prix-Häschen Nicole zu alldem?«*
*»Sie trällert schnell ›Ein bisschen Frieden‹?«*
*»So ähnlich. Sie sagt: Von einem Krieg wären auch wir in Deutschland betroffen. Und wenn es so weit kommt, dann würde ich meine Kinder schnappen und abhauen, ganz klar.«*
*»Abhauen?! Ohne Plattenfirma und Mikrophon? Ganz weit weg?«*
*»Genau so. Möchte man da nicht in Amerika anrufen und sagen: Okay, George, wir haben's uns anders überlegt, aber macht bitte schnell!«*

Bis zur Sendung hatte sich mein Magen wieder beruhigt, doch er kam nicht zur Ruhe. Jörn hatte Recht gehabt, plötzlich wurde mir alles klar. Wenn sich Diane durchgesetzt hätte, wären wir nie Kolleginnen im selben Sender geworden: Sie hatte meine Bewerbung bei Tine abgefangen. Doch sie konnte das Schlimmste nicht verhindern. Johannes hatte mich von meinem Vorgängerradio weg»entdeckt«, einem siebtklassigen Dudelfunk-Sender, der den ganzen Tag dümmliche Gewinnspiele veranstaltete, nach dem Motto »An welchem Fluss liegt die Stadt Frankfurt am Main?«. In ihrer Not hatte Diane beschlossen, meine Freundin zu werden. So konnte sie mich am besten kontrollieren und verhindern, dass ich zu ihrer Konkurrentin heranwüchse. An dem Tag, als Johannes mich dazu bestimmt hatte, Dianes Part in der Morningshow zu vertreten, war aus ihrer Angst Realität geworden. Unfassbar, dass ich mit dieser Frau in den Urlaub geflogen war! Der Grund, warum sie *mich* gefragt hatte, war mir nun völlig klar: Ich sollte in ihrer Abwesenheit nicht an ihrem Stuhl sägen. Diane wollte nichts dem Zufall überlassen. Sie hatte sich sogar ein Tonband von Leif beschafft! Denn was sollte *KW* anderes bedeuten als Kehrwoche?

Kurz vor den 20-Uhr-Nachrichten erhielt ich eine E-Mail von ihr.

*Betreff: Die Zeit läuft*
*Prinzessin,*
*ich war so stolz auf Dich, als ich von Deinem Termin mit Johannes hörte. Offenbar hast Du eingesehen, dass Dir keine andere Wahl bleibt. Nur: reingehen und mit ihm reden musst Du schon selber.*
*Es sei denn, Du willst, dass unser süßes Geheimnis die Runde macht. Und Du weißt, wie schnell das bei uns geht.*
*Schöne Show noch!*
*Diane*

*P S.: Ich gehe gleich schlafen. Du weißt ja: Man muss verdammt früh aufstehen, wenn man die Morningshow moderiert. Aber das betrifft Dich ja zum Glück nie wieder.*

Beim Lesen wanderte meine Hand automatisch in die Hosentasche. Ich legte den Schlüsselbund auf das Pult. Während der Nachrichten reifte eine Idee, die mich so aufrührte, dass ich mich im Wetterbericht dreimal verlas, weil ich es nicht erwarten konnte, meinen Plan auszuführen. Zum Beginn der Stunde gönnte ich mir einen unplanmäßigen Wunschtitel, *Avenging Angels* von Space, dann stellte ich das Pult auf Automatik. Ich hatte noch nie davon Gebrauch gemacht. Niemand, den ich kannte, benutzte dieses System, das die Songs aus dem Computer nacheinander abspielte, ohne dass man einen Regler zu bewegen hatte. Die Gefahr war zu groß, dass Robert Dieterle es hörte und sich später beschweren würde, wie lieblos die Musik ineinander gefahren wurde. *Mädle, zwischen diese Titel musst du eine hottere Transition fahren*!, hätte er wieder geschimpft.

Aber ich hatte keine Wahl. Noch war die Putzkolonne im Sender unterwegs, und das Büro, in dem sich Dianes Schreibtisch befand, war hoffentlich nicht schon verschlossen. Niemand arbeitete mehr um diese Zeit außer mir und der Nachrichtenkollegin, mit der ich wegen der *breiten Mehrheiten* im Clinch lag und der es sicher nicht in den Sinn gekommen wäre, mich zwischen den Nachrichten auf einen Plausch im Studio zu besuchen. Die Flure waren wie ausgestorben; erst im Büro der Morningshow traf ich einen der Putzleute. Eine arme Sau aus Rumänien, vielleicht Albaner, kaum 20 Jahre alt, wischte unmotiviert über die Schreibtische.

Hinter mir schloss ich die Tür und bat den Mann, sich nicht von mir stören zu lassen. Im Radio lief noch der Space-Song, es schien alles in Ordnung. Vorsichtig führte ich den Schlüssel in das Schloss, als der osteuropäische Saubermann kurz das Büro verließ und mit einem Staubsauger zurückkehrte. Bevor ich protestieren konnte, heulte der Motor auf, und Geräusche von Straßendreck und Tackerausschuss, der von den Düsen erfasst und in den Schlund des Saugarms weitergegeben wurde, erfüllten den Raum. Die Musik erstickte. Ich bat den Mann, das Saugen für einen Moment zu unterlassen, doch er verstand mich nicht gleich. Erst als ich mit einer bühnenreifen Scharade mein Anliegen vortrug, huschte ein schüchternes Lächeln über sein Gesicht, und endlich schaltete er das Gerät ab.

Ruhe kehrte ein. Ich nickte dankbar und wollte zum Schreibtisch zurückkehren, als ich feststellen musste, dass die Musik verstummt war. Ich sprang zum Radio und drehte am Lautsprecherknopf, doch es war nichts zu hören. Die Automatik versagte ihren Dienst.

*Verdammt!*

Schnell zur Tür, ins Studio zurück. Der verhinderte Sauger warf mir verwunderte Blicke zu. Ich hechtete auf den Flur, im Kopf wildes Hämmern. Seitenstiche.

*Bitte, lass Robert fernsehen! Am besten die Tagesschau. Das darf man von einem anständigen Journalisten doch verlangen!*, betete ich.

Plötzlich Pink. Die Musik setzte wieder ein, *Family Portrait* drang von fern aus dem Studio. Die Automation hatte wirklich keinen Schimmer, was *hot* bedeutete. Nicht mal mehr Schlagersender ließen Luft dazwischen, wenn Bernhard Brink die Flippers ablöste.

Erleichtert kehrte ich zurück ins Büro. Eilig entfernte ich die Kollegenvernichtungswaffen aus Dianes Schreibtisch, das Tonband, das mit *KW* betitelt war, auch eine alte Bewerbung von Sandra Barnbrock fiel mir in die Hände; dann bat ich den Putzmann, mit dem Abschließen des Raumes zu warten, ich käme gleich zurück.

Der Motor des Staubsaugers heulte erneut auf, als ich die Stufen in den ersten Stock hinaufrannte, den Schnellhefter unterm Arm. Ich deponierte die wertvolle Beute in meinem Schreibtisch und entnahm ihm im Gegenzug die Ketchup-verschmierte Hand der Schaufensterpuppe.

Im Büro der Morningshow fand ich den Rumänen pfeifend damit beschäftigt, den Rahmen eines Plakates abzustauben, das eine Party von gestern anpries mit Eintagsfliegen von vorgestern wie Touch & Go und Wes, die ihre inzwischen völlig wertlosen Autogramme auf die Plakate gesetzt hatten. Ich schenkte dem Mann ein dankbares Lächeln und lief zu Dianes Schreibtisch. Sein Blick fiel auf den Horror in meinen Händen, und er verließ fluchtartig das Büro. Eilig beendete ich meine Mission. Anschließend brachte ich den Inhalt der Schubladen notdürftig in Ordnung und verschloss sie wieder.

Im Studio plätscherten gerade die letzten Sekunden des Pink-Songs dahin, und ich schaltete auf manuellen Betrieb zurück, um zitternd den nächsten Titel zu starten. Ich atmete ein paarmal tief durch und schrieb folgende Botschaft an Diane:

*Guten Morgen, Süße!*
*Ich hoffe, Du hast wundervoll geschlafen. Und ganz, ganz fest.*
*Es dürfte das letzte Mal gewesen sein.*
*Deine Freundin Franka*

Am nächsten Tag beeilte ich mich, pünktlich zur morgendlichen Konferenz im Sender zu erscheinen. Ich konnte es nicht erwarten, Dianes Gesicht zu sehen. Sie war so kurz vor dem Sieg, hatte sicher schon ein *Glas Champagner geöffnet*, und dann kam die Überraschung im Morgengrauen.

Inzwischen träumte ich nicht mehr davon, beim Verlassen meiner Wohnung durch ihre Hand niedergestreckt zu werden. Stattdessen schritt ich würdevoll an ihr vorbei und nahm kopfschüttelnd zur Kenntnis, wie das Gewehr blockierte und zurückfeuerte und ihre Haarpracht versengte, die im Traum wieder auf die alte Länge angewachsen war.

Ich betrat den Konferenzraum wenige Minuten vor neun. Außer Waldemar war nur eine Volontärin anwesend, doch bald erschienen weitere Kollegen. Die Totmacher traten im Duo auf, und schließlich bog auch Gabby um die Ecke, in Begleitung eines jungen Mannes, der etwas größer war als er und für meinen Geschmack zu hübsch. Die beiden unterhielten sich angeregt.

»Wer ist das?«, erkundigte ich mich mit einer dezenten Kopfbewegung nach seinem Begleiter.

»Neuer Praktikant. Süß, oder? Die Moi darf ihn einarbeiten.«

»Am Computer, nehme ich an«, sagte ich und wagte

einen vorsichtigen Blick auf den Mann neben Gabby. »Woher kommt er denn?«, fragte ich.

»Er wohnt seit einer Woche in Berlin«, sagte Gabby. »Allein.«

»Das freut mich«, sagte ich. »Wenn du willst, verrate ich dir, wie du günstig an Schampus kommst. Nicht dass du glaubst, Praktikanten gelten bei unserer kleinen Wette nicht.«

»Keine Sorge. Es ist noch nichts passiert.« Gabby zauberte eine Unschuldsmiene auf sein Gesicht und wollte sich wieder seinem Begleiter zuwenden.

»Ich kann warten«, sagte ich grinsend.

»Das wirst du auch müssen«, zischte Gabby und entfernte sich mit einem kleinen Ausfallschritt.

Auftritt Diane. Sie wirkte gefasst, es war ihr nichts anzumerken. Hinter ihr folgten der große Robert Dieterle und Wiebke. Die drei bezogen mit ihren Kaffeebechern Stellung vor den Fernsehmonitoren, wo CNN Infrarot-Aufnahmen des ersten Golfkriegs zeigte. Vor dieser Kulisse unterhielten sie sich gut gelaunt über den Versprecher eines Nachrichtenkollegen.

»Hallo, Prinzessin«, rief Diane quer durch den Konferenzraum, als habe sie mich soeben erst entdeckt. »So früh schon Termine?« Diane versuchte die Aufmerksamkeit der Kollegen zu erheischen. Gedämpftes Geplapper erfüllte inzwischen den Konferenzraum, die Redaktion war fast vollständig anwesend. Johannes fehlte noch. Und mal wieder Prilop.

»Was für ein Tag ist eigentlich heute?«, fragte Diane mit gespielter Verwirrung. Dann fiel ihr Blick auf mich. »Mittwoch?«

Ich beobachtete sie genau. Offenbar hatte sie an diesem Morgen noch nicht ihren Schreibtisch geöffnet. Oder sie war eine bessere Schauspielerin, als ich dachte.

»Nein«, antwortete ich ruhig. »Heute ist Dienstag.«

»Komisch«, sagte sie. »Es kommt mir schon den ganzen Morgen wie Mittwoch vor.«

Ich ersparte mir weitere Kommentare und kniff Gabby unauffällig in die Seite.

»Ich lese übrigens gerade ein Buch, das muss ich dir mal leihen.« Diane gab nicht auf. »Superspannend. Es geht um eine Fernsehmoderatorin, die früher als Nutte gearbeitet hat. Das weiß aber in ihrer Redaktion niemand. Bis sie zufällig einer ihrer ehemaligen Kunden sieht und im Sender anruft. Du kannst dir vorstellen, was da ab ...«

Sie wurde von Waldemar unterbrochen, der die Sitzung eröffnete. »Warum hat sie es denn plötzlich so eilig?«, flüsterte Gabby. Er war der Einzige, der von Dianes Ultimatum wusste.

»Vielleicht hat sie Angst«, sagte ich leise und ließ Waldemar nicht aus den Augen.

»Diane und *Angst?*«, rief er, und ich fürchtete einen Moment, dass Waldemar uns gehört hatte. Unauffällig schüttelte ich den Kopf.

»Kein Grund zur Sorge!«, flüsterte ich etwas später, während Waldemar die geplanten Themen des Tages vorstellte. »Wenn mein Plan aufgeht, ist Diane bis heute Mittag handzahm.«

Die Neun-Uhr-Konferenz dauerte selten länger als zehn Minuten, dieser Morgen machte keine Ausnahme. Die Redaktion begann ihr Tagwerk, nicht ohne vorher einen Kaffee zu ziehen und neue Post-its am Automaten anzubringen. Wiebke führte inzwischen mit zehn Cent vor Waldemar. Diane hatte es heute nicht eilig aufzubrechen. Sie wartete geduldig, bis sich der Raum geleert hatte und wir alleine waren.

»Was hältst du von der Geschichte mit der Nutte?«, fragte Diane etwas unverständlich, während sie sich eine Zigarette anzündete. »Wäre das nicht ein Thema für deine Sendung?«

»Ich finde sie etwas konstruiert«, sagte ich schulterzuckend. »Aber vielleicht mache ich mal eine Sondersendung zum Thema Mobbing.«

Diane lächelte dünn. »Übrigens«, sagte sie, »deine Mail von gestern Abend hat mir richtig Angst gemacht. Du bist naiver, als ich dachte.«

Siegessicher legte sie den Kopf in den Nacken und blies mir ihren Zigarettenrauch ins Gesicht.

»Das Kompliment gebe ich gerne zurück«, sagte ich und versuchte nicht zu husten.

Waldemar kehrte mit einer vollen Kaffeetasse zurück, ohne Notiz von uns zu nehmen.

»Was ist mit dir, Waldemar?«, fragte Diane und wischte dabei etwas Asche von ihrer Hose. »Wie findest du die Geschichte von der Nutte beim Fernsehen? Dagegen waren die Erotikfotos von Susan Stahnke doch harmlos!«

Waldemar hatte seine Nase schon wieder in die Nachrichtenagenturen gesteckt und schlürfte seinen Kaffee.

»Stell dir das vor!« Diane ließ nicht locker. »Jemand, der bei uns moderiert, wäre vorher Telefonsexschlampe gewesen. Wenn so etwas rauskäme!« Diane spielte ihre Empörung recht überzeugend. »Würdest du freiwillig mit ihr zusammenarbeiten, Franka?«

Waldemars Telefon klingelte. »Würden die Damen Schrowange und Ludowig vielleicht ihren Kaffeeklatsch woanders fortsetzen?«, komplimentierte er uns hinaus.

Wir glitten auf eisigem Schweigen den Flur entlang, zum Büro der Frühsendung, wo gleich Dianes Konferenz beginnen sollte. Die Tür stand noch offen.

»Ich freue mich sehr auf morgen«, sagte sie zum Abschied.

Ich versuchte mich an einem Lächeln. »Ich glaube nicht, dass wir so lange auf ein Wiedersehen warten müssen.«

Der Tag wurde immer besser. Rick hatte eine SMS geschrieben:

*Dass Du sie nicht mehr alle hast, überrascht mich nicht.*
*Aber das ist es mir wert.*
*Das – und ein Abendessen.*
*P S. Ist die Hand noch dran?*

Aufgeregt schrieb ich zurück:

*Vielleicht in einem netten Speisewagen.*
*Oder verträgst Du keinen Zug?*
*F.*
*P S. Zum Händchenhalten reicht's.*

Kaum war die letzte Nachricht abgeschickt, klingelte mein Telefon.

»Sind Sie Franka Mumme?«, sagte eine dunkle heisere Männerstimme.

»Und Sie?«

»Seien Sie am kommenden Samstag im ICE nach Köln, Abfahrt 19.41 Uhr vom Ostbahnhof. Haben Sie das?«

»Warum sollte ich?«, erwiderte ich gereizt.

»Der *Klo*wn gibt eine Extra-Vorstellung.«

Was glaubte dieser Clown eigentlich, mit wem er es zu tun hatte?! Ich fiel doch nicht auf jeden anonymen Hinweis rein! Wütend legte ich auf und widmete mich wieder den Gedanken an Rick. Ich hatte plötzlich das Gefühl, dass ich es ihm zu einfach machte. Solange die elegante Frau sein Bein tätscheln durfte, sollte ich mich besser zurückhalten, fand ich und beschloss, ihre fragwürdigen Dolmetscherdienste überflüssig zu machen. Dazu recherchierte ich im Internet nach Grundlagen der Gebärdensprache. Nach kurzer Zeit hatte ich mich festgelesen. Es faszinierte mich, dass man mit der Gebärdensprache, die in Deutschland üblich ist, etwa in Amerika oder Asien nicht sehr weit kommt und dass es selbst verglichen mit den österreichischen Gebärden erhebliche Abweichungen gibt. Dort, in dem Nachbarland, das *heute*-Redakteure gerne »Alpenrepublik« nennen, ist die Gebärdensprache nicht einmal als vollwertige Sprache anerkannt, was zur Folge hat, dass Gehörlose auf Ämtern für die Dienste von Gebärdensprachdolmetschern selber zahlen müssen.

Ich wählte die Nummer des Berliner Landesverbandes und bemerkte zunächst nicht, dass sich jemand in mein Büro schlich, weil ich mit dem Rücken zur Tür saß, um die Sonnenstrahlen zu genießen, die durchs Fenster fielen. Die Tage des kältesten und längsten Winters seit Jahren, so schien es, waren gezählt. Erst als die Verbindung nach zweimaligem Klingeln plötzlich abbrach, entdeckte ich den Finger einer blutverschmierten Hand auf dem *Trennen*-Knopf des Telefons.

»Bist du verrückt?«, sagte ich, nachdem ich für einen Moment so sprachlos war, dass mir nicht einmal die Gebärdensprache weitergeholfen hätte.

»Das wollte ich dich auch fragen«, fauchte Diane und riss mir den Hörer aus der Hand. Ihre Wangen waren dunkelrot gefärbt, ein krasser Kontrast zu ihren Ohren, die jegliche Farbe verloren hatten.

»Woher hast du den Schlüssel?« Damit knallte sie den Telefonhörer auf den Apparat. Er sprang daneben.

Ich gewann langsam meine Fassung wieder. »Warum regst du dich so auf? Oder hast du etwas zu verbergen?«

Dianes Augen funkelten mich irr an. Ihr Gesicht war keinen halben Meter von mir entfernt. Sie stand gebückt neben mir. Mit einer Hand stützte sie sich auf meinem Schreibtisch ab, die andere umklammerte die Lehne meines Stuhls. An Flucht war nicht zu denken.

»Wie kommt diese Ekel erregende Hand in meinen Schreibtisch?«, herrschte sie mich an.

Ich fand die Attrappe längst nicht mehr abstoßend; die Erinnerung an Rick zauberte sogar ein kleines Lächeln auf meine Lippen. Da ich nicht antwortete, riss Diane meinen Stuhl herum und verscheuchte damit jedes positive Gefühl. So hatte ich mir meinen Triumph nicht vorgestellt. Diane jagte mir Angst ein. Ich musste Abstand gewinnen. »Wie kommt meine Bewerbung in deinen Schreibtisch?«, fragte ich. Dianes Miene war wie versteinert. Ihre Hand umklammerte immer noch meinen Stuhl, ihr Arm drückte gegen meine Schulter. »Und die von Sandra?«, fügte ich hinzu.

Es klopfte, und eine blonde Hochsteckfrisur erschien in der Tür. Tine wollte ihre Zigarettenpause antreten. Obwohl Jörn sich inzwischen von ihr getrennt hatte, versuchte sie weiter, ihre Raucherei zu verheimlichen.

»Jetzt nicht!«, riefen Diane und ich im Chor, und Tine zog sich erschrocken zurück.

Der Druck an meiner Schulter hatte etwas nachgelassen. Diane betrachtete mich argwöhnisch.

»Setz dich dorthin und hör mir für einen Moment zu!«, sagte ich und deutete auf Prilops Stuhl. Diane öffnete den Mund, wie um etwas zu sagen. Stattdessen biss sie sich auf die Unterlippe und wandte ihr Gesicht ab. Endlich löste sie ihre Hand von meinem Stuhl und nahm gehorsam Platz.

Mit zwei Schreibtischen Abstand fühlte ich mich wesentlich wohler. »In seiner Schublade müssen irgendwo Zigaretten sein«, sagte ich und betrachtete Ricks Schaufensterpuppen-Hand, die mir für meine kleine Rache so zupass gekommen war. »Keine Angst, ich habe keine weiteren Extremitäten versteckt.«

Diane lächelte gequält und verschränkte ihre Arme vor der Brust.

»Ich nehme an«, sagte ich, »du hast die Bewerbungen von Tines Schreibtisch verschwinden lassen, wenn du dort auf sie gewartet hast. Oder hat sie dir geholfen?«

Diane löste die Verschränkung ihrer Arme und öffnete Prilops Schreibtisch. Dort fand sie eine Zigarette, die sie sich ansteckte. Langsam, als hätte sie alle Zeit der Welt, ließ sie den Rauch durch die Nase entweichen und beobachtete, wie der Dunst emporstieg und sich schließlich auflöste.

»Sandra musst du richtig gehasst haben. Das kann ich sogar ansatzweise verstehen. Auch wenn ich nicht glaube, dass es dir um Marco ging. Egal. Du wolltest sie loswerden. Darum hast du dir etwas ganz Besonderes ausgedacht.«

Ich fühlte mich ein bisschen wie Hercule Poirot, der der Überführten ihre Taten auf den Kopf zusagt. Es war kein schlechtes Gefühl. Fast schade, dass ich kein Publikum hatte. Diane verzog nicht mal einen Mundwinkel. Ich stand auf und öffnete die Verbindungstür zum Nachbarbüro. Mit einer Handbewegung lud ich Diane ein, mir zu folgen.

»Was soll das?« Sie aschte in Prilops Kaffeebecher.

»Mach mir die Freude!«, bat ich sie.

Diane folgte mir in den benachbarten Raum. Zwischen zwei hüfthohen Boxen stand eine alte ausgemusterte Bandmaschine, wie man sie vor der Umstellung auf das digitale System noch in jedem Büro gefunden hatte.

»Und?«, fragte Diane achselzuckend.

Ich nahm auf einer der Boxen Platz und schaltete die Maschine ein.

»Hast du *Tod auf dem Nil* gesehen? Oder gelesen?«, fragte ich sie. »Dieses gut aussehende Kerlchen, Simon Doyle heißt er, bringt auf dem Schiff seine reiche Frau Linnet um, damit er mit seiner Freundin zusammen sein kann, die von Mia Farrow gespielt wird. Nach dem Mord schießt er sich selber ins Knie, um nicht in Verdacht zu geraten. Eigentlich ein genialer Plan.«

Diane lehnte sich an den Türrahmen. »Ich hab die Stelle verpasst, in der es um mich geht. Soll ich jetzt jemanden umgebracht haben?«

»Vielleicht ist *umbringen* das falsche Wort«, sagte ich und legte meinen Finger auf den »Start«-Knopf der Bandmaschine, in die ich das *KW*-Tonband aus Dianes Schreibtisch eingespannt hatte. »Was ich meine, ist *löschen.*«

Diane lachte kurz auf. »Okay. Ich weiß nicht, was plötzlich in dich gefahren ist, aber ich gehe jetzt zu Johannes.« Aufgebracht lief sie in mein Büro zurück, und ich drückte endlich ab.

»HERR WOWEREIT, SIE SIND DER ERSTE OFFEN SCHWULE BÜRGERMEISTER EINER DEUTSCHEN GROSSSTADT. ABER – NICHT DER EINZIGE, ODER?«

Ich hatte die Lautstärke der Bandmaschine so eingestellt, dass auch die Kollegen in den umliegenden Büros an meiner kleinen Demonstration teilnehmen konnten.

»WISSEN SIE, ES STEHT MIR NICHT ZU, MICH ZUM PRIVATLEBEN MEINER AMTSKOLLEGEN ZU ÄUSSERN. ES WAR DAMALS MEINE GANZ PERSÖNLICHE ENTSCHEIDUNG, IM WAHLKAMPF OFFEN MIT MEINER SEXUALITÄT UMZUGEHEN. DAS MUSS JEDER SELBER ENTSCHEIDEN. ICH WÜRDE MIR ALLERDINGS WÜNSCHEN ...«

»Mach das aus!« Das leichenblasse Gesicht von Diane kehrte zurück.

Ich warf die Hände in die Luft, als bedrohte mich Simon Doyle mit einer Pistole. Es fiel mir nicht im Traum ein, das Band zu stoppen.

»WENN SIE ALS REGIERENDER BÜRGERMEISTER DREI WÜNSCHE FREI HÄTTEN, UM IN BERLIN ETWAS ZU VERÄNNDDDEEEERRRRNNNNNN ...«

Furiengleich zerrte Diane das Magnetband von den

Spulen. Wie extralange Vollwert-Pasta breitete es sich über den ganzen Boden aus und wickelte sich um ihre Füße, bis sich die Maschine von selbst abstellte. Dann stemmte sie ihre Hände in die Hüfte und starrte auf das Chaos, das sie angerichtet hatte. Atemlos stand Diane vor mir, ihre ansehnlichen Brüste hoben und senkten sich in schnellem Wechsel. Von ihrem Handgelenk hing ein Stück des zerpflückten Interviews, das sich schlaufenförmig um den Verschluss ihrer Armbanduhr geschlungen hatte.

»Es war ein gutes Interview, richtig lustig«, sagte Diane, als sie sich wieder beruhigt hatte, und ich ertappte sie dabei, wie sie hinter sich griff, um ihre Haare zu einem Zopf zusammenzuraffen, und dabei ins Leere fasste. »Wowereit hat Witze über sich gemacht.«

Ich nickte. Diane konnte gut mit Männern umgehen, am Telefon jedenfalls. Sie flirtete mit ihnen, war ein bisschen frech und gleichzeitig charmant, ohne sich anzubiedern. Nicht die schlechtesten Voraussetzungen für eine erfolgreiche Telefonsex-Karriere. Den Tipp würde ich ihr geben, für den Fall, dass man sie aus der Morningshow entfernen sollte.

»Du hättest keine Kopie machen sollen«, sagte ich und empfand fast etwas wie Mitleid. Diane hatte ihr eigenes Interview mit Klaus Wowereit gelöscht, das in der Frühsendung hätte gesendet werden sollen. Nur, damit Sandra in Verdacht geriet. »Scheiß Eitelkeit.«

»Sag mir Bescheid, wenn du fertig bist«, sagte Diane und klang schon wieder sehr gefasst.

»Bescheid«, sagte ich und Dianes Augenbrauen zuckten leicht. »Ich kann mir vorstellen, dass du es eilig hast, zu Johannes zu gehen.«

»Du kannst nichts beweisen«, sagte sie leise und schüttelte den Kopf.

»Kommst du?«, fragte ich und verließ die Lautsprecherbox.

Die Verwunderung stand ihr ins Gesicht geschrieben.

»Zu Johannes«, erklärte ich und öffnete die Tür. »Ich möchte dein Ultimatum nicht unnötig ausreizen.«

»Warte!«, rief sie.

Ich trat auf den Flur.

»Du bluffst nur«, sagte Diane und lachte verächtlich. »So wie du damals deine Orgasmen vorgetäuscht hast.«

Ich setzte meinen Weg fort. Nach ein paar Schritten krallte sich eine eiskalte Hand in meinen Arm. Ich versuchte mich zu befreien, doch Diane war stärker.

»Geh nicht«, sagte sie.

# Kapitel 15

*»... Hauptsache Superhits, die beste Musik für Berlin und Brandenburg. Und nach den Nachrichten geht's hier weiter mit den legendären Spice Girls und ›Viva forever‹. Kritiker haben ja früher immer gelästert, dass es bei Konzerten der Mädels zuginge wie in einem Porno. Aber das war natürlich fies und ungerecht. Denn in Pornos ist ja die Musik viel besser.«*

Ich war seit einer Woche freigestellt. Die Abendsendung, die ich vor mehr als vier Jahren übernommen hatte, moderierte jetzt eine junge Kollegin. Die Trennung war mir schwer gefallen, aber Johannes hatte darauf bestanden. Stattdessen ging ich nun abends ins Kino oder besuchte das Theater, um gar nicht auf die Idee zu kommen, das Radio einzuschalten.

Meine plötzliche Abendfreizeit erlaubte es mir auch, Ricks Vernissage zu besuchen. Ich hatte ihn seit jenem Nachmittag in Hirschfeldts Galerie nicht mehr gesehen. Seine E-Mails waren seltener geworden, und das vorgeschlagene Abendessen hatte er nicht wieder erwähnt. Ich nahm an, dass die elegante Frau dahinter steckte. Trotzdem war es nicht meine Absicht, ihn wie die Staatsanwaltschaft einfach laufen zu lassen.

Die Bahn hatte ihre Anzeige zurückgezogen, nachdem Hirschfeldt die Kosten für die Beseitigung der »Installationen« beglichen hatte. Im Gegenzug konnte er den Konzern dazu bewegen, als offizieller Sponsor der Ausstellung aufzutreten. Das erklärte vermutlich auch den öden Titel: »Unter Zugzwang«. Mir war das zu plakativ. Außerdem machte es einen Psychopathen aus Rick. Ich hätte die Ausstellung lieber »Schöner thronen« genannt. Oder »Schrilles Örtchen«.

Die Zeitungen veranstalteten einen ziemlichen Zirkus, wenngleich einige Kommentatoren kein Verständnis dafür aufbringen wollten, dass man einen »Straftäter« und »Rowdy« mit einer eigenen Ausstellung belohnte. Der Irak-Krieg hatte erst vor kurzem begonnen und dominierte erwartungsgemäß die Berichterstattung. Dennoch schickten fast alle einen Reporter, die größeren Zeitungen stellten zusätzliche Fotografen ab. Einige hatten schon vorab am Tag der Pressekonferenz berichtet. Die *Berliner Zeitung* vermutete einen »verfrühten Aprilscherz«, »Verkehrte Welt« titelte die *Welt* in einem versehentlichen Anflug von Originalität. Eine Zeitung bat mich sogar um ein Interview, das ich ablehnte. Ich fühlte mich wohler damit, Fragen zu stellen, anstatt sie zu beantworten. Außerdem wollte ich vermeiden, dass mehr über mich bekannt wurde als nötig.

Die Zeitungen übertrafen sich gegenseitig mit Wortspielen. In ihrem »Verkehrte Welt«-Artikel bewertete die nicht minder verkehrte *Welt* das Entgegenkommen der Bahn immerhin als »netten Zug« und lobte Hirschfeldts Mut und Einsatz, die »Weichen dafür gestellt zu haben, dass der Delinquent zurück aufs rechte Gleis« kam. Um so süffisanter wurde am Ende des Artikels auf die außergerichtliche Einigung zwischen Staatsanwaltschaft und Verteidigung hingewiesen: Um Rick, der keine Vorstrafen hatte, nicht ganz ohne Lektion davonkommen zu lassen, wurde er dazu verdonnert, 50 Sozialstunden in einem Altenheim zu verrichten. Dort, hieß es im letzten Satz trocken, gehörte es selbstverständlich auch zu Ricks Pflichten, die Toiletten zu putzen.

Die *BILD-Zeitung* wartete mit einer Karikatur auf. In Anspielung auf den berühmten Zwischenfall in der Düsseldorfer Kunstakademie, wo eine übereifrige Raumpflegerin die »Fettecke« von Joseph Beuys entfernt hatte, weil sie es – im doppelten Sinn – für Dreck hielt, war Ricks letztes Werk zu sehen, das den drohenden Irak-Krieg thematisierte. Auf dem Bild war eine Hälfte der Kabine bereits in ihren ursprünglichen Zustand zurückversetzt worden: Der Spiegel blitzte, und nichts erinnerte mehr an das Messer und die Ketchup-Flecken drum herum. Aus dem Toilettenbecken jedoch ragte weiter das Bein der Schaufensterpuppe hervor. Neben dem Becken stand eine Putzfrau mit Kopftuch und grimmigem Blick, die einen überdimensionalen Finger auf die Spülung legte. In einer Sprechblase war zu lesen:

*»Ts ts ts ... Dass manche Leute immer vergessen abzuziehen!«*

Andere Zeitungen rechneten die Installation mit der Schaufensterpuppe einer weltweiten Reihe von unkonventionellen Antikriegsprotesten zu. So hatte sich in England ein Zug-Kellner gegenüber dem Sprecher des amerikanischen Finanzministers John Snow geweigert, Messer und Gabel zu servieren. Und in Neuseeland schaltete eine 51-jährige Näherin eine halbseitige Zeitungsannonce, in der sie den US-Präsidenten bat: »Mr. Bush, bitte sagen Sie NIE WIEDER zum Krieg.« Kosten der Anzeige: rund 2600 Euro.

Beim Betreten der Galerie drückte man mir ein Glas Champagner in die Hand. Die Besucher standen zusammengerückt in der Mitte des Hauptraumes. Als ich näher trat, hörte ich, wie jemand in der letzten Reihe witzelte, er sei Designer für Klobrillen und habe schon viel durchgemacht. *Haha.* Ich konnte kein bekanntes Gesicht erkennen und fühlte mich etwas unwohl. Zur Feier des Tages war ich in den Untiefen meines Kleiderschrankes nach den verstellbaren Wonderbras getaucht, die ich seit Weihnachten nicht mehr angerührt hatte. Ich versuchte unauffällig, unter den Trägern meines armfreien Kleides die straffen Bänder zu lockern, um mir etwas Luft zu verschaffen, als ich Hirschfeldt hörte, der eben seine Begrüßungsrede beendete: »Und erlauben Sie mir zum Schluss noch folgenden Hinweis«, sagte er mit erhobener Stimme, was ihn noch nasaler klingen ließ als gewöhnlich. »Für alle, die heute Abend das Bedürfnis haben, eine Toilette zu benutzen, anstatt sie nur zu betrachten: Dort hinten den Gang entlang. Und bitte – das sage ich auch im Namen des Künstlers –, bitte verlassen Sie *diese* Toilette so, wie *wir* sie vorfinden möchten: nämlich so, wie sie ist.«

Die Besucher applaudierten, ein paar lachten. Kellner in langen weißen Schürzen apportierten Tabletts mit Canapés und Lachsröllchen. Langsam löste sich die Menge auf. Zu beiden Seiten des Raumes wurden die Toiletten sichtbar, je zwei Ausstellungsstücke im Abstand von zwei Metern, nachgestellt, wie ich sie aus der Zeitung in Erinnerung hatte. Die Bahn hatte das Inventar aus ausrangierten Zügen zur Verfügung gestellt, die sich nicht mehr in Entwicklungsländer weiterverkaufen ließen. Wie ich aus der Zeitung wusste, zeigte die Ausstellung zusätzlich zu den bekannten Objekten zwei neue Installationen und in einem Nebenraum auch Skizzen und Bleistiftzeichnungen. Die interessierten mich momentan weniger, vor allem wollte ich endlich Rick wieder sehen. Doch das einzige bekannte Gesicht, das ich entdeckte, gehörte Hirschfeldt. Den unvermeidlichen schwarzen Anzug hatte er mit einem hellgrünen Seidenschal kombiniert. Der Galerist stand nickend neben einer Frau im braunen Strickkleid mit tiefem Ausschnitt, der mehr von ihrer trockenen Haut preisgab, als mir lieb war. Schmatzend lobte sie die kalten Artischockenböden mit Tartar, von denen sie sich drei Stück auf einer Serviette gesichert hatte.

Ich wollte zu Hirschfeldt gehen, als mir ein Junge mit Baseballkappe ein Mikrophon ins Gesicht hielt und mit dem Blick auf meine aufgestellten Brüste wissen wollte, wie ich »die Klos« finde. Ich schob das Mikro beiseite und entschuldigte mich. Hirschfeldt hatte die Frau in Braun bereits sich selbst und den leckeren Artischockenböden überlassen. Eben verschwand sein grüner Schal hinter dem Vorhang, dort, wo die Treppe in die obere Etage führte.

Bislang hatten sich weder Rick noch seine elegante Freundin gezeigt, und so beschloss ich, Hirschfeldt zu folgen. Er musste schließlich wissen, wo die beiden sich aufhielten. Ich schob mich mühevoll durch die Menge. Eine Frau mit fettigen Haaren berichtete von dem Bild einer goldenen, göttlichen Ameise eines jungen Künstlers aus

Dresden, dem sie eine geistige Verwandtschaft mit Ricks Toiletten unterstellte. »Übersetzen Sie mal Deo-dor-ant wörtlich! Das ist hochgradig subtil: Da haben Sie zum einen *deo* für Gott, dann …«

Leider hatte bei der Kunstfreundin an diesem Abend das Deodorant versagt und ich beeilte mich voranzukommen. »… und die Endung *ant* steht natürlich für die englische Ameise«, hörte ich sie aus der Entfernung ihre Ausführungen beenden.

Auf dem weiteren Weg musste ich einem pickligen *TV Berlin*-Reporter ausweichen, der mir mit feistem Lächeln auflauerte und dessen Akne mit dem Rotlicht der Kamera um die Wette leuchtete. Endlich erreichte ich den Vorhang, als sich eine eiskalte Hand auf meine nackte Schulter legte.

»Für wen hast du dich denn so chic gemacht, Süße?«

Diane war der allerletzte Mensch, dem ich hier begegnen wollte. »Seit wann interessierst du dich für Kunst?«, fragte ich.

»Na hör mal! Der Knabe gehört ja fast zur Familie, nach all dem Theater, das wir mit diesem Galeristen veranstaltet haben. Auf den Fotos in der Zeitung sieht er ganz passabel aus. Wo steckt er bloß heute?«

Diane, die von oben bis unten in ihrer ledernen Motorradkluft steckte, reckte ihren Hals – eine Einladung, zuzugreifen und einen Knoten hineinzubinden. Sie sollte bloß ihre kalten Finger von meinem Terroristen lassen!

»Wenn du mich entschuldigst, ich muss mit Hirschfeldt sprechen.«

Zu spät! Der Fernsehreporter hatte uns entdeckt und hielt uns sein Mikrophon vor die Nase. »Amüsieren sich die Damen gut?« Seine Ausdrucksweise war so geschwollen wie sein gesamtes pickeliges Gesicht.

»Es ist ganz toll hier«, sagte ich. »Darf ich übrigens vorstellen: Das ist meine Kollegin Diane Friedrich, die hat damals das sensationelle Interview mit Herrn Hirschfeldt geführt, woraufhin der *Klo*wn beschlossen hat, aufzugeben und sich zu stellen. Das ist Ihre Frau!«

Ich schubste Diane in die Arme des Reporters und verschwand eilig hinter dem Vorhang. Während ich die Stufen emporstieg, rief ich nach Hirschfeldt, doch ich bekam keine Antwort. Erst als ich mich der Tür zu seinem Büro näherte, hörte ich aufgeregte Stimmen.

»Machen Sie sich nicht lächerlich!«, schimpfte Hirschfeldt. »Sie kommen jetzt mit mir herunter. So was Dummes!«

»Wozu? Er darf sowieso mit niemandem reden«, erwiderte eine Frau. Sie klang ruhiger als Hirschfeldt und überlegt. Aber ihr Ton war bestimmt. »Der Laden ist voll, was wollen Sie mehr? Die Presse ist da. Sie brauchen ihn nicht.«

»Eben. Die Presse ist da«, tobte Hirschfeldt weiter. »Und die sind nicht wegen mir gekommen.«

Kurzes Schweigen.

»Sie haben gehört, was er gesagt hat«, teilte die Frau dann mit. Es klang endgültig.

»Ich gehe jetzt runter«, hörte ich jemanden leise sagen, vermutlich Hirschfeldt. Er war kaum zu verstehen. »Und wenn Sie in fünf Minuten nicht nachkommen, lasse ich Sie beide auffliegen.«

Mit einem Schlag wurde die Tür geöffnet. »Vergessen Sie nicht, wem Sie das alles zu verdanken haben«, schnaubte Hirschfeldt, und sein rotes Gesicht polterte an mir vorbei. »Vielleicht bringen Sie sie zur Vernunft!«

Neugierig wagte ich mich in das Büro vor und klopfte zur Vorwarnung an den Türrahmen. Ricks elegante Freundin stand am Fenster. Das enge rote Kleid passte für meinen Geschmack etwas zu gut zu ihren schwarzen Haaren. Ihr Finger rieb an der Scheibe hin und her, als wollte sie dort eine Botschaft hinterlassen. Etwas Charmantes wie *Verpiss dich, Radiotante!* zum Beispiel.

Rick saß auf dem Sofa. In der Hand hielt er ein volles Glas Champagner, aus dem er einen großen Schluck nahm, als ich eintrat. »Ich wollte nur eben fragen, ob mir der Künstler vielleicht hier ein Autogramm gibt«, sagte ich und zog eine frische Klorolle aus meiner Handtasche hervor. Rick schien etwas sagen zu wollen, verschluckte sich aber am Champagner und fing an, schlimm zu husten.

Seine Freundin kam zum Sofa und legte zur Beruhigung eine Hand auf seine Schulter. »Er gibt leider keine Interviews. Sie hätten zur Pressekonferenz kommen können«, sagte sie kalt und starrte auf meine Brüste. Ich wünschte, ich hätte die verdammte Hebebühne zu Hause gelassen, und war froh, dass Rick vor lauter Husten noch nichts bemerkt hatte. Er drehte sich zu seiner Freundin und gab ihr ein Zeichen, worauf sie den Raum verließ.

»Ich wollte wenigstens kurz gratulieren«, sagte ich langsam, weil ich nicht wusste, wie viel Rick verstand und wie viel er von denLippen las. »Nachdem ich nichts mehr gehört habe.«

Rick stand bewegungslos zwischen Tisch und Sofa

und steckte die Hände in die Taschen seines Kapuzen-Shirts.

»Ich hatte mich auf das Abendessen gefreut«, fuhr ich fort. »Okay, ich hatte auch ein bisschen Angst davor. Natürlich war ich zu Anfang enttäuscht, als ich erfahren habe, dass du … dass du eine andere Sprache sprichst. Obwohl das ja auch nicht stimmt. In deinen Mails wenigstens hatte ich das Gefühl …«

Rick legte den Kopf schief, als verstünde er mich nicht.

»Vielleicht ist es besser so«, sagte ich mit einer Kopfbewegung in Richtung Tür. »Wegen ihr. Du hast ja Recht.«

Ich gab es auf und beschloss, mich zu verabschieden. Allerdings nicht, ohne ihm vorher noch viel Erfolg zu wünschen für seine Ausstellung: Ich führte meine rechte Hand vor das Kinn, flach und parallel zum Boden. Dann zog ich sie am Mund vorbei und vollzog dabei mit den Fingern eine wellenartige Bewegung. Für den zweiten Teil musste ich einen Moment überlegen, was die Dolmetscherin mir gezeigt hatte. Dann nickte ich kurz und winkelte schließlich beide Arme am Körper an und spreizte sie zu einem ›V‹. *Fertig!* Zufrieden strahlte ich Rick an. Doch der reagierte nicht. Er trank von seinem Glas und starrte durch mich hindurch. Ich zuckte mit den Schultern und sagte betont langsam: »Viel Glück!«

Mein Abschiedsblick fiel auf seinen Finger, an dem das oberste Glied fehlte. *Der kleine Schönheitsfehler!*, fuhr es mir plötzlich durch den Kopf. Warum war ich nicht eher darauf gekommen? Traurig wandte ich mich ab und trat den Rückzug an. Was hatte ich auch erwartet von einem Mann, der in Zügen an öffentlichen Toiletten herumschraubte und anschließend fremde Frauen küsste, vermutlich, ohne sich vorher die Hände zu waschen. Wahrscheinlich klappte er beim Pinkeln nicht mal die Brille hoch. Den *konnten* die Autoren meines Horoskops nicht gemeint haben.

»Warum bist du nicht zum Abendessen gekommen?!«, hörte ich plötzlich eine Stimme.

Ich hatte die Tür schon einen Spalt geöffnet und hielt den Atem an. Dann legte ich den Kopf in den Nacken und schob die Tür ins Schloss. Ganz langsam drehte ich mich um und verengte meine Augen zu kleinen Schlitzen wie mein Vater, wenn er seine Lesebrille nicht findet.

»Sag das noch mal!«, sagte ich.

Rick grinste mich frech an und biss sich dabei auf die Unterlippe.

»Sag das noch mal!«, sagte ich noch mal.

»Warum bist du nicht zum Abendessen gekommen?«

»Das ist ja wohl das Beste von heute!«, sagte ich und suchte am Türrahmen Halt, um nicht ohnmächtig zu werden und lang hinzuschlagen.

»Ich hatte dich extra angerufen«, sagte er mit einem vorwurfsvollen Unterton.

»Wann?«, fragte ich.

»›Der *Klo*wn gibt eine Extra-Vorstellung‹«, sagte er. »Dämmert's?«

Dämmern war gar kein Ausdruck! Rick war also der anonyme Anrufer, der auf meinen nicht ganz ernst gemeinten Vorschlag, sich in einem Speisewagen zu treffen, eingegangen war und mich in den ICE nach Köln bestellt hatte! Kein Wunder, dass er nach meiner Abfuhr untergetaucht war. Gott, war ich blind, weil ich annahm, er war stumm!

Rick ließ sich zurück auf das Sofa fallen und verschüttete die Hälfte seines Champagners. Den Rest trank er auf ex. Seine Hand legte er auf den freien Platz, dort, wo der Inhalt seines Glases gelandet war, und tätschelte die Pfütze.

»Du könntest dich etwas mehr freuen!«, sagte er unschuldig – ein kleiner Rotzjunge, der seiner Mutter zur Freude den Abwasch macht, bei dem aber leider das gute Sonntagsgeschirr zur Hälfte draufgeht.

»Später«, sagte ich und stellte ärgerlicherweise fest, dass ich den heiseren Klang seiner Stimme mochte.

»Komm, setz dich zu mir«, bettelte er und tätschelte wieder das nasse Sofa. Er zog ein angewidertes Gesicht und wischte die Hand an seiner Jeans ab. Dann rutschte er in die andere Ecke des Sofas. »Ich nehme freiwillig die feuchte Seite.«

Ich musste lachen und zog einen Stuhl vor, der in ausreichendem Abstand vom Sofa stand. »Bitte!«, sagte ich dann und nickte Rick auffordernd zu.

Die rührselige Geschichte von der verlorenen Sprache war eine Erfindung der Beintätschlerin, die Ruth hieß und Ricks Schwester war. Sie hatte für den Fall einer Verhaftung auf strafmildernde Umstände spekuliert – nicht zu Unrecht, wie sich inzwischen herausgestellt hatte. Sie hielt nicht viel von seinen Aktionen, aber seit dem Tod der Eltern, die den Kindern ein hübsches Vermögen hinterlassen hatten, betrachtete es Ruth als ihre Aufgabe, den jüngeren Bruder zu beschützen, falls er jemals erwischt werden sollte. Weder Rick noch Ruth beherrschten ein einziges Zeichen der Gebärdensprache. Wenn sie sich in der Öffentlichkeit verständigten, benutzte er Phantasiegebärden. Das hatte zu kurzfristigen Komplikationen geführt, als die beiden mit Hirschfeldt und dessen Anwalt bei der Polizei saßen und man ihnen stolz den hausinternen Dolmetscher präsentierte.

»Was hatten eigentlich deine Verrenkungen zu bedeuten, als du vorhin gehen wolltest«, fragte Rick.

»Nichts«, sagte ich schnippisch, denn ich war immer noch böse. »Ich habe nur seit ein paar Tagen diese Verspannung in den Schultern.«

Rick beäugte mich misstrauisch. »Woher kannst du das?«, fragte er.

Es klopfte an der Tür, und Hirschfeldt steckte seinen Kopf herein. Sein Gesicht war immer noch gerötet, aber er bemühte sich um einen ruhigen Ton. »Die Journalisten werden ungeduldig.«

Ich nickte ihm zu. »Wir kommen. Ruth soll sich bereit machen. Da unten wartet übrigens eine Kollegin von mir. Sorgen Sie dafür, dass sie einen Platz in der ersten Reihe bekommt!«

Zufrieden verschwand der Galerist wieder. Seine Schritte hallten durch den Flur. Ich spürte plötzlich Ricks Hand an meinem Arm. Sein Gesicht war bleich, seine großen grünen Augen wirkten noch überzeugender als sonst. »Ohne mich. Ich gehe da nicht runter!«, sagte er. »Vor den ganzen Leuten *noch* eine Show abziehen?! Nie mehr!«

Er wedelte mit den Armen umher, als wollte er mir ein paar seiner Phantasiegebärden vorführen. »Die Pressekonferenz hat mir gereicht. Das mache ich nicht noch mal mit.«

Ich nahm seine Hände und drückte sie kurz. »Du hast

Lampenfieber«, diagnostizierte ich fachmännisch. »Augen schließen!«

Ich schob mein Gesicht an ihn heran, bis ich seinen Atem auf meinen Lippen spürte. Ich hielt die Luft an. Er duftete verlockend. Sein Mund zuckte. Dann sprach er, was mir immer noch wie ein kleines Wunder erschien.

»Für mich musst du so was übrigens nicht tragen. Oder ist das wegen der Presse?« Ich verstand nicht gleich und folgte seinem Blick, der langsam an mir herabwanderte und in Brusthöhe zum Stehen kam. Das Herz schlug mir bis zum Hals, oder vielleicht fühlte sich das nur so an, weil es in Push-up-Mitleidenschaft gezogen war. Ich wandte mich ab und holte die Champagnerflasche aus dem Kühler, um Ricks Glas aufzufüllen. Zur eigenen Abkühlung rieb ich mein Handgelenk für einen Moment an der eisigen Flasche.

»Ich fürchte, das bist du mir schuldig. Dieses Schauspiel lasse ich mir nicht entgehen. Und du musst überzeugend sein. Meine Freundin Diane ist hier – der kann man so leicht nichts vormachen.«

Rick wollte protestieren, doch ich hielt ihm den Mund zu.

»Es sei denn, du möchtest, dass ich am Montagmorgen Millionen Berlinern und Brandenburgern die rührende Geschichte von dem stummen Künstler erzähle, der auf seiner ersten Ausstellung wie durch ein Wunder seine Sprache wieder findet.«

Rick hatte aufgehört zu grinsen. Er rümpfte seine Teddynase und schloss ein Auge. Er versuchte, mich böse anzusehen, so böse es eben geht mit einem Auge. Halb böse.

»Habe ich dir schon gesagt, dass du gemein, hinterhältig und unausstehlich bist?«, sagte er und zog mich an meinem Kinn zu sich.

»Nein«, antwortete ich und spürte ein warmes Kribbeln, als er eine Hand um meine Hüfte legte. »Bislang warst du mir gegenüber irgendwie sehr ... still.«

Ricks Ausstellung zündete wie eine Rakete. Es hagelte danach diverse Job-Angebote, von der Behindertenwerkstatt über eine Event-Agentur bis zur lokalen Fernsehstation, die das Design eines neuen Studios in seine neuneinhalb Finger legen wollte. Auch ein Geschäft für Sanitärbedarf und sogar das KaDeWe wollten ihn fürs Dekorieren ihrer Schaufenster engagieren. Man bot ihm ein fürstliches Honorar, doch sämtliche Offerten ließen ihn kalt, Rick wollte sich nicht in den Dienst eines festen Arbeitgebers stellen.

Ohnehin lagen ihm eher die kleinen spontanen Aktionen. So verdanke ich es seinem Einsatz, dass die Kehrwoche ein für alle Mal ihren Sendebetrieb einstellte und mich in Ruhe ließ. Gemeinsam mit Gabby stattete er Leif einen Besuch ab. Sie verraten mir nicht, was sie mit dem armen Kerl angestellt haben, aber ich ahne, dass eine gewisse Schaufensterpuppe ihre blutige Hand im Spiel hatte. Gabby trug vermutlich seine Lederkluft, in der er auf mich zwar immer wirkte wie ein Statist aus einem Village-People-Video, aber Leif konnte er damit offenbar beeindrucken.

Und dann kam der 1. April: Das Personalkarussell im Sender drehte sich beim Relaunch so heftig, dass es einem übel werden konnte. Was alle zunächst für einen schlechten Scherz hielten: Wiebkes größter Wunsch wurde endlich wahr, Johannes ließ sie moderieren, zunächst nur nachts. So zahlte es sich aus, dass Robert Dieterle nur noch zwei Wochen im Monat seine phonetische Minipause am Mikrophon zelebrierte. In seiner sendungsfreien Zeit musste er Wiebke das Krächzen austreiben. Deren Affäre mit BJ Bob hatte nicht lange gedauert, aber immerhin lange *genug*, damit er seinen ständig wachsenden Einfluss auf Johannes zu ihren Gunsten nutzen konnte. BJ wurde offiziell als sein Stellvertreter ernannt. Seine Präsenz hatte einen Vorteil: In Johannes' Büro traf man jetzt immer *eine* Person, die nüchtern war und die eine Menge von Radio verstand.

Jörn Stechert erlebte den Programm-Relaunch nicht mehr bei uns. Er stolperte über eine Affäre mit einer minderjährigen Schülerpraktikantin. Die Sache lag Monate zurück. Anfangs gab es nur die Anschuldigung der Expraktikantin, bis ihr Arzt herausfand, dass sie den besten Beweis seit Wochen unter ihrem Herzen trug. Mit Jörns finanzieller Unterstützung ließ die Kleine die Angelegenheit in einer Privatklinik aus der Welt schaffen. Niemand hätte je etwas über die furchtbare Fruchtbarkeit der Schülerpraktikantin erfahren müssen, hätte sich nicht Tine – nachdem sie von Jörn verlassen worden war – wieder mit ihrem Exverlobten versöhnt, der als Redakteur bei ebender Zeitung arbeitete, die die Story schließlich aufdeckte.

Für Diane und mich hat sich Johannes einen geradezu teuflischen Plan einfallen lassen: Er beförderte mich in die Morningshow, zusammen mit BJ Bob, und ich hoffe aufrichtig, dass ihn meine Stimme nicht mehr so heftig inspiriert, dass er unter dem Pult über sich hinauswächst!

Das Schlimmste aber ist: Diane und ich moderieren im Wechsel, und diejenige, die gerade nicht moderiert, übernimmt den Job der Produzentin. Auf diese Weise arbeite ich nun jeden Tag mit Diane Seite an Seite. Ich sehne mich oft zurück nach meinem alten Büro. Nach Prilop. Und Westernhagen. Denn Diane ist als Produzentin unerträglich. Obwohl sie abgeschirmt hinter einer Glasscheibe in der Regie sitzt, berieselt sie uns über die Gegensprechanlage mit ständig neuen Durchsagen.

»Süße, der Beitrag aus Athen ist jetzt da. Ich habe ihn auf eine Minute dreizehn gekürzt, dann geht's schneller vorbei. Du warst ja in der Konferenz gegen das Thema.«

Oder: »Nein, lass nur! Ich schreibe dir eben eine Moderation dazu. Ist doch kein Problem!«

Oder sie fällt mir nach der Sendung um den Hals: »Super-Interview, Süße! Dieser Arsch hast du aber richtig eingetütet!«

Natürlich habe ich Johannes über meine Vergangenheit aufgeklärt, um nicht länger erpressbar zu sein. Bei Kaffee und Whiskey saßen wir vor dem knisternden Kamin, und ich packte aus. Wie ich damals aus Versehen im falschen Büro gelandet war. Wie MD während des Vorstellungsgesprächs seine Nägel gefeilt hat und wie Sheila in Stoßzeiten zwei Kunden gleichzeitig fertig machen musste. Johannes lachte sich halb tot.

Trotzdem wollte ich ihm nicht vorenthalten, warum man beim Telefonsex nicht Franziska heißen konnte und dass the artist formely known as April keinen guten Stand bei MD hatte, weil sie immer stöhnte, als würde ihr ein 7,5-Tonner über die Zehen rollen, *Fuß*zehen, wie es auf Baden-Württembergisch heißt. Als ich schließlich noch erläuterte, wie die Kehrwoche zu ihrem Namen gekommen war, fiel Johnnie fast vom Sofa.

»Glaubst du mir nicht?«, fragte ich und Johannes haute sich auf die Schenkel. »Doch, doch«, sagte er und schnappte keuchend nach Luft.

Diane dachte, ich würde sie anlügen, als ich ihr anschließend von meinem Plauderstündchen mit dem Boss berichtete, und lief zu ihm, um die gleiche Geschichte noch mal zu erzählen. Sie wurde hochkant hinausgeworfen.

Seitdem ist Diane meine allerbeste Freundin.

Es ist nicht zum Aushalten.

# Epilog

Der Mann im grünen Kapuzenshirt drückte vorsichtig die Klinke hinunter und öffnete die Tür einen Spaltbreit, um einen Blick in die Kabine werfen zu können. Sein Kopf beschrieb ein kurzes, kaum wahrnehmbares Nicken, dann schlüpfte er hinein und verschloss die Tür.

Die linke Toilette im Wagen 32, am Übergang zu Wagen 33, im ICE von Berlin-Ostbahnhof nach Bonn-Hauptbahnhof, blieb zehn Minuten lang gesperrt, vielleicht waren es fünfzehn. Niemand stoppte die Zeit, und wer dringend etwas loswerden wollte, benutzte die Kabine nebenan. Kein normaler Mensch wäre auf die Idee gekommen, zu lauschen oder die Tür wegen übergebührlich langer Wartezeit aufzubrechen, auch wenn jedem der 368 Passagiere, die der ICE fasste, auf den insgesamt elf Toiletten zwischen Berlin und Hannover nur ein Aufenthalt von 3,198 Minuten zustand.

Rick machte seine Arbeit heute besonders gut, er gab sich viel Mühe, ließ sich Zeit. Er kostete die räumlichen Gegebenheiten von 1,6 Quadratmetern voll aus: mal lehnte er an der Tür, bald kniete er vor dem Waschbecken – logistische Gründe machten dies nötig –, dann wieder saß er auf dem heruntergeklappten Toilettendeckel. Weil er ganzen Körpereinsatz brachte, musste er zwischendurch sein dickes Kapuzenshirt ausziehen, denn ihm war warm geworden. Das Ergebnis war schließlich mehr als befriedigend.

Erschöpft und ausgelaugt lehnte er über dem Waschbecken, um sich frisch zu machen und sein gerötetes Gesicht mit kaltem Wasser abzureiben.

Rick verließ die Toilette zuerst, ein verräterisches Lächeln auf den Lippen.

Bevor ich ihm auf unseren Platz folgte, wischte ich über den beschlagenen Spiegel. Im Gegensatz zu Rick nahm ich das Hinweisschild, das mich freundlich dazu anhielt, den Raum so zu verlassen, wie ich ihn vorfinden möchte, sehr ernst.

# Danke

Ich verneige mich vor meinen Testlesern und Verbesserungsvorschlägern Maria Roxane, Jasmine Ghandtchi, Peter Rehberg, Carsten Kirchmeyer, Markus Benzig, Anke Wilmesmeyer und Caroline Sendele. Auch bei Hans Christian Rohr will ich mich bedanken, der nicht müde wurde, mich immer wieder zum Umschreiben zu bewegen. Es hat sich gelohnt!

Bei Fatma Solak-Mittler habe ich Türkisch-Nachhilfe genommen, Arne Scholz hat mich auf medizinischem Gebiet beraten, und dank Anja Geiger weiß ich, welch hohen Stellenwert der Bleistift in der weiblichen Pubertät genießt.

Natürlich bin ich dem Verkehrsclub Deutschland und der Deutschen Bahn (ihr vor allem!) dankbar für die Hilfe beim Recherchieren. Und ich danke allen Radiostationen, die gegen den Mainstream senden und für einfach mehr Abwechslung sorgen. Weiter so!

Lauren Henderson

**Vergiss es, Süße!**

Roman

Aus dem Englischen von Maria Andreas-Hoole

Band 16308

Tatsächlich Liebe!

Katie liebt Michael. Der ist nicht gerade als beziehungsfähig berühmt. Keiner weiß das so gut wie seine Ex-Freundin Sally. Die angeblich über ihn weg ist. Sallys Freundin Jude ist anderer Meinung. Und das Schicksal auch …

Die Liebe ist echt ein seltsames Spiel. Man ist sich so sicher! Doch dann fällt es einem wie Schuppen aus den Haaren: Wie konnte ich nur so blind sein?

So romantisch wie Marian Keyes,
so überraschend wie ›Sex and the City‹,
so groovig wie Norah Jones.

Fischer Taschenbuch Verlag

fi 16308 / 1

Bunzel & Gaw

**Alice@Wonderland**

Roman

Band 16440

Alice ist Single. Alice lebt unter Date-Idioten, Fitness-Versagern, überforderten Karrierefrauen, gemeinen Müttern und anderen Wahnsinnigen. Und keiner versteht sie. Bis sie im Internet Alex kennen lernt. Von dem kauft sie gebraucht ein Single-Kochbuch. Damit das nicht so peinlich ist, schreibt sie in die Bestellung: »Ist nicht für mich!« Daraufhin setzt ein reger Mailverkehr ein, der Alices Universum tatsächlich zum Kochen bringt …

Von den Autoren von »Ladykracher«.

Fischer Taschenbuch Verlag

fi 16440 / 1